长篇小说

关节

姜增产 马江水/著

北京日报出版社

图书在版编目（CIP）数据

关节 / 姜增产，马江水著. --北京：北京日报出版社，2018.11（2022.4重印）
ISBN 978-7-5477-3147-5

Ⅰ.①关… Ⅱ.①姜… ②马… Ⅲ.①长篇小说-中国-当代 Ⅳ.①I247.5

中国版本图书馆CIP数据核字（2018）第238155号

关节

出版发行：	北京日报出版社
地　　址：	北京市东城区东单三条8-16号东方广场东配楼四层
邮　　编：	100005
电　　话：	发行部：(010) 65255876
	总编室：(010) 65252135
印　　刷：	成都勤德印务有限公司
经　　销：	各地新华书店
版　　次：	2018年11月第1版
印　　次：	2022年4月第3次印刷
开　　本：	880毫米×1230毫米　1/32
印　　张：	10.5
字　　数：	240千字
定　　价：	45.00元

版权所有，侵权必究，未经许可，不得转载

序

张本成

当我接过本书厚厚的书稿时，心中充满惊诧：公交，虽然是人们眼中再熟悉不过的行业，但反映公交行业的文学作品却很少，尤其是反映公交行业的长篇文学作品更是凤毛麟角。况且，这部长篇小说是以我多年工作过的乳山市为生活原型。

公交，作为民生行业，在中华大地上日益繁荣，特别是党的"十八大"以来，发展公交事业，成为党和国家民生工程的重点之一。在这个背景下，交通部提出"改善民生，公交优先"的工作思路，由此在全国掀起了城乡公交管理体制变革的热潮。在这场变革中，山东省优选出四个县级市作为城乡公交改革的试点单位，乳山市便是其中之一。

对于乳山市的城乡公交改革，我是亲自见证并参与过。这场改革，充满了艰难曲折。自1996年乳山城市公交公司成立以来，在十几年的时间里，一直是实行"公司管理，私人挂靠"的粗犷经营模式。在这种框架下，私人以盈利为目的，公交运营中的随意性、私自变动线路、班次、抢客甩客等现象愈演愈烈，严重地困扰着市民的出行。实行城乡公交一体化改革，就是将所有的私家运行的公交车辆收归公有,实行完全意义上的公车公营,从而规范管理,以方便百姓出行需求为根本目的,保障党和国家的惠民政策得以落实。在这场改革中,混乱是一个必然的过程,业主们以各种方式阻挠改革、花样百出地借改革之机从中"捞一把"等想法和行为,严重地干扰着改革的进程。乳山市委、市政府、交通局,特别是公交公司,都付出了极大的艰辛,千方百计采取有效措施化解矛盾,排除干扰,使改革走在山东省的前列,成为全省唯一的"零上访"县市。

在实现城乡公交一体化管理以后,乳山市委、市政府因势利导,交通局和公交公司乘势快行,探索发展,不断创新,秉承着"让政府放心,让百姓满意"宗旨,内强素质,外树形象,企业发展迅猛,达到了政府、社会、市民"三满意"。通览书稿,足见其艺术水准。首先是选题的角度准确。城乡公交一体化改革,在全国尚属实验阶段。两位作者抓住这个行业变革的节点,以文学的手法,用试点成功的经验助推改革大潮,具有超前性。其次是主题的提炼含蓄。一谈到"关节"二字,极易使人想起人体中能够活动的连接部分,凭经验当是医学界作品,与公交行业风马牛不相及。但仔细一想,公交公司正是"上承政府重托、下联市民出行需求"的纽带,看透这个层面,其寓意不言而喻。再次是题材的提炼到位。初次看稿,这"儒山公交"完全是"乳山公交"的翻版,如其说是长篇小说故事倒不如说是乳山公交公司的发展传记。但是,一旦深入其内便会发现,文内不仅有乳山公交个性化的东西,也还有着公交行业的共性。也许,这正是文学"源于生活又高于生活"的真谛所在。

我虽然不是文学评论家,但是由于对本篇作品的故事背景颇为了解，姑且就作品本身谈点意见。以我个人之见，《关节》一书至少具有五个特性：

其一是思想性。习近平总书记在全国文艺座谈会上强调：文学、文艺作品都要贴近生活，反映健康向上的东西。在本部作品中，虽然也有对社会、对政府不满的和生活奢靡的个例，但最终都在特殊的环境下改邪归正，有了好的归宿，形成了作品的主流。

其二是可读性。乍看，《关节》写的是公交行业，但是却以公交为点，折射整个社会。作品中的主人翁马腾、杨光、杜金山、胡海川等人物，都有其生活原型，是对原型人物的再创作。同时，也涉及到形形色色的社会人物，故事跌宕起伏，寓意颇深，耐人寻味。

其三是专业性。作品通篇的字里行间都写得很专业，即使是内行人也无可挑剔。可以想象，如果两位作者没有深入、长期的生活体验，则很难做到。

其四是可仿效性。从惯例角度看，文学作品都属于虚构。然而，《关节》却不同，既有"高于生活"的一面，而更多的是"源于生活"纪实的一面。作品中的一些做法，譬如正视困难化解矛盾、应变招法、工作思路等，对同行有"仿效照搬"之用。

其五是独特性。《关节》共分为四十章，层层递进，每章都采用"章回体"命名，这在现代小说中极其罕见。特别是自古未见一部结尾没有句号的作品，而《关节》独树一帜，这是作者的匠心所在，预示着公交发展永无止境。

《关节》一书通透着正能量，故事曲折生动，人物个性鲜明，生活气息浓厚，具有鲜明的时代特征，不失为一部"纪实"佳作。

今年是改革开放40周年，回首这些峥嵘岁月，我们要回味的不仅是艰难曲折,更为重要的是我们的改革与实践焕发出的伟大生机与活力。我们的国家,没有任何时候像今天这样更接近中华民族伟大复兴。艰难困苦,玉汝于成。新时代公交战线以及各条战线的改革与发展,必定会在习近平新时代中国特色社会主义思想指引下,谱写出更加美好的新篇章!

是为序。

2018 年 7 月于山东乳山
(作者系乳山市交通运输局局长)

目录 *contents*

第一章	旧摊子百废待兴	新老板一赌聚心	1
第二章	女乘客失盗索赔	当家人反思亮剑	9
第三章	庆功宴酒后探秘	理乱麻疑云再生	18
第四章	添丁户雪上加霜	启思路困境突围	26
第五章	鸿门宴金蝉脱壳	甩包袱拱让肥肉	31
第六章	市场考察显亮节	线路竞标还公道	40
第七章	分流减压萧声去	开源节流活水来	48
第八章	除旧患职工筹资	立新诺凝心聚力	55
第九章	争客源大动干戈	闹罢运风波迭起	63
第十章	潜公交暗察旧疾	辞恩师壮志不移	70
第十一章	逢春风柳暗花明	遇难关运筹帷幄	79
第十二章	遭车祸巧拒诱惑	肇事人感恩献计	85
第十三章	金钥匙开启锈锁	破冰组一夜解冻	93
第十四章	敲竹杠花招百出	遭绑架险象丛生	102
第十五章	开辟线路招是非	损益评估鉴清浊	114
第十六章	驾驶员招募培训	公交车公私博弈	121

第十七章	剪彩式扬起风帆	迁新居凤凰涅槃	131
第十八章	包扶贫点石成金	开村路天堑通途	137
第十九章	遇车祸疑窦重重	究根源启思点点	144
第二十章	安天眼显露弊端	挖人才暗施巧计	151
第二十一章	电脑培训厉兵马	接收锦旗逢良将	158
第二十二章	历险甄鉴故友情	游戏漂洗旧观念	165
第二十三章	点钞女弹奏欢歌	请财神复逐庙门	175
第二十四章	穷山村百年通关	公交卡一举解难	184
第二十五章	启众思统一理念	集广益订立方圆	194
第二十六章	明镜照出灯下黑	典型引领文明风	207
第二十七章	陌生女月夜获救	仲秋节分送温暖	218
第二十八章	强军训练提技能	模拟实战惊魂魄	225
第二十九章	解析投诉查隐患	对症施药治顽疾	236
第三十章	滥竽充数时日尽	技术比武见状元	243
第三十一章	晨会唱响主旋律	典型激励大后防	249
第三十二章	电子眼洞察秋毫	贤内助构筑防卫	258
第三十三章	信教徒临终忏悔	"负心夫"吐露心迹	265
第三十四章	兴趣小组壮士气	恶意投诉现原形	272
第三十五章	劳役人复得启用	试法者作茧自缚	280
第三十六章	总结会展露辉煌	当家人哭诉衷肠	289
第三十七章	观摩组确立样板	参观团偶遇宝典	295
第三十八章	再挺进百尺竿头	夺锦旗勇履婚诺	303
第三十九章	两学一做搞竞赛	浪子回头赞公交	310
第四十章	庆"七·一"群情激荡	送礼包暗孕生机	319

第一章　旧摊子百废待兴
新老板一赌聚心

马腾心事重重地走在西郊的马路上，他没有开车，步履显得极其沉重。

小城的西郊，向西延伸的胜利人街西首的半坡处，是一片一字排开、坐北面南的门市房，洗理店、机件门市、特色小吃、摩托修理等琳琅满目，行业繁杂。门市前面的马路上，一些长途、短途的小客车交替进出，周边摆着一列摊点，一簇一簇的。车主的吆喝声、摊点的叫卖声、乘客的吵闹声构为南腔北调的旋律，彰显着小城郊区的繁华。

在这排门市中间，有一道敞开的方门。锈迹斑斑的铁门上，依稀可见"抓革命，促生产"的旧迹，分明是上世纪七十年代留下的"遗宝"。

穿过方门，院内是汽修车间，各色货车都在排队等候"诊治"。西侧坐落着一幢三层楼房，门前的两块木牌提示着，那是运输公司和客运公司的办公场所。东侧，便是那些门市房顶上的附加建筑，共有三层。朝西的小门前放着一块标语牌，上书：热烈庆祝中华人民共和国成立五十周年！

沿小门步入三楼，方见尺余的小方牌，标志着公交公司的地盘。面迎楼梯的房间敞开着，里边人声嘈杂，五人坐在办公桌上，玩着"保皇"扑克，周边是一些不甘寂寞的"高参"，煞是热闹。

"哎，都别玩啦，收拾一下，一会儿新头儿就要来了！"一位年轻女子进来，极其认真的样子。这女子留着一幅五号短发，时任办公室主任，看那神态、举止，必定是当初弄错了性别。

"杨光大主任，咱怕谁？新头儿要是有本事，就给咱找个正经的营生干干。"留着平头的粗壮汉子丢过一眼，说与众人："别管啦，继续玩！"

"新头儿？不会又是来蹭饭吃的吧？"旁观者打着腔，有些怪里怪气的。

杨光挥拳捣向平头汉子："张一弓，你可是个科长呀，咱不管新头儿是不是来蹭饭吃的，总不能太离谱啦，装样子也得装！"

屋子里的扑克继续甩着，杂乱的吆喝声似乎故意在起哄。

正当人们玩得起兴时，门外进来一壮年汉子。此人蓄着小平头，戴一副金丝眼镜，方脸阔口，虎背熊腰，举动之间透着干练。

"马总，大家都在欢迎您！"众人霎时都站立起来，阴阳怪气地恭维着。小伙子杜金山麻利地将办公桌上散乱的扑克收拾起来。

"大家好，"马腾向众人打了个招呼，眯起双眼，苦涩地笑道："听说咱公交公司无事可做，纯属诽谤，这不，大伙儿都忙得很呐！"

人群中显得尴尬。

"马总，话可不能这样说，要是大伙儿都有个正经营生，谁还愿意玩这个?"张一弓打破尴尬。众人都附和点头。

"好玩，是人的共性，"马腾从杜金山手里接过扑克，"来，我也陪大伙儿玩两把!"

只见马腾两手一抛，一摞扑克牌在空中拉成抛物线，丝带一般，抖动了两下，双手一合，杂乱的扑克牌瞬间整齐地摞到一起。这小小的举动，令众人瞠目结舌。

马腾凑向桌前。众人推搡着，终于有四人靠了上去。掏完牌后，马腾亮出"小花保子"，笑道："明保啦!"

"呵，不愧为老总，手气就是好!"张一弓夸赞。

马腾率先出牌。众人都明白，这是"明独"。马腾开牌出了五个"A"。对方四人窃笑，这是典型的新手，扣牌。马腾又出了六个"K"，被对手"五A挂一"盖顶。对手出三张K，马腾以三个"2"盖顶，继而，每牌挂花，大获全胜。众人哗然，却原来，马腾竟然掏了四大二小花!

再开牌。掏完牌后，马腾直接"喊独"，亮牌一看，八花全在手，众人愈加惊奇。

"散了吧，玩牌，你们还需继续学习，"马腾起身道："逢赌必有诈。如今是市场经济，这个市场也是个'赌局'，不妨我就领着大伙儿一起赌一把。放心，今后不管是输是赢，我都会和大伙儿一起风险共担，利益共享，有我老马吃的，大伙儿都不会饿肚子!"遂说与杜金山："小杜，把这盘扑克牌收拾好，将来还用得着!"

马腾在杨主任的陪同下，径直地去了财务室。

财务室一间屋子，北头作了小仓库，南边向阳处挤放着两张旧式写字台，桌面裂开一道道口子，被透明胶带封贴着。两位女子一个在编织毛衣，一位心不在焉地看书，正谈笑着什么。

"马总好！"两位女子起身恭迎。杨光主动介绍着这两位女子的情况，一个是财务主管万洁，也算是科长，一个是会计万静，公司人称其为"大万""小万"。

马腾打量着这两位女子，问道："你俩不会是亲姐妹吧？一洁一静。"

万洁投来恬静的笑："马总，您看像吗？我俩尽管不是亲姐妹却胜过亲姐妹哩！"

暂短的调侃，依旧没能让马腾振作起来，只是嘴角翘动一下，便迫不及待地要了解公司的财务状况。

万洁拿出账簿，却没翻看，如数家珍般地汇报着。

公交公司共有职工八十八人，管理着市区的五条线路、二十八辆公交车，管理费月收入三万四千元。职工平均月薪四百二十元，仅仅是上级规定的最低生活保障线。

"当前账面如何？"马腾眉头凝起疙瘩。

"账面赤字一百二十五万元，其中欠发职工工资四个月十五万元，欠缴职工保险七十七万元，其它欠账三十三万元。"万洁几乎是一口气倒出来的。

"公司还有其他收入吗？"马腾复问。

"有，车体广告，每月一万多块钱，就这么多。"这个简单得不能再简单了的账簿，被深深地刻在财务科长万洁的脑海中。

马腾眼帘微垂，无语，转身出去。

马腾来到公交运营科。劣质烟草冒出青烟冲出门的缝隙，将走廊弄得云雾缭绕，那味道，如同焚烧的杂草。杨光推开科室半掩的门，两位三十出头的男子口叼卷烟，各自在玩弄着袖珍游戏机，地面上满是烟蒂。

"马总好！"两位男子见马腾进来，麻利地将游戏机塞进抽屉，起身恭迎着。这两位男子，一位是副经理许万山，一位是科长韩晓伟。

"嘀，好清闲呀！"马腾坐在那组联邦排椅上。韩晓伟殷勤地递上烟来，笑道："马总，咱现在怎能不清闲？就那么几辆车，每个月底二十五号收一次管理费，平时没事可做。"

马腾不吸烟，摇手推辞，问："咱这个管理费都包含什么？内中总应该有一定的责任吧？"

许万山接过话来："马总，别听老韩瞎扯。在咱公司，俺这个科是主力，是骨干，哪能没事可干？每月都要不断地下去检查指导，处理司乘纠纷，可以说，运营科是全公司的核心。请马总放心，我们会竭尽全力，保质保量地完成您交办的各项工作任务！"

"谢谢你们，但愿能言行有果。"马腾起身走去。

马腾来到经理室。经理室有两间屋子，外间放着一张老板台，一组沙发，那是经理办公之所。里间南侧放有两组沙发，算是经理会客之所，北侧横着一张单人床。整个室内都有简易装潢，墙面的壁纸皆已灰黄，偶有残缺卷曲，看来有些年代了。

"马总，咱这条件简陋，将就些吧。"杨光拿起暖瓶倒水，双手递过。

"挺好的，能有这样的条件已经不错了。"马腾坐向位子，那把真皮座椅立刻发出"吱吱"的怪叫。有些爆裂的老板台上，清晰地显示着几个凌乱的、深深的刀痕。

杨光遂拿抹布抹着，苦笑道："都是之前那些来闹事的给整的。"

公交公司是一个纯服务性行业，一人难满十人心，做好了，理所应当，做不好就会招来麻烦。对于此前发生在公交公司的暴力事件，马腾早有耳闻，前任经理确实不易。

"不碍事的，你去忙吧，有事我喊你。"

杨光离去，马腾关上房门，陷入沉思。

马腾，地道的农民的儿子，幼时极聪明，直到市一中就读时，一直是级部的佼佼者。就在高考那年，因父亲病重，他不得不早早辍学，担起那本不应该的重担。年少的他无法下地做活，只好进城里打工。经过一段时间考察，他选中了厨师行当。聪颖的他，曾到本市饮食服务中心参加过培训，取得了红案一级厨师资质。他在个体小饭店干过，后被交通宾馆选中。马腾对烹饪技术不懈地钻研，为宾馆研制了好多特色饭菜，使得宾馆生意日渐红火，渐而，他成为宾馆"御膳房"的大拿。四年前，马腾晋升为交通宾馆副经理，主管餐饮业务。此间，他一改过去厨师固定月工资的旧模式，出台了厨师绩效挂钩的薪酬制度，宾馆里的饭菜花色不断出新，吸引了小城不少的食客。两年前，适逢企业班子调整，马腾坐上了交通宾馆的一把交椅。自此，马腾对宾馆的所有管理进行大调整，整个队伍全盘活了起来，交通宾馆不再是交通系统内的"内招所"，而是走出行业、面向社会的星级宾馆，为企业创造着丰厚的效益。

前几日，马腾正在运筹着宾馆的新规划，突然接到通知，要他马上去局里开会。

到局里开会那是常事。马腾来到交通局才知道，前来开会者只有他一人。

"老马，交通宾馆确实被你搞活了，实践证明：你是一匹善于驰骋、勇于开拓的骏马。"市局冯局长首先给了顶高帽子。

"局长过奖了，我马腾不过是一介厨师，没什么大本事，只是把宾馆当成了自家的事业来干，要说有成就，那都是市局领导有方。"

"你就不用客气了，大家有目共睹。"冯局长沉下脸来，"老马，公交公司的老徐已到退休年龄，嗨，还有半年时间，他就打了辞呈，要求提前退位。"

"局长……"马腾预感到什么，疑惑地看着冯局。

眼下的公交公司已是山穷水尽，债台高筑。但公交公司与其它企业不同，是民生企业，必须生存下去，市局也感到进退维谷。

"冯局，我马腾才疏学浅，确无回天之力，唯恐辜负了领导们的期望，还是另选高明吧。"面对这个乱摊子，马腾并非推辞，而是发自内心的请求。

冯局长面色肃严，说："老马，如今别无选择，唯有你最适应担当此任，这是局党委的决定！"那语气，容不得一丝动摇。

几声急促的敲门声，马腾立时从思绪中拔出身来，警觉地喊了声："请进！"

进门者是杨光。马腾心底道：这个丫头，毛手毛脚的。

"马总，伙计们提议，今中午给您搞个小小的欢迎仪式。"

马腾皱起了眉头："杨主任，欢迎仪式就免了吧，只要大家能够一腹同心地干工作，那就是对我老马的最好欢迎。"

杨光还想说什么，楼道里忽然传来嘈杂声。

"糟了，可能又是来闹事的，"杨光说："马总，您在这里别出声响，我把门给锁上。"

马腾愣眼看着这个愣头丫头,眉宇间凝结着一个大大的问号。

"否则,您会很麻烦的。"杨光善意地提示着。马腾故意打开房门:"不,让他们进来,躲避,不是我老马的性格!"

第二章　女乘客失盗索赔
　　　　当家人反思亮剑

五个人吵闹地朝经理室走来。一个头顶彩毛的小伙子喊道："呦，今儿是太阳从西边出来啦，经理室还歇着门，"遂喊着身后几人："走，这回该见到真主了！"

一拨人进屋，室内黑压压的。马腾让杨光搬来几把椅子，又各自给倒了杯水。

"几位匆匆来访，想必是有什么事吧？"马腾沉稳地坐在位子上，扫视着来者。这五人中，有一位女士，四十多岁的样子，其余四人都是血气方刚的小伙子。

"这位该是新来的老总吧？我大姨在你的公交车上丢失了现金，却找不到地方说理，"彩毛小子故意撸了下袖子，露出胳膊上那乌黑的蝎子，敌视地盯着马腾说："老总，这可是共产党的天下，俺平民百姓坐你们的车，丢了东西总得有人赔偿吧？"

马腾似笑非笑，说："这位老弟，不要冲动，既然是这位大姐丢了钱包，还是让她自己说说吧。"

却原来，一周前，这位女士从银行取了钱，乘坐公交车去往华联商场，刚刚下车便发现手包被割破，一千二百元钱不翼而飞。女士在马路上拦截那辆公交车，可那车主却说，现金被盗，无凭无据，即使是真的被盗，责任在你自己，或者找公安局要去。第二天，女士来到公交公司讨说法。公司运营科的人说，现在的公交车是私人承包，连同车上的安全都是车主的责任，此事与公司无关。一千二百元，相当于女士两个多月的工资。邻居小孟获知后，纠集几人前来讨说法。

"这位大姐，你说丢失现金，可有凭证？"马腾眉头紧皱。

女士拿出被割破的手包，里边装有当日银行出具的流水号和公交车票。

马腾接过仔细看着，斜眼窥视着那位女士。凭直觉，这位女士属于质朴女性，并且从证据上极为吻合，当无虚假。马腾让杨光找来副经理许万山。

许万山进屋一看，面色立马阴郁起来："你……怎么又来了？找车主去！"

彩毛小子"唰"地站起身来，麻利地从包里掏出两把菜刀，刀刃闪着寒光，"怎的，想来横的？"

马腾喝道："小老弟，收起你这套，这是讲理的地方，容不得你耍横！"转头说与许万山："虽然公交车是个体承包，但是，咱是管理单位，在管理上咱有责任。"遂命杨光找财务科长万洁带钱过来。

万洁进屋，悄声向马腾耳语：公司里只有四百元的现金。马腾摸着头皮，心里道：这个穷日子过得。马腾从衣兜里掏出一沓钱来，说万洁："拿去用吧，办好手续！"

这个新来的老总办事如此利落，令在场人感到震惊。彩毛小子收起菜刀，抱拳鞠躬："马总，是条汉子，往后若有个难事，尽管找我孟三爷就是了！"

孟三爷？哼，好大的口气！马腾心里发笑。

一拨人走后，许万山余怒未消，说："马总，这事处理欠妥。就是赔偿，也要由公交车业主来赔，关咱什么事？"

马腾站起身来："老许，依你之见，这事还得继续拖着？尽管公交车是个体承包，但咱是总管。咱是服务行业，公交车就是乘客的家，咱不能让乘客在这个家里受到任何委屈。遇到这种情况，咱必须先担责任，先把百姓稳住，过后再追究责任，这，就是关注民生！"

"如果这样下去，今后咱公司有难看的了，光是车上被盗案件就足够喝一壶的！"许万山扔下一句，用手走了。

时钟指向十一点。马腾让杨光把全公司人员召集起来，开全体职工会。

杨光感到为难。公司虽然有职工八十多人，可正常上班的只有十几人，其余人员大多以种种借口逃避上班，在这个时候，公司的各个科室早已锁门走人了。

马腾长叹一声，让杨光起草两份文件，改日开会公布。

经理办公室里站满了人，走廊里亦是人群挤挤，这是公交公司全体职工会议现场。尽管职工们已经习惯了散漫，但对这位新任的老总尚还有些畏惧，都押着脖子侧耳聆听着。

马腾站在经理室门口，公布了一个新规定：《理顺工作秩序，整顿工作纪律》，对员工请假、迟到早退、旷工等日常行为作出规定，确定处罚标准。

马腾投出一石，在职工的莲池中溅起浪花。有人故意高声议论：

"罚款？尽管罚吧，不就是那三四百块钱？罚光了咱也了个心事，不然也发不到手，尽是赚了个饥荒！"

"就是嘛，只要给咱保留公职，随便弄点卖卖也不止挣那俩钱。"

"罚款可以，能不能一视同仁？"

……

纷纭的议论，如同一根根钢针，刺扎着马腾的心。马腾强忍着内心的阵痛，满脸陪着笑容，抬高了声音："请大家静一静，我马腾虽然没有大本事，但是，我讲信任。在这里我可以明确地告诉大家，执行规章没有特例，凡有违规受罚者，科长、分管经理负有连带责任，也说明我这个经理管理不严，同样要接受处罚！"

"好，只要当官的能做到，俺也能做到！"人群中传出熙熙攘攘的掌声。

马腾宣布："如果大家都同意这个规定，从明天起执行！"

"哎，马总，光是把俺们这些招呼回来，都干啥？总不会都来玩扑克、打麻将吧？"人群中传来阴腔怪调。这种腔调对马腾来说并不陌生，当初在他出任交通宾馆经理时也曾有过，只是时隔不久便消失了。

"请大家放心，这正是我要讲的第二个问题。"马腾又公布了一个近期的工作方案：《全员出动，加强联防，确保乘车安全》。

自从那日女士报案索赔以后，马腾平添了一桩心事，尤其是许万山甩下的那句话,始终萦绕在脑海。在公交车上发生的案件,必须由车主和管理部门负责,这是天经地义的事。然而,如果车上失盗案件频繁发生,赔偿和后续工作就会越来越复杂。经过一番梳理,马腾萌生了一个想法:集中捉贼!此前,马腾将想法向市局作了汇报,请求市局与市公安部门联系,建立长期的公交治安联防机制,维护公交秩序,保障乘客安全。经与公安部门协商,由公安组织培训,公交公司出动人员,每三人一组,两男一女配合,分赴各条线路,集中抓捕盗贼,行动定名为"亮剑行动"。

一张抓捕公交车盗贼的巨网悄然铺开。

丽日当空,喧嚣的小城如同往日一样,车水马龙。市医院的公交站牌前站着十几个人。人群中,有一位体态魁梧的汉子,面戴茶色眼镜,洁净的白色衬衣束扎腰间,银灰色的礼服搭在臂上,屁股后边的裤兜鼓鼓胀胀的,一看便知是一款爷。两个少年男女在拿手比划着,似乎在交流着什么。这女孩很是出眼,眉心还长有一颗红痣,观其长相与气质,当是富贵家族的千金。然而,人们对这俩特殊人群不屑一顾,一味地翘首盯着远处。

一路公交车驶来,缓缓停靠。车门打开,服务员探出头来喊着:"去往儒山、银滩的请上车!"

虽然车上有许多空位,而人们仍是抢着包裹抢先上车。看似儒雅的款爷此时也无法斯文,只好将那宽阔的身板塞进车门,被夹在人群中间,随着后边的推力向里拥动,那阵势,逃难一般。

公交车多是夫妻经营,男人驾车,女人在车内做服务员,配合默契。乘务员忙碌着向乘客们收钱卖票。当走到款爷时,只见那位款爷急转身来,双手各钳住那两位少年男女,腕力反扭,两位少年便瘫痪在地，顿时，车厢内便骚乱起来。

"先生，你……"乘务员才欲叫喊，款爷呼喊道："大家注意，车上有小偷！"

却原来，在款爷候车时便被两个少年男女盯上。拥挤上车时，款爷忽然感到后边的裤兜有异常，上车后，见那个少年男子将一扎票子递向女子，不想，被机警的款爷逮了个正着。

少男少女手臂被反扭着蹲在地上，嘴巴不停地煽动着，一副可怜巴巴的样子，似乎受了天大的委屈，"咿呀"地向人们求救，此二人竟然都是哑巴！

人们迟疑地看着眼前一幕，却茫然不知所措。现象上看像是捉贼，但不排除有以强欺弱之嫌。

"先生，咱不能随便欺负残疾人！"终于，乘客中有人打抱不平。

"请大家放心，没有真凭实据，我怎能平白无故地冤枉好人？"款爷说话之际，松动了双手。此刻，两位哑巴男女趁机挣脱。哑男打着哑语否定着事实，哑女兀自抱头哭泣，慢慢向车门挪去。

款爷见状，麻利地抢向车门处，喊道："不许打开车门！"

"哎，先生，自古道'捉贼凭赃'，你说是捉贼，可有赃物？"乘客中又有人质疑。

款爷指着身后的裤兜，说："这就是证据！"

众人将目光盯来，见款爷后裤兜的扣子确实有被割掉的痕迹，但是，那不能被视为赃物，更不能作为捉贼的依据。

一位中年军人站了起来，说那款爷："同志，我是回家探亲的，听说咱这公交车上经常出现盗窃现象。但是，恕我冒昧，咱大老爷们可不能以此为借口欺负弱者。今天当着大家的面，你必须拿出赃物，否则，咱有评理的地方！"这位军人，嘴巴上长着一颗红痣，眉宇神情之间透着一股正气。

款爷，成为众矢之的！

哑男哑女萎缩到车后。哑男仍在一边拿捏着胳膊，一边比划着，表述着心中的不平。哑女坐到座位上，冤枉地抱头抽泣。女人的眼泪往往会换得人们的同情，乘客中仍然有些责备声。

款爷走到后边，说："他们偷走了我一沓钱！"遂盯着哑女："应该就在她身上！"

军人喊服务员跟来。哑女见状，气愤地站起身来，双手将自己的手包交来，示意搜查。

服务员当场打开手包，却不见有一沓钱。可款爷盯着哑女那丰厚的胸脯，说："姑娘，拿出来吧，这沓钱是假的，就上边和底边是两张钱，里面全是牛皮纸，就是拿了去也没多少用处！"

在众人的强烈要求下，哑女伸手摸向胸罩，将那沓"钱"拿了出来。军人顺手解开，事情果如款爷所言！

"原来真的是两个盗贼！"人们恍然大悟，变同情为愤慨，挥动着拳头呼喊着拥了过去，车厢内乱作一团。

正在驾车行驶的驾驶员不得不停靠路边，凝神一看，呼喊道："那……那不是马总吗？"

款爷摘下墨镜，面色变得和蔼，笑向大家："不错，我就是公交公司的经理马腾！"

车厢里翻腾的波浪顿时凝固了。马腾用那壮实的身躯挡护着两位小贼，说："请大家不要惊慌，偷盗团伙袭击公交车，给大家造成损失和恐慌，这是我们公交公司的失职！在这里，我代表公交公司给大家赔礼道歉！不过，话又说回来，如果大家都能警觉起来，区区几个蟊贼岂能藏身、如此嚣张?"遂钳住哑男哑女:"这两个貌似可怜的家伙,就交给公安部门处理吧!"

二路车颠簸地在山路上行驶。这里的山民很少进城,每逢集日,有事没事总愿乘坐公交车去赶集,借机开阔视野。因而,每到集日,这班车的乘客便显得很拥挤。

杨光装扮成一位孕妇,腆着个大肚子,手里拿着一只坤包,鼓鼓囊囊的,在"丈夫"的陪同下挤上了公交车。车上已无座位,杨光便握住把手,被拥挤在站立的人群中。

"请大家自觉为孕妇让座!"乘务员重复地喊了几遍。抢到座位的人们依旧稳坐着,谁也不曾理会这位"孕妇"。

"哎,咱能不能再凑几个,买个大一点的房子?就差个三两万的。"杨光扯着嗓门说"丈夫",与那些山民无异。

"丈夫"瞅了一眼,埋怨道:"别不知足了,咱一个老乡熊,能在城里买栋楼房就不错了,就这十五万,多数还是爸妈借的哩!"

这"小两口"都小心地拿手护着那只坤包。

车子停下,站点又拥进一拨人,车厢里的男女顿时被挤成一团。公交车已经起步,人们还在拥挤着,杨光忽然喊道:"不好了,我的包……"

人们一齐盯向杨光。只见杨光手中擎着一只皮带,坤包被割断,不知去向,车内乘客一时间惊慌起来。

"大家不要惊慌,小偷在这里!"几乎同时,围在杨光前后的两个壮实男子麻利地扭住一位少年男子,失盗的坤包被当场截获!

亮剑行动仅一周时间,就抓获盗贼十八名,可谓初战大捷。令人不解的是，这些盗贼全部是二十岁左右的哑男哑女，且多为孤儿！对于这样的犯罪人，公安部门只能刑拘几日，教育后即放人。

这天晚上，马腾在城东饭店设宴招待各组"特工"，十几人欢聚一堂，虽然饭菜很是简单，大家仍然为累累战果而兴奋不已。面对生龙活虎的员工，马腾却陷入沉思之中，眉头凝着疙瘩："集中抓获小偷固然有效，但毕竟不是长久之计。常言道：道高一尺，魔高一丈，从迹象可以判断，这是个偷盗团伙，必须彻底铲除。"

宴罢，杨光习惯地前去结账，马腾说："不用了，大家都这样卖力，就算我老马个人请客了。"

对这家饭店老板马腾很熟悉，当年两人一起在饮食服务中心参加过厨师培训，姓刁，绰号"刁一勺"，红案功夫堪称一绝。

员工们相继离开，马腾说要找刁老板聊聊。一顿暴食，马腾肚子有些憋胀，便到后院小解。

后院没有灯光，黑暗中可见扎起的脚手架，像是在建设。马腾只能低着头小心迈步。

这家饭店是一色的平房，前排都是雅间，后院则是厨师、服务员们的寝间，还有仓库之类。马腾刚欲小解，忽然传来一阵嘈杂声，像是在训斥。马腾悄然循声摸去。屋外，有铁栅栏围着，愣眼看去，像是堵出一块菜园。马腾迈过栅栏，从半掩的门缝里窥看，不禁心中一阵颤栗：难不成这里还隐藏着一个地下刑讯室？

第三章　庆功宴酒后探秘
　　　　理乱麻疑云再生

　　这地方确实是一个地下刑讯室，有三间屋子。屋子北侧一列七八个少年女子被反绑着双手，面壁站立，身上只有内裤和胸罩。一位眉心纹着鹰头的秃头小子叼着香烟，手持短鞭无情地抽打着，训斥道："跟你们说过几百遍了，上车时瞄准，临近下车时再动手，易攻、易守还能溜，可你们这些猪脑子就是不听，今儿就让你们长长记性！"又是一阵抽打，鞭鞭都在几个白嫩的后背上写下一道红红的印记。

　　姑娘们挣扎地扭曲着，残缺的喉咙里挤出"咿呀"的天籁之声。

　　东侧，是一只土造煤炉。炉膛窜动着火苗。炉上置一铁锅，锅里水汽沸腾着。一个彩毛小子手里抓一把硬币，不停地抛进锅里。三个少年童子双手交替地在锅里捞着硬币，捞出来的各自放到一起，证明着自己的业绩。彩毛又拿起一块肥皂，拿刀削着，童子们又开始在沸腾的水中捞着皂片。

一个童子抬手挠痒，彩毛拿起炉膛里发着红光的铁筷子敲了过去，喝道："娘的，就你毛病多！"

彩毛将手中的硬币交给一个童子，命道："照着样子来，谁都不准偷懒！"遂点上香烟。这个彩毛小子马腾认得，就是那日去公司闹事的那个孟三。

鹰头小子放下鞭子，将一位姑娘拉转过来，端详一番，说："呦，这妹子，蛮漂亮的，新来的吧？"

马腾仔细一看，这姑娘正是他在公交车上捉到的那个哑女，周身透着东方女性之美。

鹰头小子捧着姑娘的脸蛋，少顷，两手摸向高高的乳峰，念叨："妈的，就这地方能藏住什么？"遂扯下胸罩，将嘴巴贴了过去。

"咿……呀……"随着姑娘的尖叫，一股烧烤的肉香弥漫开来，姑娘那白嫩的乳头下边留下烟头的阴影。

"慢着！"彩毛说："老二，这个妹子是俺的菜，给兄弟俺留着！"

"嗬，老三，好眼力呀，想从二哥我碗里抢肉？"

鹰头小子与彩毛争执起来。

马腾正想瞧个热闹，忽觉得身后有个硬硬的东西顶着。马腾慢慢转过身来，见一个长毛子，手持匕首，一个秃头，手拿硫酸枪正恶狠狠地对着自己。

"这位大哥，活腻了是不？"长毛声音很低，像是耳语。马腾故装醉意，也悄声说："大哥我喝大了，撒了泡尿就找不到回去的路了。"

长毛匕首抵住马腾脖子，说："哦，兄弟我会告诉你怎么走，不知道大哥是想去天堂还是想下地狱？"

秃头也端起了硫酸枪，瞄向马腾的面部！

马腾正思谋着如何对付这两个家伙，旁边传来低沉的声音："谁？在干什么？"

马腾转头一看，是饭店老板"刁一勺"过来。长毛说："老大，是他自己找来的。"

"刁一勺"见是马腾，故意抬高声音说："哦，原来是老马呀，走，到我屋里坐坐！"

"刁一勺"就住在饭店里。进屋后，"刁一勺"便挖苦道："你老马专搞突然袭击，来我这小店也不打声招呼，俺也好就机会请请你！"

"岂敢岂敢，我现在是麻雀飞落黄连池——掉进苦海啦，几个伙计吃顿小饭，苦中寻乐。"

老学友拉起了家常。

"刁一勺"自从学得厨艺后，一直从事厨师职业。自己开饭店已有近十个年头。对于马腾的职业选择，"刁一勺"不甚赞同。凭马腾那厨艺，自己开个饭店宾馆的当不成问题，而偏偏选择了当官之路。由于选择不同，个人的收入便有着天壤之别。"老马，如今这个世道，就别图什么官儿，就咱这个出身，上不了政界，也当不了大官，还是实惠点儿，有奶便是娘，钱能通神。就你这个位子，还不如包辆公交车，一年下来，也能挣个十几万。"

对于"刁一勺"的人生哲学，马腾并不赞同，但也未反驳。"老刁，你这'一勺'还真得起了作用，但我不行。金钱是把双刃剑，能养人，也能伤人，我没那肚量。"

依马腾推断,"刁一勺"定会问起公交车捉贼之事。可是聊了一会儿,"刁一勺"竟然对此只字未提。因而,马腾原打算问及"刑讯室"的念头只能消失在无言之中。

"老刁,你在搞建设?"马腾想起了后院的脚手架。

"不想动大工程,装修一下,现在的人挑剔得很,不装修就跟不上时髦了!""刁一勺"神情得意。

"老刁,真有你的!"

东边天际刚刚放亮,马腾便穿上练功服来到母爱公园。

公园里,一尊巨型的女神雕塑横立山腰,宛如慈祥的母亲张开双臂,挡护着孩子们,小城里的人们称其为"女神母亲"。许是女神的庇护之故,马腾每每来到这里,都会有一种归属感,哪怕有天大的难事,总会在这里找到答案。马腾之所以常到此地,不仅仅是为了博取安慰,也更是为了学得"给予"。在他认为,真正的男人,不能一味地享受别人的施舍,更需要用自己的智慧和能量去恩泽他人。

马腾来到公园顶峰,那里有一个圆形的练功场。旁边,尚在动工建设,散乱地堆着些红色的机砖。马腾绕练功场跑了几圈,开始练习散打。马腾的拳脚很是利索,出拳、踢腿,抖得风起声响。

旭阳东升,马腾已是汗流满面。

"老马,功夫大有长进呀!"

马腾转身看,是商业街派出所所长安民。安民,是马腾的高中同学,后来考入警校,毕业后分配到公安系统。安民也擅长武术,曾与马腾一起学过散打、八卦掌。

马腾收了功,擦把汗,说:"不求什么长进,抻抻筋骨而已。"

安民拉开螳螂步，在场上走起八卦。马腾顺势与安民对练开来。

　　八卦的圈子很小，若有两米直径。两人一边走着八卦，一边聊了起来。

　　"老安，这回咱们的联合整治行动收效很大，公交车上安分多了。"

　　"你那里倒是安分了，可这些盗窃团伙又涌向了集贸市场和各大超市。我那所里十几个人，整天都不得清闲。咳，按倒葫芦瓢又起！"安民发着感叹。

　　马腾似乎有些幸灾乐祸，说："那样好哇，要不然，你们这些公安的不就失业了？老安，头痛治头脚痛治脚，那样不行，得标本兼治。"马腾透露了昨晚城东饭店里的一幕。

　　"喔？有这事？"安民停下身来，"老马，这可是一个重要线索！"

　　安民还想说什么，手机响了。安民接了电话，眉头紧锁："妈的，夜里有家商店被盗。"

　　望着急急离去的安民，马腾心底道：吃哪碗饭都不容易呀！

　　马腾又练起了散打。远处跑来一群少年男女，有二十几人，虽然没有喊号子，却也显得阵容整齐，一看便知是团队训练。队伍越来越近，马腾凝神一看，这伙人竟然是城东饭店的那些哑巴男女，前边领队的是彩毛孟三，头顶的彩毛像小鸟扑打着翅膀。后边压阵的是被称作"老二"的秃头，额头上的那个"鹰头"晃来晃去。中间的那些姑娘此刻都显得特别精神，看似与常人无异。

　　马腾躬身抓起两块红砖，高高地抛向空中，瞬即踢起旋风脚，只一拳一脚，回落的两块红砖便在半空被击得粉碎，砖渣溅出很远。

"好,马总,好功夫呀!"孟三止步,一群人惊奇地围观着。

马腾朝少年童子们笑了笑,未语,抓起衣服慢跑而去。

马腾刚出公园,恰遇杨光骑车上班。按规定,公司早晨七点半上班,而杨光总是提前一个小时出发,留出半个小时做些准备工作。

"杨主任,这段时间情况怎样?"

对于马腾之问,杨光难以回答。情况,什么情况?于是,杨光迂回地说:"各组跟车还在继续,近两天没再发现小偷。工作纪律大有好转,但仍然有迟到早退的,甚至无故旷工的。"

"有多少人?"马腾问。杨光说:"迟到早退的有二十多人,旷工的少,有三人。"

法不责众。马腾略思,吩咐道:"先拿无故旷工的开刀,不管是谁,依规处罚,你拟一个通报,今上午发下去。"

儒山公交一号通报以正式文件印发,对三名无故旷工者予以处罚,按每天罚款五十元执行;科长及分管经理负有连带责任,按属下总罚款减半处罚;经理马腾负有管理不善责任,按总罚款的百分之二十处罚。各项罚款,由财务科从当月工资中扣除。

公司里像炸开了锅。职工们三五成群地纷纷地议论着:

"这可是大姑娘出嫁——头一回!"

"看来,这马总是动真格的了。"

"也不见得,是不是动真格的,还得看能不能坚持下去。"

……

事情果如职工所料。当天晚上，马腾在家吃过晚饭，接到市局一科长电话，说是被罚的三名职工中，有两人是有特殊原因，不能一概而论，应当特事特办，要求撤销处罚。

马腾感到喉咙被卡住，如同横着一只苍蝇，而只能送去笑声："科长，这事不好办，规定是全体职工通过的，你说，就公交这些人，那个不是'皇亲国戚'的？要么不动，要么一视同仁，您说呢？"

"马总，那你看着办吧。"电话停顿好长时间，挂了。

无奈，无助，沉默，如同沉重的石头压向马腾的心头。马腾就势卧在沙发上，断气一般。

"哎，他姥姥明日生日，你去不去？"妻子洗了盘大樱桃，递过来。

马腾捏了串樱桃，说："得去，老人寿辰，当女婿的哪能不去？"起身换了衣服，出去了。

其实，此时的马腾自己也不知道想去哪里。路灯下，他茫无目标地走着。随着脚步的自由选择，竟然来到了母爱公园。

夜间的公园甚是热闹，活动的群体逐步庞大。前些年，早晚在公园锻炼者，多是些不寻常之人，除了日暮西山的老者之外，中青年的群体大都是些脑血栓后遗症，画圈，点点。而近些年，人们似乎突然从睡梦中醒来，关注起养生保健来，只不过，常到公园锻炼者大多是女性，跳舞的，耍剑的，跳绳的，古老的活动与现代的运动混杂一起，使人感到有穿越之感。

马腾无心欣赏那些活动，顾自来到塑像前，蹲下马步，独自想着心事。目前公交公司这个群体究竟应当怎样管理？总员一百多人的职工队伍中，有三十几人被借调到交通局征收车辆养路费，剩下的八十多人里，能够保持正常上班者只有二十几人，其余六十多人皆以养病为由，常年待在家里，却还照样拿着微薄的工资，这似乎是一个法定的理由。而此次受罚者，正是正常上班的群体。这种处罚，对于正常上班者是一个公正，而与那些常年待在家里的职工相比，是一个极不公平。前任经理采取了松散型管理，你好，我好，大家都好，而这种管理不是马腾的性格，如若那样，将愧对市局，愧对职工，愧对广大乘客。而紧密型管理之路应当怎样走？他奢望着女神母亲能给予答案。

第四章　添丁户雪上加霜
　　　　启思路困境突围

　　淤积在马腾心中的难题终于解开了。这个答案不是女神母亲给的，而是岳母给解开了疙瘩。

　　清早，马腾将妻子送到岳父家，打算先回单位上班，中午再赶来吃饭。马腾刚欲走，见岳母在院子里唤着一群雏鸡。那些可爱的小生灵天真无邪地聚到岳母身前，撒娇似地叫喊着。

　　马腾感到好奇，也蹲下身来，呼唤着。怎奈，那些小生灵却不理会他。马腾正纳闷，岳母说："小鸡和人一样，光空喊没用，手中无米就没有听你呼唤的。"

　　岳母一句话，点开了马腾心中的症结。是的，就公司的现状，职工基本工资都没有保障，谁还会听你召唤？

　　月底二十五号，这是公交职工们最期盼的日子。各路车主都夹着大包小包来到公司。这些业主们到财务科缴完管理费后，总会逐个科室转悠一圈，阔绰地掏出软包中华烟大方地分着，客气地念叨："抽支吧，草包烟！"多数车主还会将整包烟扔给科长、副经理们，说是留给弟兄们。

马腾的办公室里人来人往，车主们对这位新任经理尚不知晓，无一例外地从这经理室走过。尽管马腾一再谢绝，车主们还是将带来的烟酒等礼品留在那里，以期混个脸熟。一时间，经理室里琳琅满目，摆摊似的。

人们走后，马腾让杨光将这些礼品收集入库，烟酒留作单位招待，水果全部分到科室，让职工们共同享用。

马腾刚想静一会儿，财务科长万静进来，手里拿来一千二百元钱，是那日马腾给公司垫付的赔偿款。"马总，这个月工资怎么发？"

在此之前，公司职工发工资没有固定日子，发多少也是根据每月的经济状况由经理临时确定。

"万静，今后咱们发工资就确定在次月的五号。这样，让出时间汇总考核。以前的工资都发多少？"

"这半年来，前四个月都只发了一半，近两个月没发。"

"账上还有多少钱？"

"账上？"万静皱起眉头："如果不算以往的欠账，这个月收入四万多。管理费那是定数三万四，广告收入九千元。"

马腾略作沉思，拍板道："从这个月开始，所有工资发满数，总共才四百多，发一半伙计们咋生活？"

对这新任经理的态度，万洁心存感激，只是，作为公司的管家，她不得不作过多的考虑，建议说："马总，要是工资全发，公司里就没有备用金了，一旦有事，咱就没有余地了。"

马腾摆手摇头："保证职工工资是大事，别的费用，咱尽量省着，我带头！"

电话响了，马腾接过，要他到市局开会。

交通局会议室里，交通系统各企业的老总全部到齐，人们对马腾的调任纷纷道贺。其实，马腾心里明白，在这些企业中，日子过得最艰难的就是公交公司。此时的他，一边赔着笑脸，一边受着煎熬。

主席台上悬挂着横幅"全面贯彻科学发展观，推动社会经济持续发展"。冯局长认真传达着市政府的会议精神，台下的人们多在窃窃私语。马腾听得很专注，因为中央的这些思路，几乎是针对公交公司而确定的。科学发展，是公交公司的唯一出路！

会后，冯局长独将马腾留下来。冯局长告诉了一个更加让马腾苦恼的消息：由于国家费改税，原来借调到市局的三十几名公交职工，全部返回公司上班。

"老马，咱俩都姓马，生来就是出大力的命。"见马腾眉头的疙瘩，冯局长诙谐一番。

一下子又平添了三十多张嘴，必将使本来就捉襟见肘的公交公司雪上加霜，马腾心里在滴着血！但是面对组织安排，他别无选择，他将满腹的愁绪咽下，挤出一掬笑容："冯局，请放心，我老马是压不垮的，困难都是暂时的。"

马腾将自己锁在办公室里，一直憋了一夜。第二天早晨，杨光上班整理卫生时，马腾的目眶上套着厚厚的一层黑圈。

"杨主任，通知中层以上干部八点过来开会。"

公司的首脑会议依旧在经理室召开，副经理许万山、财务科长万静、办公室主任杨光、运营科科长韩晓伟、广告科科长张一弓五人与会。六人中有三支烟枪，屋子里缭绕着浓浓的烟雾。

马腾分析了公交公司当前形势，提出了科学发展的几个思路，让大家讨论。第一，增设线路和班次。当前儒山的公交格局是，村镇班线划归客运公司管理，公交公司只经营市区的公交车。而市区公交只有五条线路，不足三十辆车，每趟车上都是乘客拥挤，极不安全。这种现象说明，我们的线路、班次的设定还不能满足市民的需求，尤其是随着旅游业的发展和银滩房地产业的兴起，流动人口大量增加，城市公交的运营能力明显不足，必须增设线路，增加班次。第二，调整管理费收费标准。当前公交车的管理费定额与车辆收益相比明显偏低，需要普遍调增。第三，当前市财政经济压力很大，公司必须拓展新的创收途经，减缓政府压力，维持公司发展。

"增上新的公交线路，确实是个好主意，既能方便市民出行，又能增加公司收入，一举两得。经理说的拓展新的创收途径不现实。咱是公交企业，一切都必须围绕主业做文章。"副经理许万山率先发表观点。

"一业为主，多种经营，是政府大力提倡的，可以在主业之外兼营其他项目。但是，搞什么都需要启动资金，就咱目前状况，拿什么做本钱？"办公室主任杨光又提出难题。

马腾捏着眉头，似乎欲将那个疙瘩揉碎。围绕着开拓经营这个思路，马腾又提出了两点意见：第一，拓展广告业。目前公司的广告，只限于车体，且利用率很低。而车厢、站亭等许多平台尚未发挥作用，需要把这个蛋糕做大、做强。制作广告，不需要太多的资金，并且赚钱快。第二，围绕公交车，成立汽车销售中心，兼做其他。在当前资金严重不足的情况下，可与厂家联系代销，虽然利润较低，但不需要启动资金。

马腾一席话,点开了人们的心扉。

按照会议通过的思路,杨光整理了一份《关于调整思路,科学发展》的请示,呈报至市政府。

半个月后,分管交通的副市长薛文广打来电话:"老马,你的方案市政府已经通过,市里领导们高度赞扬,你是全市企业中科学发展动作最快的典范!但是,开辟市区线路,不能操之过急,成熟一个开辟一个,要把好事办好。"

经过实地勘察和论证,在市区又新开辟了三条线路,并开通银滩至火车站专线,专门照顾来自全国各地的银滩小区居民。新增的四条线路可容纳公交车二十八辆。随着新的规划,两个突出矛盾接踵而来:一个是如何承包车辆,另一个是如何调整收费标准。这本来是极其简单的事情,却由于复杂的社会关系,使得马腾陷入困扰。市里许多头面人物纷纷打电话,甚至找上门来,要求为其亲戚承包车辆。对此,马腾琢磨出一个通用的套话:领导,你就别难为我了,这事究竟怎么办暂时还没定,我也说不了算,不过我会记着,到时候尽力帮忙。

马腾的这个套话已经使用不下于四十次了,因为这些电话的主人基本都可左右他,得罪不起,他只能这样模棱两可地送个顺水人情,却又欠下了些模棱两可的人情债。

公司里静得出奇,西天的晚霞将那美丽的光束穿进窗户。职工们早已下班了,马腾还在办公室里理顺着那些乱麻。

手机响了,是城东饭店老板"刁一勺"打来的,说是饭店装修结束,邀约老学友聚一聚。马腾推辞着,可"刁一勺"不依不饶,要不然就驾车来接。马腾脑子里在转悠着:这"刁一勺"又要搞啥名堂?

第五章　鸿门宴金蝉脱壳
　　　　甩包袱拱让肥肉

马腾来到城东饭店时,"刁一勺"已在门前等待。饭店装修从外表看没多大变化,只是刷了层彩色涂料。进了门庭,里边竟是焕然一新,大厅及走廊的墙壁上悬挂着大小得体的壁画,墙角用钛金镶嵌,甚显文雅。

"刁一勺"陪着马腾向里走,各个雅间里都传递着吆三喝四的声音,想必是顾客爆满。这些雅间的命名很特别,全是名贵花名。两人走到莲花厅时,里边传出麻将声,继而,房门打开,随着拥出的一股浓烟,一位身着短裙的姑娘搀扶着一条汉子出来。马腾定神一看,这汉子竟是商业街派出所所长安民!

安民像是酒醉未醒,只是向马腾点了下头,在姑娘搀扶下去了洗手间。

这个老安,居然还喜好这一口!马腾暗自骂着。

"刁一勺"打开玫瑰厅,是个套间。外间厅内装饰风雅,厅中央有一麻将机,墙边放着两只沙发。里间与外间的风格不同,一色暖色格调，放置着大型双人床，墙面上的裸女惟妙惟肖地传来挑逗的眼神。这种设计固然新潮，但毕竟不是独有。最令马腾感到新奇的是雅间里的地面，全部是玻璃镜面，让人感觉置身于半空中。

"老刁，你可真是别出心裁呀，可以评星啦！"

"刁一勺"拉上窗帘，打开顶棚彩灯，房间里顿时光芒四射，有如步入七彩星空。"老马，感觉怎样？"

马腾频频点头："确实是别具一格。各个房间都是这个装饰吗？"

"哪能，""刁一勺"说："这样的房间只有六个，其余的没有套间，不过，灯光和地面都一样。"

两个服务员端菜进来。"刁一勺"瞅了她们一眼，两个姑娘会意地从里间抬出一个圆形桌面，严实地盖在麻将桌上，铺上桌布。顿时，麻将机摇身一变，成了温馨的餐桌。

两个服务员服装一致，上穿白纱长袖衫，下着淡绿色吊带超短裙，乌发上盘，若不仔细看，定会认为是孪生姐妹。

服务员往桌子上拾掇着，马腾突然发现，这两个姑娘像踏在平静的水面上，裙子里的秘密暴露无遗——这两个姑娘竟然没穿内裤！

马腾羞怯地收回目光，看了下表，问："不是宴请老学友吗？都有谁？"

"刁一勺"一直悉心地观察着马腾的眼神和表情，心中窃喜，笑说："怎么，你不就是我的老学友吗？有你一个就足够了，人多嘴杂，就咱俩！"

"你呀你，老刁！"马腾掏出手机，摆弄了一会。

对马腾的举动，"刁一勺"没太在意，却知道是发了条短信，调侃道:"老马,怎么不直接通话,发短信多麻烦。"

"咳,我哪能跟你比?通话至少得四毛,短信一毛就解决问题。"

"嘀,这小日子过得。"

服务员继续上着菜,满满的一桌子。"刁一勺"打开一瓶茅台,斟满两杯,霎时酱香四溢,想必是窖存了好多年。"老马,当年咱俩学艺时,你把我喝得一塌糊涂。今儿我也不是报复,不过咱都得一醉方休。"

"刁一勺"的提醒,倒使马腾想起了当年往事。早年在饮食服务培训中心参加培训时,马腾和"刁一勺"是本届学生中的两个佼佼者。毕业时,马腾和"刁一勺"商量,宴请各位师傅。那晚,酒桌上喝倒了一片,人均二斤多白酒。最后,只有马腾还算清醒,挨个地送了回家。

"不行了,老刁,多少年来再没喝酒,酒桌上的功夫几乎全废了。"马腾说这话也是事实。自从坐上交通宾馆一把交椅以后,马腾借身体不适为由,屡屡拒绝喝酒。他知道,在这个位子上,如若伸杯喝酒,那便有喝不完的酒,只要被过量的酒精一烧,体内所有为自己警卫的神经都会撒手不管,这个时候,什么事情都会发生。不过,今天晚上马腾倒想喝上几杯,因为面对的是"刁一勺",手下败将,也想借机探个究竟。"老刁,今晚不会单是叫我来比试酒量的吧?有话早点说,否则三杯酒下肚,我可就什么都会忘掉。"

"没有,啥事都没有,只是想跟你聊聊,如果你相中了这个地方,往后这儿就是你的了。""刁一勺"端杯,示意了一下,一饮而尽。

马腾也举杯尽饮。"刁一勺"复斟满。马腾眯缝着眼睛,说:

"老刁，你这一装修确实是旧貌变新颜，满哪都好，就是这地板……太那个啦！"

"刁一勺"又干掉一杯，舔着嘴唇道："老马，你真得说到点子上了。我这装修，别的，都没啥特点，唯独这个地板是咱独有的。没看那些客人？都很上档次，他们大多是冲着这个特点来的。""刁一勺"滔滔不绝地申明着他的观点。如今世道变了，传统的东西逐步被淘汰，甚至完全被翻新，譬如衣着，男人越来越封闭，即使炎热的盛夏，也要衣着革履，不能赤脚光膀子，而女人则越来越开放，恨不得将几千年来被封建制度禁锢的身上的所有隐私全都显露出来；譬如性欲，在全国解放以后，妓院全被查剿，而近些年竟以各种名目布满大街小巷，洗理店、按摩厅、足疗馆、休闲阁等，人的性欲得以放纵；譬如书法，苦修半辈子的传统书法家都在快速地贬值，而从未拿过毛笔的人抖起胆子，歪歪扭扭地写了几个字竟然价值千金；譬如文学，古代的四大名著式的作品没人欣赏，而能把短篇拉成长篇、甚至拉成几十集电视连续剧的作家占据文坛，越是啰嗦、含糊不清的作品获奖的几率就越高……"老马，这就是现实，咱改变不了现实就得去适应这个现实，不然的话，你就会变成另类。"

马腾脖子一仰，吞了一杯。他细心品着，感觉这酒似乎变了味道，脑袋里被一大堆扭曲的理论搅得晕晕乎乎，眼睛僵直地盯着这位极不寻常的老学友，"老刁，士别三日当刮目相看，想不到这些年你进步很大，我自愧不如呀！"

"哪里哪里，""刁一勺"再次斟满。见马腾那半醉的样子，"刁一勺"也深感意外，吞吞吐吐地说："老马，有件事……我一直难以启齿……"

"老刁，咱俩谁跟谁呢？有话尽管说！"

"听说最近你公司要上几部车？"

马腾点头。

"我有个弟兄，在家闲着没事，要是有可能的话，能不能……""刁一勺"终于挑明了话题。

"包车？他有 A 证吗？"

"他，倒是没有，但他可以雇人开车。"

一位带着墨镜的小伙子端了盘西瓜进来。此人剃着秃头，额头纹着鹰头，却显得彬彬有礼，微微地鞠了个躬，转身出去了。

"就是他，我这儿老二刘瑛，看样子有点浑，不过心眼儿倒是挺好的。前几天晚上在大街上遇到点麻烦，左眼受伤，所以只能戴着墨镜。"

此人尽管戴着墨镜，但马腾还是认了出来，就是那天晚上在这家饭店后院刑讯房里主鞭的那个鹰头小子！"老刁，增补车辆的事儿八字还没一撇呐，究竟怎么办那都是市里说了算，我还真是为难。"

"刁一勺"举杯再饮，"老马，你蒙谁呀？这事就是你的一句话，即使是市里确定，至少你有荐举权！"

马腾端杯抿了一口，"老学友，你真会抬举人……"身子摇晃起来。

"看来你这酒量真的不行了，找人给你代着吧。""刁一勺"敲了下墙壁隔断。

一位姑娘进来，仍然是服务员的装束，眉心间有一颗显著的红痣。马腾一看，此人正是那日在公交车上被逮住的、后来在刑讯室受侮辱的那位姑娘。只不过，此时的姑娘显得分外娇艳。对这一发现，马腾只是在心中惊奇，却未表现出来。

姑娘怔怔地盯了马腾一眼，转而将目光移转至刁老板。

"刁一勺"打着手势，让姑娘给客人代酒。

姑娘怯怯地凑向马腾，将软乎乎的胸脯贴在马腾后背，纤指捏起酒杯，仰面吞下。

"刁一勺"附耳说马腾："这个阿秀可是我的店花，杭州来的，兄弟大可不必担心，她一辈子都不会说出去的。"

马腾醉眼惺忪，摇着头。"刁一勺"轻声劝着："老弟，放开点，别看着人家抱小姐，自己却偷着尿裤子，那叫自我折磨。好了，今晚我这还有贵客，我先去别桌敬杯酒。"遂打着手势示意阿秀：搀扶马总上床休息。

就在"刁一勺"准备离开房间之际，马腾的手机响了。马腾接过："喂，领导，没事，我马上出去。"

"刁一勺"折回身来，疑惑地问："领导？哪个领导？"

马腾清醒了很多，起身说："家里的，我的顶头上司，知道我在这喝酒，她不放心，要开车来接，正走在路上。"

"这么不凑巧，那你慢慢走。""刁一勺"满是无奈，搀扶着马腾送出酒店。

马腾辞别了"刁一勺"，脚步突然稳了起来。

远处一辆出租车驶来，马腾招手上车。马腾窃笑，打开手机，调出了那个短信：

老婆，今晚有应酬，如果七点半没回去，请电话联系。

交通局冯局长到市里开会，刚回到办公室，马腾跟了进来。

"老马，这回该有好事了，听风声，承包公交车的竞争很大。

事物都有两重性,你这个位置,有困难,但也有好处。"冯局像是在祝福。

"冯局,我正为这事来的,"马腾自己倒了杯水,大口喝着:"这是一个很让人挠头的事情,就像猪肉里包着一把针,看起来是块油水,真的吃起来会要命。这几天,找我的人太多了,可谁我也没答应。"

"这也是事物的两重性。这几天,找我的人也不少,我也不知道该咋办,都给搁着。老马,这本来就是你碗里的肉,你不想吃也得吃。"

"冯局,我有个想法,"马腾将憋在肚子里的苦水一股脑儿地倒出来。

公交车线路承包,其本质意义不在于为个别业户提供挣钱的机会,更在于方便市民出行。因此,在对承包业户的选择上必须慎重。如果业主不能倾心为民,我们市委市政府的威信和形象就会大打折扣,就会适得其反。在众多的关系网中,固然有些正义者,但不排除有见利忘义者。严把录入关并非易事,从这个角度出发,马腾决定将这块肥肉让出来,由市局牵头公开招标,设定出竞标的必备条件,确保公交服务群体的过硬素质。

"老马,你算是很有数,这确实是一块带刺的肉。既然你主动地把它交上来,咱就采取竞标方式,严格把关。"冯局长将马腾的杯子换了,泡上茶,"老马,你先拿出个详细方案,包括竞标的运作程序、评审标准、线路承包费标准、购车型号及方法、车辆管理费标准等,成熟后,再组织局里、运管处等进行研讨,给政府和市民一个满意的答卷!"

局长的表态,使得马腾泄去了一股无名之火。"冯局,还有几件事，想请示一下。"

"喔？请讲！"

如今，公交公司有职工一百多人，实际的管理岗位容纳不了这么多人。人员闲置下来就容易琢磨闹事，并且会加大公司的费用开销。据了解，有不少职工对每月四百多元的待遇感到不满，其中有些人已经私下做着自己的买卖。马腾想申请个政策：允许公交职工停薪留职，下海经商。停薪期间，养老保险的集体部分仍然由公司承担。

"噢，这个政策还可以执行。还有什么问题？"

马腾又讲起另两个想法。一个是成立车辆销售公司。随着公交车的不断增加，公司内应当有一个专职机构进行修护管理。这个销售中心，主要负责车辆的集中采购、常用部件的供应，还可以兼营其它小商品。如此，既可以保证公交车的质量，又以团购的方式享受车辆价格的优惠，为公司进行创收。另一个是成立公交广告公司，充分利用公交车体和公交站亭，为商家进行产品宣传，互利共赢。

"行，老马，很有思路。这两个子公司的人选要慎重，其运作必须在你的掌控当中。"

"那当然。成立这两个公司，主要是为了方便对外联系业务，在内部，相当于两个科室，账目上纳入公司财务科统管。"

"你把有关情况写个请示，由局党委研究批复。"

"是，冯局，我马上运作！"马腾憋了许久的郁闷之气，此刻竟荡然无存了。

公交公司的请示很快便得到了批复。办事情就是这样，必须提前沟通运作，请示批复都只是个形式。

根据市局的批复，公交公司下达了一号公布令：张一弓任儒山市通兴广告公司经理；韩晓伟任儒山市汽车销售公司经理，不再担任公交公司运营科科长职务；杜金山任公交公司运营科科长。

一纸公布令，在公司里激起小小的涟漪。

"马总，你可以为我作证，我是清白的。"新任汽车销售公司经理的韩晓伟找到马腾，倾诉自己的冤枉。公司的公布令下发后，有些职工背后议论，说是韩晓伟私下宴请马腾，送了不少礼金，甚至有更加肮脏的说法。

马腾则显得很坦然，说："老韩，爱嚼舌头的人哪个单位都有，不为奇。身正不怕影子斜，由他们说去吧，时间会给他们回答。准备一下，明天咱俩出趟差。"

"出差？去哪？"

"别管，明天就知道了。"

第六章　市场考察显亮节
　　　　　线路竞标还公道

　　太阳刚刚冒红,马腾便与韩晓伟坐上了长途汽车。

　　为了保持公交车的统一整齐,交通局党委会研究决定,本次新上的公交车全部采用十九座、单开门中型车辆,颜色选定绿、蓝两种。根据外地同行反映,选择烟台、聊城、江苏、天津及广西五家厂商,要求马腾亲自考察。

　　"马总,你看这里有一个好消息。"在车上,韩晓伟掏出一张报纸。

　　马腾接过一看,是本市的市报,第二版头条新闻引起他的关注:《我市捣毁一个涉黑窝点》。文中报道:商业街派出所根据市民举报,经过长期卧底侦查,查获城东饭店多年来有多项涉黑行为,涉嫌拐骗少年哑男哑女,迫使其从事盗窃、卖淫等非法活动,业主还涉嫌贿赂政府官员、诈骗公款、偷漏税款、非法替人讨债等罪行。日前,犯罪嫌疑人刁某已被刑拘,案件正在进一步审理中。

　　"这个老安,原来是在卧底!"马腾暗想。对于这则大快人心的报道，马腾并不兴奋，总觉得对老学友"刁一勺"欠点什么，若不是自己走了口风，也许老刁不会有事的，至少不会如此地快。马腾长叹一声，闭上眼睛，大脑中，几条思维的通道在纵横交错着，其中，有一条通道里显示着这样几个大字：久行不义必自毙！对，以"刁一勺"的为人，蹲大牢是早晚的事，这也并不能怨得别人。再者，趁早制止这种犯罪行为，对"刁一勺"来说也算是及早拯救，马腾感到释然。

马腾二人首站来到烟台，径直地去往舒驰客车厂。

"二位先生，请问找谁？"大门口站立着两位身披绶带的礼仪小姐，显得彬彬有礼。

马腾拿出介绍信，说明了来意。一位小姐微微鞠躬，话语带出笑容："二位请随我来！"

接待室里，马腾与韩晓伟刚刚喝了几口茶，一位中年妇女款款而来，谦和地给两人送上一张名片。马腾一边自我介绍着，一边看着名片，不禁一惊：这个小巧玲珑的女人居然是掌管着大半个厂子的业务经理！

女经理指着那位小姐问马腾："这小徐也是你们儒山的，在我这实习，挺优秀的！"

小姐恭谨地施礼："马总好，我叫徐丹，烟大公关在读。"

马腾打量着徐丹，问："既然是实习，必定临近毕业了吧？就业有什么打算？不想回去支援家乡建设？"

徐丹给续着茶："暂时还没考虑，到时候随缘吧！"说毕，鞠躬出去了。

女经理拿来一本杂志。"马总，我们厂的所有产品都在这里。

对于产品质量，想必您早有了解，车型、款式可随意挑选。"

马腾翻看着，指向十九座单门车，问道："仇经理，这款车的价格多少？"

女经理腮边呈现出两个酒窝，溢出甜甜的声音："马总，价格上您放心，我们厂的产品价格是执行全国汽车业统一价格，只是单车购买按照批发价，若是批量购买，可以按照出厂价给予优惠。"

"批量指的是几辆？"马腾复问。

"马总，您来得正是时候。以前的批量是指超过十辆以上。最近，根据市场形势，将'批量'下调为五辆。"女经理提壶续水："出厂价比批发价优惠百分之十二。"

"还有别的优惠吗？"马腾继而探问。女经理迟疑片刻，反问："马总，每个企业都有自己的商业机密。作为一个合作伙伴，我可以坦诚地告诉你，如果您是批量购买，我们可以按照厂里的销售人员待遇给您提成，这个提成，不会影响到销售价格。至于提成多少，待签订合同时您自会明白。"

"那好，近几天我会再来的，有一点可以肯定，我们走的是批量。"

"谢谢您马总，我静候佳音！"

马腾与韩晓伟离开烟台后，又奔赴聊城、江苏、广西、天津客车厂进行考察。对比之后，选定了烟台的舒驰、聊城的中通、江苏的友谊和东鸥四种品牌，准备提交研究。

"马总，这些车的价格确实很便宜，比起单个买一辆能便宜好几万。"回程的路上，韩晓伟发着感慨。

"那当然，要不然，咱俩不白跑一趟？"

"马总,"韩晓伟吞吐说:"要是都成交了,他们厂里给咱的提成……"

马腾坦然说:"既然给了提成还不影响价格,咱何乐而不为?不过,这个提成咱不能装进兜里,必须如数上交公司财务科,否则,它会烫手的。"

马腾正在自家吃饭,电视上打出一则公告:市公交公司拟新开辟四条公交线路,增上公交车二十八辆,全部采用公开招标方式。

"哎,这不是你那公司吗?既然要新上一批车,干脆让他小舅也包一辆,不比到处打工强?"对于公司里的事情,马腾很少回家提及,若不是在电视上看到,妻子根本不会知晓。

马腾擎着筷子,央求道:"领导,你就饶了我吧。他小舅不是那个料子,承包公交车,不是个容易事,那是当老板,还得有本钱。打工怎得?出点力,没心事,不必让他去趟那个浑水。"

妻子赵淑莉讥讽道:"什么料不料的,你当了那么个小官,在外人看来很风光,可咱自己人谁还跟你沾一点儿光了?算了吧,俺也不去沾你的光,别影响了你的清廉!"

交通局大小会议室里都坐满了人。

大会议室里,百余男女都在等候竞标。

小会议室里,冯局长正在组织召开公交车竞标会,局党委成员、运管处及公交公司的正副职全部到会,组成临时评委。会前,人们都在窃窃私语着。

"同志们,公交公司要增辟线路,需要增加二十八部车,全部对外发包。由于本次发包竞争力很大,经公交公司请示、局党委研究决定，实行公开发包。刚才看到大家都在私下议论，可能有些关系需要处理。在此我明确申明：即使是有关系，也不能照顾，全部走程序，严格按照标准来。从现在开始，大家都把手机关上！"冯局长神情极其严肃，场内静得出奇。

工作人员抱来一只箱子，箱子上贴着封条，当场打开，里边都是参与竞标者的申报资料。评委们进行的第一道程序是资格审查，每位评委都要逐份审查，审查后在申请表下方签署意见。

马腾负责最后审核。他认真地翻阅申请表，突然发现了那个额头纹着鹰头的秃头小子刘瑛，便将这张表给剔了出来。

"老马，这人的资料齐全，怎么给剔除来了？"左边运管处的问。马腾指着表头的照片说："没看到？这人是个鹰头，有损儒山形象。"

右边的一位副局长拿过申请表，附耳说马腾："这个刘瑛给留着吧，市里领导的关系。再说，人家投标也很高，竞标嘛，是吧？"随手放了回去。

本次申报人员一百二十六人。经过资格审查，符合条件者有八十三人。冯局长吩咐工作人员："将这四十三份资料拿过去，通知这些人先回去，其余人员继续等待。"

第二道程序是揭标书。本次竞标的标底为二十二万元。工作人员又抱来一只箱子，依旧是展示后当场开箱。这只箱子里装有竞标人各自投出的标书。评委们先行剔除了四十三人的标书后，按照投标额度将剩下的标书排类。分类结果是：投标二十四万元者十二人，二十三万元者十一人，其余全部是二十二万元。这个结果显示，必须在剩余的六十人中选择五人。评委们都傻了眼。冯局长与马腾耳语后，当即决定："剩余的六十人公开竞标！"

评委们来到大会议室。中标者都纷纷离开，只剩下那六十位平标者。冯局长简单说明后，公开竞标开始。

竞标者在二十二万元的基础上，每次加投五千元。经过激烈的角逐，最后有十人投到二十六万元，却无人退出，而又无人再加投。

又是十人平标！马腾向局长耳语："冯局，用不用给市里的领导预留名额？"

冯局长摇头："现在是箭在弦上，不得不发，关键是再怎么办。"

"十人考试如何？"

"考试？这倒是个办法。"冯局长宣布暂停，召集评委们研究方案。

经过评委们集思广益，酝酿出两道考试题：一道是知识类，三角形的内角和等于多少度？另一道题是政治类，你承包的公交车是谁的？用途是什么？

这两道简单得无法再简单的试题，却令这十位应试者满头冒汗，尤其是知识类试题，竟有五人被判零。笔试结果，有五人勉强通过，真是苍天助也！

大清早，马腾便来到公交公司的汽车销售公司。公司的地点设在城东，租借市盐务局的一层大楼办公。大厅内，沿墙边摆满货架子，陈列着各式汽车零配件，中间留出足够的位置用于维修，一些人都在忙碌地摆放各种物品。后院里，一列二十八辆崭新的公交车排起方阵，车头系着红色彩带，如一群整装待嫁的新娘子。几位女职工都在清扫卫生。后院的东门两侧各挂着一串串红鞭，几位男子在守护着,那气氛,像是农家在娶媳妇。大门上方悬挂着横幅,上书:儒山市城市公交汽车销售公司开业暨新车上线开班仪式。

"马总,这次发包,一下子收入上百万,能解决好多问题。"经理韩晓伟陪着马腾观看。

"杯水车薪!"车辆竞标顺利完成,马腾感到欣慰。尽管在这场竞标中他未得到什么,但也未因此而得罪他人,这便是他的初衷。这次竞标虽然能为公司带来百万收入,但这种收入是一次性的,后续的收入则寥寥无几。此时,马腾顾不得想这些,吩咐道:"老韩,你这个公司是咱公交公司的第一块自留地,务必经营好。赶快去准备吧,八点十八分准时剪彩!"

"请领导放心,昨天下午我开了个协调会,人员都作了分工,现在都在岗位上。"韩晓伟信誓旦旦,踌躇满志。

太阳升向半空。公交公司的百名职工排着整齐的队伍来到现场。市财政局、公安局、交警大队、公路局、税务局、工商局等部门领导纷纷前来,有的还带来花篮及礼品,以示祝贺,马腾一一接待着。

时至八点十分,交通局冯局长陪同分管市长薛文广驱车赶来。马腾陪着领导进入前边大厅浏览一圈后,直接穿进后院,来到后院东大门,剪彩仪式开始了。

这个剪彩仪式在设计上就很简单,没有各嘉宾单位的繁琐的贺词,只是由薛市长代表市委市政府表示祝贺,对公交公司的创新精神给予充分肯定。马腾对汽车销售公司及新开设的线路情况作了简要介绍,从某种意义上分析,这个介绍就是一份广告。

礼仪小姐扯来一条红色彩带,中间挽起一个大大的花结。薛市长与冯局长各自拿起剪刀,一阵鞭炮齐鸣,礼花腾空。二十八辆公交车载着新业主缓缓地驶出大院,踏上新的征程。

"马经理,城市公交这潭死水有了新的活力,市委市政府相信你有这个智慧和能力,把公司越搞越活,走向希望。不知下一步有什么打算?"人群散去后,薛市长握着马腾的手,情绪有些激动。

"老马这人,思路很活,也很广。"冯局长旁边插话。

马腾许久没有这样快乐过,神态、腔调有些滑稽:"市长,再没本事的人,被逼上梁山以后也都就有了本事。下一步,至少是近几年,我想重点围绕抓好管理这个中心,实行开源分流。"

"开源分流?好,我们静候佳音!"薛市长投来信任的目光。

第七章　分流减压萧声去
　　　　开源节流活水来

　　公交公司办公会又在召开。马腾宣布了四件事：第一，成立通兴广告公司，任命张一弓为经理，人员暂定五人，年毛收入计划定为三十六万元，列入考核，按增减比例奖罚。广告科之外的职工招揽的广告业务，按照百分之十提取奖励。第二，调增原有公交车的管理费，平均上浮百分之三十，与新增车辆保持同等水平。第三，补齐此前欠发职工的所有工资。第四，允许职工停薪留职。

　　"以上四项，是经过报请交通局批准的，请大家迅速传达下去。尤其是停薪留职，不做强求，目的是为了保持人才的合理流动，停薪期间，不发工资，养老保险应当由单位承担的部分公司继续负责，合同时间为十年，十年后另行确定。给大家一个周时间考虑，有自愿停薪者，个人提出书面申请，签订协议。"马腾作进一步强调。

　　新任经理新招频出，令公交公司这潭死水波澜迭起。尤其是新公布的四项决策，每项都与职工的切身利益息息相关。

广告科里聚着一拨人,吵吵闹闹的。

"张经理,祝贺你晋升!"

张一弓谦道:"那里是经理,那是在外边的一个外号,对内还是科长嘛。"顺手分着烟。

"公司的这个政策好,俺能拿双份奖励了。"科里的女工沾沾自喜。另一女工伶牙俐齿地回道:"想得美,你是广告公司的,不能享受别的职工待遇。"

"那样就不公平了,凭什么给俺提成少?"

"就因为你们是搞专业的,真有本事你就报名停薪留职!"

一周后,办公室主任杨光拿着一摞子申请表来到经理室。

"马总,你这一开口子,全公司有四十二人提出停薪留职。"

"这是好事。"马腾接过,翻看着。杨光面带愁容,抽出下边的几张表,说:"这么并,好多优秀人才都就走了,你看这些。"

马腾未去细看,不以为然地说:"政策,对于每个人来说都是公正的。咱既然出了政策,就不能把个别人给剔除来。再说,什么叫人才?人本无才,才能都是后天培养的。只要咱们使用得当,每个人的才能都能充分地发挥出来,地球不会因为缺失了某个人而停止转动。"

四十二份《停薪留职协议书》如期签订,一下子少了四十多张嘴吃饭,马腾心里如释重负。

汽车销售公司门前停着几辆公交车。大厅里,几个职工都在整理着新进的零部件。两个公交司机在浏览着,韩晓伟一一介绍。

"老韩,看样子搞得不错呀!"马腾进来。韩晓伟喜出望外,让客户自己观看，陪着马腾来到办公室。

"汽车销售公司开业一个多月，生意还算可以。因为公交车专营店在本市是第一家，是其它店所不具备的优势。只是，有些车主反映，在本店购买零部件后，还得到汽修厂找人更换，显得很麻烦，建议能否增加维修项目，更加方便顾客。"

"你有什么打算？"马腾问。韩晓伟说："我想找个年轻职工，送到市政府汽修所学徒，为咱自己培养人才。"

"你这想法倒是不错，只是不能马上奏效。不如这样，从政府汽修所退休的老维修工中聘用两把硬手，安排年轻职工给打个下手，顺便学徒，一举两得。"

"哦，这倒是个好办法。"韩晓伟泡上茶。

马腾端杯喝着，继而说："老韩，经营公司需要开阔思路，在做好主业的同时，还可以兼营其它，比如长途大客的零部件，再比如矿泉水等，都可以经营。"

韩晓伟豁然开朗，"马总，按照你这个想法，咱这个公司也就活便得多了。前几天，文登、威海的矿泉水厂业务员还来咱店里，商量在咱县城设销售点，可我没敢答应。"

"你看，送上门的财神都被你撵走了。"

"没事，我有他们的名片。"

按照马腾的思路，韩晓伟很快便与威海、文登的矿泉水厂取得联系。为了稳妥，韩晓伟与马腾亲自前往两家水厂考察，商定在儒山设立代销处，代销价格按照销售总量逐步降低。

"马总，想不到这矿泉水利润这么大，能占一半。"返程路上，韩晓伟兴致勃勃。

"老韩,商人,都会哭穷,那些店里写着大甩卖、清仓处理,现象上看他们是在舍本销售,可实际上他们仍有很大的利润空间,老百姓有句话叫'倒了葫芦不卖油'。"马腾这话只是在应付,此时的他心里却在琢磨,怎样才能增大销量、获取最大的利润空间。尽管公司里削减了四十二人,却仍有六十多人在拿工资,吃饭,是当前最大的问题。在这六十几人中,还有三十多人常年请病假,拿着基本工资却不为公司做事,这对于正常上班的二十几人来说,仍然是一种不公平。如何提高上班一族的工作待遇,体现"劳有所得"与"不劳而获"的差距,平衡职工的心理,是当家人需要思考的问题。"老韩,我有一个想法,目前,矿泉水在咱市里潜在市场很大,可以发动在职职工进行销售,按百分之八给予提成。"

"这倒是个好办法,提成上不差那两个点,干脆给百分之十!"

马腾点头:"也可以,钱眼儿有火。你看广告这块,实行奖励政策以后,伙计们各显神通,多多少少的都能拉一些。三国时,诸葛亮擅用童子兵打仗,家里人都不放心,结果全家人都一起上阵。咱也是一样,表面看是发动职工,实际上是在动用每个职工的社会关系,这叫'借水行舟'。"

马腾正与杨光在商讨拟定发动职工销售矿泉水的实施办法,广告公司经理张一弓敲门进来。

杨光抽身出去了。张一弓给马腾杯子续上水,"马总,咱这些公交车和站亭的广告位基本都占满了。"

"喔?这是好事。"

"总体看是好事。不过这样一来,我们广告公司的都只能为职工服务,整天忙着做广告、贴广告,到头来,自己的任务却完不成。为这事,伙计们都满腹牢骚。"

"老张,"马腾说:"你那儿是广告公司,是搞专业的。在广告平台上,车体、站亭是为其他职工准备的,你们的平台可以扩展到其他区域,譬如,城区临街的大楼顶部、火车站、汽车站、集贸市场,还有一些大型活动场地,要主动地走出公交,甚至走出儒山,与那些专业的广告公司拼上一拼,他们能做的咱都可以做,把眼光抬高、放远。给你那五人是相对固定的,必要时,可以随时调动其他人员,闲人咱有的是。"

"哦,明白了。"张一弓走了出去。

张一弓确实走了出去。他驾车拉着马腾在市区各条大街上慢悠悠地转着。宽阔的马路两侧挺拔着一座座高楼,显示着城市的靓丽。在这些高楼顶端,间或有几个广告牌子,大部分位置都空着。

"老张,看到没?这里有好多广告位,趁着现在人们还没意识到,花几个钱就能把它租下来。有了平台,也就抓住了商机。"

两人又驱车去往火车站。

火车站位于市区的北部郊区,占地面积很大,周边有大片的空地。

马腾与张一弓走下车来,拿相机拍照着。"老张,这个火车站目前还是一片处女地,咱必须抢占商机,先行拿下这些广告位。"

此前,张一弓对这一举动并未想过。望着空旷的车站边野,心里既兴奋又在担忧。"马总,这么多、这么大的场地,以咱的实力怎能拿下?况且还要与好多部门沟通,光基础投资也得几十万。"

"沟通联系不成问题,"马腾说:"咱是交通的坐地户,有着天然优势。涉及到与各部门联系之事,你办不了的由我出面。至于基础投资，公司里多少还有一些，不够的话，咱可以发动职工投资入股，收益分成。这样，既可以为公司创收创造条件，也可让职工得到实惠。"

马腾的思路，让张一弓感到吃惊！

在老总的支持下，张一弓壮起胆子抓紧行动，不到一个月的时间，在市区黄金地带租赁广告位一万多平米，在火车站建造高炮式的大型广告牌六个，通兴广告自此在小城有了立足之地，跻身广告业的先锋队列。

在马腾的心目中，这些广告平台，都是广告公司和职工们的用武之地，而他，则把目光盯向固定平台之外。他启动自己的人际关系，承揽了全市运动会会场的场景布置、全国青少年帆板锦标赛比赛场地的场景布置以及中央电视台在大儒山景区举办的"快乐向前冲"的场景布置等项工程，为公司赢得了可观的经济效益。

到了发工资的日子。公司里一片欢声笑语。

财务科长万洁捧着一摞子钱来到经理室。"马总，这是您的提成，总共是三万六千五百块。"

看着这些钱，马腾挑起了眉头，问道："这个月大伙儿该都发了不少钱吧？"

万静拿过工资表，翻动着说："您这不算，工资加两项提成，最多的能拿到两千多，最少的也是八百多。马总，您知道职工里都说您什么？"

马腾眯起了眼睛，等待着。万洁说："大伙儿都说您就是咱公司里的太阳，是救星！"

对于万洁的传言，此前马腾也曾闻听过。马腾不明白，在这个特殊的时代，自己不过是做了一个企业经理应做的事情，怎的就成了救星、太阳？"小万，职工们怎么说咱不管，咱只管做好本职工作。"马腾拿起三捆崭新的票子，翻来覆去，最后摆成一字。

万洁拿过工资表："马总，请签个字吧。"

马腾将三捆票子推过去，说："小万，这钱我不能拿。"

"为什么？"万洁瞪大眼睛："按照收入提成，是公司的统一规定。您为咱公司挣了那么多钱，拿提成天经地义！"

"公司里的规定是为职工们制定的。我是经理，如果跟职工一样地拿提成，这不公平。我若是把公司搞好了，年终，市局会给予奖励的。"

万静无奈地捧着一摞子钱离开了经理室。刚刚带上门，一位妇女迎面过来。"哎，小万，马总在吗？"

这位妇女是市民政局局长的夫人陈娟，公交公司的老职工，在家里养病多年。这些在家无病呻吟的官太太们时常来公司要待遇，与上班一族攀比高低。依万洁判断，此人必是闻听上班职工分得了不少奖金，前来向经理讨说法的。"大姨，马总在不在我不清楚，我只是路过，要不你到办公室问问去。"

两人正说着，马腾打开房门："是找我吧？请进来！"

陈娟一屁股坐向沙发。马腾倒了杯水，双手递过："大姐，找我有事？"

根据马腾的判断，陈娟极有可能为发放奖金的事情而来，他在心中备下了许多理由。不料，这陈娟对公司发奖金之事只字未提，却谈起了令马腾最为头痛的话题——养老保险。

第八章　除旧患职工筹资
　　　　　立新诺凝心聚力

　　陈娟不像其他养病的职工那样暴跳如雷，显出一副文雅而又不可抗拒的神态。"马总，我这个月办退休，可是咱公司的养老保险没交，人家不给办，你说该怎么办？"

　　陈娟是公交公司的老职工。七年前，因患眩晕症，请了长期病假，一直延续至今。

　　公司欠缴养老保险金，一直是职工们的心头之结，平素谁都不愿去触及这个烦恼的问题，马腾也是如此。在马腾接任时，公司欠缴保险金就有七十七万元，至今早已超过八十万了。虽然通过各项创收，公司增加了一些收入，但是除了发放工资之外，剩下那寥寥无几的资金又都投入到广告位上，若不是发动职工们集资入股，所有的项目都会停摆。八十万，令人揪心的数字！

　　"大姐，请您放心，我马腾就是拱破脑袋也要保证您的顺利退休！"尽管马腾尚无良策，却依旧向自家的老职工作出承诺。

　　马腾的当场表态，让这位老职工感到意外，这是之前从未遇到过的。"马总,有你这句话,我就放心了!"陈娟起身离去。善于运筹的马腾却陷入为难之中。

马腾抓起电话,叫来了杨光。"小杨,你去协调个事。"马腾的第一想法,就是让杨光去劳动局协调一下,能否单独将陈娟的养老保险金交上,如果可以,公司的资金紧张局面亦可缓解。

"马总,这事肯定不行,养老金必须整体缴纳!"

杨光那果断的态度,使得一向幽默的马腾无法保持冷静:"杨光,还没联系,你怎么就知道不行?"

"这之前我去问过,除非有特殊关系!"杨光憋胀着脸。

马腾来到劳动局社保处。社保处的李处长是马腾的高中同学,当年两人交情很铁。马腾在交通宾馆任职时没少宴请这位老同学。

与公交公司相比,社保处是个实权单位,前来办事者大多是有求于人,一些人都在巴结地敬烟,却讨不到一只板凳或是一杯白水。马腾由于关系特殊,被李处引到里屋。

"老马,你是无事不登三宝殿呀,说吧,什么事?"李处为马腾泡上一杯当地的绿茶春芽。

马腾坦率地说明了来意,故意说得很轻松。李处那嬉笑的脸立时变得肃严:"老马,这是触碰上级的政策边线,全市大小单位的养老金都必须整体缴纳,没有例外。"

李处一句话,让满腹期盼的马腾釜底抽薪。在这绝望之际,马腾还是抱着微渺的希望而努力争取,商量道:"老李,万事都有个调剂空间。你看这样行不行,我先把马上退休这一个人的交上来,应应急嘛,其他职工的我再想办法,保证在三个月内交齐。"

李处眉头扭曲着:"老马,我不是不信任你,关键是咱没有这样的先例，不敢开这个口子。兄弟我端起这个饭碗不容易，你若是个人需要，我可以借钱给你，甚至无偿资助，唯独这事万万不能。"

政策就像一个魔方，任何政策都留有可变通的空隙，因而，在某些执掌政策者手里变得五彩缤纷。而恰巧马腾最需要的政策却掌握在古板僵硬的老同学李处手中，这个魔方的每个面上都只能有一个颜色，或者是白的，或者是红的，不会掺杂起来。

马腾在至交的老同学那里吃了闭门羹之后，茫然无措地来到交通局。

主管局是企业的管理部门，从某种意义上说，也是企业的"保姆"，当企业遇到解不开的疙瘩时，保姆当以助力。

正是下班的时候，局里人员都纷纷走出大楼。马腾来到冯局的办公室时，冯局也正准备下班。

"老马，有什么难事？看你，满面愁容的。"

马腾简要地作了汇报。

"老马，你是咱交通系统出了名的小诸葛，我相信，这点小事难不住你。不管你怎样运作，局里都会大力支持你！"冯局给了一顶高帽，轻易地将满头雾水的马腾给打发了。

其实，马腾心里也很明白，主管局只能给政策，给动力，在经济上也是爱莫能助。冯局给的那顶貌似轻松的"高帽"下边，也隐藏着领导的无奈。

晚风习习，马腾换上运动服来到母爱公园。只是，他未去圆形练功场，而是独自躲在女神雕塑跟前蹲着马步。在马腾看来，蹲马步是一个很好的锻炼方式，既可以健身，也可以静心思考。

"老马，怎么是你，我还奇怪何时这里多了一尊雕塑呐！"派出所长安民凑了过来，这家伙，嘴里从来就不会饶人。安民站于马腾旁边，也蹲起了马步桩。

"老安，还是你的命好，在执法单位没有压力，不比我，又得哭又得抬，光是这帮伙计吃饭都成问题。"

"老马，你是一家不知一家难。"安民哀叹着，倾泻着满腹的苦水。在如今的世人眼里，公安很威武、很风光，可有几人知晓他们的苦衷？时间上不自由，不分白天黑夜，没有休息日，接到报案就要出发。查案破案更是艰难，有的时候不得不委身卧底，强迫自己干着违心的事，时常还有生命危险。破了案子，在处理上也有很大风险，因为那些敢于在社会作恶者，往往都有背景，有保护伞，弄不好就会砸了自己的饭碗。"老马，我还整天羡慕你呐，专门收个管理费。"

马腾苦笑，笑得鼻子眉眼凑到了一起："老安，你那儿再难，经费有保障。可我呢？钱是个硬头货，没有钱，万事难成！"

"老马，以你的脑瓜挣钱还不容易？就是单位里搞项目，还可以贷款、集资。"

集资！安民终于说到点子上了，马腾又有了新的想法。

经理室里，许万山、杨光、万洁与马腾在研究一项决策。近两年，公司里将有五人退休，尽快解决养老金问题迫在眉睫。在公司资金严重不足的情况下，采取"公司出一块、个人垫一块"的办法，一次性交齐欠缴的养老金。个人垫付部分，由公司逐月偿还，不计利息。

"如果能解决这个老人难，可真是大快人心！"大家一听要解决这块心病，都为之一振。杨光与万洁不自禁地兴奋起来，而副经理许万山则显得阴郁："这，固然是个好事，但是要求全体职工个人拿钱来垫付，恐怕很难做工作。"

"这有什么难的？自己的钱不够可以去借，养老保险金的缴纳宜早不宜迟，每人不就是个万儿八千的吗？"杨光接过话来。许万山仍有余悸："借钱？跟谁借？现在借钱比借老婆还难，住家过日子，万儿八千的也不是个小数目。再说，说是公司逐月返还，有保障吗？空手无凭的，咱怎跟职工去说？上班的这些都好说，在家养病的能做通工作吗？"

"如果对自己的公司都不信任，还留在这里干什么？干脆停薪、跳槽去！"杨光态度果敢。

许万山还欲说什么，马腾摆手止住："大家说得都有道理，职工的养老金总不能老拖着，越拖积攒得越大。初步算了一下，每人大体上在八千至一万二不等。而公司里又不能一下子拿出那么多钱来，怎么办？总得有个解决的办法。对这个问题，我只是凭着想象，能不能实施，还得看多数人的认可度。咱先开个全体会，征求多数人的意见，如果多数人都不同意，就只能先放下，慢慢想办法。不过，咱可以吹吹风，听听下边有什么反响。"

公司的全体职工会依旧在走廊里召开，连同停薪留职和长期养病的职工也一同前来。由于本次会议涉及到职工的切身利益，因而，虽然人群拥挤，却谁也不再窃窃私语，场面静得很。马腾仍然站在办公室门口，将公司研究的办法公布开来。

在金钱面前，往往使许多的亲兄弟都撕破了脸面。闻听要个人垫付资金，人群中一下子炸开了锅。

"看吧，俺就知道，现在当官的都就是个食客，公司没钱了，就变着法子向职工们勒索。"

"就是嘛，当官的说集资就集资，等到集资钱花光了，拍屁股一走了事，咱跟谁要钱去？最终倒霉的还是咱出苦力的。"

人群中议论纷纷。

"哎，话可不能这么说，当官的跟当官的不都一个样。你看马总，自从来咱公司，办了多少事？前任欠发的工资都给补上了，还上线路、增车辆、新开销售公司、扩大广告创收，你能说这人是吃闲饭的？咱说话不能昧着良心！"运营科长杜金山驳斥着那些闲言碎语。

"行啊小杜，俺知道你们这些上班的多多少少的都得了好处，可俺这些在家养病的谁还见到一点好处？别站着说话不腰痛！"一位女职工一手叉腰，一手挽着杜金山。

"怎么，在家耍懒不上班还想要多少好处？难道你的工资没补？别得了金马驹还想它娘！"站在杜金山旁边的广告公司经理张一弓打着帮腔。

"哎？小张，泥鳅掉进海里就成龙啦？当了个小官就学会打官腔。不就是给俺补了点工资吗？跟你们相比，俺这还叫好处？"另一位女职工也凑了过来。

"就是嘛，俺这些老胳膊老腿的，现在没有功劳，至少过去还有苦劳呀，这新头儿不会过河拆桥、卸磨杀驴吧？怎得就不能一视同仁？"又有几位养病族凑了过来，眼见事态就要扩大。

"马总，这几个都是公司里的老刺头，看来他们又要闹事起哄了。"杨光向马腾耳语。马腾高声说道："大家安静一下，大家的时间都很宝贵，我不想耽搁时间。今天的会议就一个主题：同不同意这样一次性解决养老金问题？同意的请举手表决，签订协议，如果不同意就继续停着！"

场内安静了下来。

"经理，俺想问一下，你说让俺先垫付，可以。但有一条，你说以后按月返还，你拿什么作保证？"

"对，拿什么作保证？每月返还多少？"

面对老职工的质问，马腾心里反倒踏实了许多，因为人们的思路已经集中到解决问题上来了。"同志们，我马腾就任这个经理是交通局党委决定的。我也知道公交公司是个乱摊子，但是，我既然来了，我必须给局党委一个交代，给全体职工一个交代。在这里，我可以郑重地承诺：我以我这个经理职位作担保，不管个人垫付资金多少，一律分八年逐月返还，但不计利息，如果食言，自动辞去职务！"

"这不行，你就是辞了职，照样到别的单位混饭吃，俺跟谁要钱去？"

职工们的担忧不无道理。马腾向杨光耳语，杨光转身出去了。

不一会儿，杨光回来，拿着一摞子协议书。

马腾举起协议书，高声说："大家的担忧可以理解。我这个经理确实不值钱，但是交通局是国家的行政机关，大家可以不信任我，而由市交通局作担保总可以了吧？"马腾将几份协议书传下去，上面的履行协议方竟然盖着市交通局的大印！

人们不再骚动，都纷纷地举起了右手。

"好，既然大家都同意了，现在就到办公室签订协议！"马腾一直悬起的心落下了。

人们都涌向办公室。副经理许万山慌张地进了经理室。"马总，又来麻烦了。"

"什么事?"

"汽车站西侧的站亭处,两辆公交车抢客,两家的老板和老板娘动手打起来了,伤得不轻,派出所已经介入,四个人都在派出所里,要求公司领导去一趟。"

马腾叹了口气,说:"走,叫上杜金山!"

第九章　争客源大动干戈
　　　　闹罢运风波迭起

　　派出所是两层楼房。一楼的楼梯扶手上，依次地有几人被铐在栏杆上，蜷缩着身子。马腾三人径直地来到二楼审讯室。

　　审讯室里，两位年轻的警察板着面孔对面坐着，如同两尊雕塑。另有两男两女分坐于排椅上，头部、手臂缠着绷带。

　　"警察同志，这就是俺的老板，公交公司马总。"话语是从一位中年汉子的绷带里递出的。

　　警察见是公交公司的老总，脸上挤出一丝笑容。"马总，你都是怎么管的？大水专冲龙王庙，自窝乱，弄成这个样子，你说怎么办？"

　　马腾心里窝着一股火却无法任其燃烧，只能赔笑："这位同志，事情既然闹到你这里，双方都有错，该怎么办你就怎么办吧！"说罢，顾自出去了。

　　派出所长安民正在审查卷宗，马腾敲门进来。
　　"老马，你怎么还亲自来啦？"安民起身迎着。

"你这一声令下,我敢抗旨不尊?"马腾顺势坐在沙发上,"老安,到底怎么回事?"

"咳,不是我损你老马,你的这些公交司机素质太差了。"

这些年来,公交车、出租车经常出事,尤其是公交车,他们不管自己的线路,哪里客源多就往哪里钻动,抢争客源大打出手几乎成了家常便饭,甚至司乘之间也大动干戈,各个派出所一提起公交来都会头痛。这次事件,也是抢客。银滩房地产开发兴起以后,外地购房团涌向儒山,汽车站至银滩的客流量很大,所以,有好多公交车都来抢客。这两家动手打仗的,一个是坐地户,本来就跑这条线路,就是那个中年汉子,男人开车,妻子售票;另一个年轻人是前来抢客的,小两口都是给人打工,本来跑城东线,老板给他俩下了任务,每天必须挣多少钱,按照收入给报酬。为了抢客,两家发生口角。年轻人打电话给他老板,老板安排三四个小混混过来,把那两口子毒打了一顿。那个中年司机吃了亏,妻子报警了。

"这个年轻人的老板是谁?你可认识?"马腾问。安民说:"老马,我安民是干啥的,怎能不认识?刘瑛,一个秃头小子,文身都文到脸上了。这小子很有背景,哪里不安定哪里就有他的影子。听说这小子用别人的名义包了好几辆车。"

马腾呷了口茶,"老安,对这样的恶人你们派出所就熟视无睹?"

"咳,老马,你也不是个文儒书生,这个道理你应该明白。我们派出所也不是万能的,这个小子几次被抓,可每次都有头面人物为他说话,小事化了。这不,刚才又有人找到局里,领导要求从轻处理。"

"你打算怎么处理?"

"他们在公共场所打架斗殴,已构成扰乱社会秩序行为,先在这关押三天再说。"

马腾本能地弹起身来:"老安,这四个人涉及两辆公交车,关押三天,老百姓就不会适应。如果有可能的话,先放了他们,剩下的事交给我来处理。这样,你也可以做个顺水人情。"

安民思量片刻,说:"也行,不过罚款少不了。"

"罚多少?"

"有理三扁担,无理扁担三,既然都是扰乱社会秩序,就每人罚款伍佰元!"

"老安,这事的处理上有点偏。"马腾正想发表意见,手机响了。电话里传来交通局冯局长急促的命令,要马腾火速赶到市政府广场。

素日宽阔的市政府广场此时显得十分拥挤,三支队伍将偌大的广场分割开来:一支是散乱停放的十几辆公交车,车主们站到车前排起队伍;一支是城东几个生活小区的居民队伍,他们打着横幅标语"为民讨回公道,还我交通权益";在这两支队伍的南侧,聚集着许多瞧热闹的观众,构成为另一支队伍。整个广场周围布满了警察,在维持着秩序。

马腾的车子刚刚停下,交通局冯局长便跑了过来:"老马,你看这里闹的,都是你公交的事!走,咱到信访办去!"

信访办在政府大楼一层,有两个接访室。冯局长与马腾来到接访一室。室内,坐着城东居民代表五人,政府办主任和信访办主任在赔着笑脸被动地应付着。

"哎,这就是交通局长和公交公司经理,由他们来解释吧。"信访办主任像是退居二线了。

城东,是市区居民高度集中的地方,建有六个居民生活区,有居民五千余户。为了方便居民出行,市政府在设定公交线路时,将城东作为重点,安排公交车十八辆,平均每十分钟一个班次。但是,公交车的业主们为了挣钱,却私自改动行驶路线,间或地跑到他处拉客,通过小区的班次明显减少,也不定时,居民外出办事,有时等车需要两个多小时。不仅如此,公交车的服务质量极差,驾驶员和售票员态度蛮横,说话粗鲁,满口脏话,有时还出手打人,惹起居民的强烈不满。居民们忍无可忍,经过长期的酝酿,决定每个单元选出一个代表组成上访团,向市政府讨说法。

"各位,公交秩序出现紊乱,我作为交通局长有无法推卸的责任……"冯局长正想道歉,马腾接过话来:"真正应该承担责任的是我!我来公交公司任职,时间也有半年多了,没有对公交车进行科学管理,在社会造成恶劣影响,给居民带来许多不便,在此,我给大家道歉!"马腾躬身致歉,继而道:"不过,请大家放心,我可以在此郑重地承诺:我们公交公司立即对公交队伍进行整治,一周内见成效,如无改变,我马腾自动辞职!"

"好,马总的承诺也是市政府的承诺!"分管交通的副市长薛文广不知何时进来,朝向五位代表说:"请大家放心地回去,市政府言而有信!"

派选的五位居民代表,显然都不是普通百姓,观其气质与众不同。"好,有了市长和公交老总的这句话,我们就看结果了。"

送走了居民代表,马腾与冯局长又来到接访二室。

室内,五位公交车业主在窃窃私语。鹰头小子刘瑛神奇地演说着。此时的刘瑛已不再戴着墨镜,左眼魔术般地恢复了。

"刘瑛,你们这些跑来干什么?"马腾板起面孔呵斥。

"冯局长，马总，又给您俩添麻烦了！"刘瑛一幅玩世不恭的样子，低头鞠躬，不想，一颗眼珠子掉落地上，左眼处显出一个深深的窝子。

马腾一愣，原来这小子换了只假眼！

刘瑛捡起假眼，往目眶处一抹，立马恢复了正常，嬉笑道："马总，我这都残疾人了，还在给你干着事。不是我刘瑛成心闹事，而是这些弟兄们实在忍无可忍。"

自从中央提出关注民生以后，市政府对公交车的票价实行统一定价。几年来，社会的物价和人工工资都在不断膨胀，公交车的业主们感到心里不平衡。因而，他们私下串通，组织了这次集体罢运，要求市政府调高票价、给予补贴。

"马总，冯局长，你们光是让俺端起了饭碗，总得让俺吃上这碗饭吧？"

"就是嘛，我们也是市民，讲民生也得兼顾我们的生活呀！"

……

几个人，每人都提出一个自以为是的理由，显然是提前预谋的。

马腾把话音压得很低，像沉闷的雷，说："大家说的似乎都很有道理。但是，大家可以扪心自问一下：一个工厂里的工人，长年累月起早贪黑，加班加点地干活，一年下来不过是挣了六七千块钱。一户农民，辛辛苦苦地干了一年，毛收入不过万元。而你们呢？哪辆车一年的纯收入掉下十万块？你们都是工人、农民出身，都对着良心想一想，市政府给你们创造了这样一个好的条件，你们不仅不知道感恩，反而聚众到这里闹事，大家的良心何在？如果你们觉得挣这样的钱还不满足，尽可另选他业，公司不会阻拦。还有,你们不按规定线路行驶,随意改路甩客,引起市民集体上访,究竟是谁的主张?到头来,公司还要认真追究!"

经马腾一说,业主代表们都纷纷地垂下了头。刘瑛挨个地拍着:"你们说呀,干嘛不说了?"

马腾不去理会刘瑛,说与另外四人:"类似这样的事情,都是咱自家的。回去捎个口信,从今往后,大家有什么想法、要求,就直接到公司跟我说,涉及到市政府的,由我替大家说去。关于这次集体罢运的事,回过头要仔细调查处理。"

五人又被马腾劝走。刚出门,刘瑛恶狠狠地骂道:"你们这帮熊包,往后的事我刘二爷再也不管了。"

马腾回到公司,直接来到公交运营科。许万山将科里的十几人全部召集起来,马腾在训着话。

当下,公交管理出现两层皮,"管"与"理"明显脱节,对此,公交公司负有责任。虽然各业主有自主经营权,但这是有条件的,这个自主管理必须界定在公交公司的规划之内。既然公司是公交车的主管部门,那么,应当管什么、管到什么程度、怎样管,是当前应当深入思考的一个实际问题。

"如果仍然按照以前的管理法,只负责每月催缴管理费,其它的全都放任自流,那便是渎职!"马腾第一次动了态度。

室内鸦雀无声。许万山点上烟,开始反思:"马总,在这之前,我们的确没往深处想,领导也没要求。疏于管理,导致事故频发,我有责任。但是,有一个问题我始终不能理解,城市公交既然是民生工程,为什么偏偏交给个体去完成?政府在干什么?为什么不能把公交统起来?"

许万山之问，让马腾无法回答。这些年，国内的经济形势急剧变化，原有的企业集团都相继化整为零，地方国有企业也纷纷改制，一批月薪不足千元的企业厂长经理一夜暴富，将拥有净值几千万元的工厂以几百万元购买下来，据为己有，而为企业奉献了青春的老职工却一落千丈，成为新型企业主的雇工，靠着那微薄的工薪勉强支撑着家庭生活。新的企业主们将国家投资发展起来的厂子据为己有后，不思创新发展，却一味地压低雇工们的工薪，最终使企业走向破产，企业主倒是挣足了钱，而雇工们只能无奈地下岗，如此，那些轰轰烈烈的地方国有企业便从这个地域销声匿迹。个体，个体，一切的行当都朝着个体的方向裂变！对这些奇异的现象，马腾无法理解，却只能憋在肚子里，尤其不会在职工面前吐露半个字。"这是一个体制问题，不是咱所考虑的。我们的一切工作，都只能在现有体制框架之内去思考、去进行。"

马腾部署了两件事：一个是运营科的全体人员都要分组划片地跟车，每周跟车一轮，重点监管各部车辆执行线路、班点以及服务情况。另一个是，立即制定承包车辆管理的补充规定，凡是在安全、服务方面出现重大问题者，取消承包资格。

管理科跟车查访制度实施不到半个月，科里便提交报告，据反映，新的管理方式实施以后，卓有成效，公交车的运营秩序大有改观，随意变更路线的恶劣行为得到全面遏制。对于这种局面的急速转变之说，马腾虽然心存怀疑，却无否定的真凭实据，于是，便决意亲自暗察。自此，马腾也改变了自己的出行方式，凡无紧急情况，在市内活动都尽量乘坐公交车，借机了解实情。对于马腾，业主们都熟悉得很，而被雇佣的驾驶员却极少认得。

第十章　潜公交暗察旧疾
　　　　辞恩师壮志不移

　　这日，马腾去市电视台，出门便坐上了二路车。这趟车是环城车，票价一元。马腾交了一元钱，售票员一把抖了过去，将钱放进兜里。

　　"服务员，怎么不给发票？"马腾问。

　　"一块钱要什么发票？"售票员拉沉着脸，撕下一张塞了过来。

　　马腾就近坐在前排座位上，与驾驶员攀谈着。这位驾驶员是城北人，姓胡，名海川，时年二十八岁，曾开过长途大货，后来因母亲有病，为方便照料，便改开公交车。跟车的售票员是老板的一个亲戚。

　　"这车是谁包的？"马腾问。

　　"刘二爷刘瑛的。"胡海川仍在驾车，像是用后脑在说话。

　　"每月给多少工资？"

　　"底薪八百，但有时多些，有时还拿不到。"

　　"怎么，还有考核？"

"当然，平均每天必须保证收入八百块，不然会扣工资的。不过，收入多了，老板会给奖金。"

售票员扔过一个纸团，恰好打准司机耳朵："广林，不好生开车，瞎掰什么？"随后欠了下屁股，喊道："前边是保险公司，有下车的没有？"

车厢里没反应。远远可见站亭处有一个老人在招手。售票员说："广林，这个站不停，赶快赶到邮政局，这个点正是人多的时候！"那口气，分明是在下达命令。

"大姐，越站可是违规的，若是让公交公司知道了，会给老板找麻烦。"胡海川放慢了车速。

"关他们屁事，听蛤蟆叫还不敢晒谷子啦，不就一个老头吗？咱不能为了这一块钱而耽搁了那么多收入，听我的！"

胡海川油门一踩，从站亭前飞速驶过，那位老人翘首以盼的身影被甩向远处。

"胡师傅，'广林'是你的小名吗？"马腾将嘴巴伸向前边，悄问。胡海川放慢了车速，转过脸来，滑稽地一笑："绰号！"

马腾一看，不仅窃笑：原来是个麻子，广林，麻也！

站亭前站满了人，足有六七十人，三辆公交车缓缓驶来，售票员都从车窗伸出头来，叫喊着："去银滩啦，去银滩的赶快上车！"

车门打开，人们逃难似地涌进车厢。两边的座位已坐满，中间的通道也挤满了人。驾驶员胡海川站起身来，伸着懒腰回头看着，见一抱孩子的妇女被挤在中间，遂指着旁边边座上的那个小伙子："哎，小伙，把座倒给这个大姐，没看见她抱着孩子吗？"

那个小伙子依旧坐着不动，嘟囔道："凭什么？都是一样花钱！"

"不凭什么,要是你娘在一旁站着,你也不给让座?你怎么一点道德都不讲?"胡海川怒目扫视着后边的人,而抢到座位的人们谁也不予理睬。

"哼,道德?如今这个世道还有道德?"小伙子振振有词。

马腾见状,急忙站了起来:"不用了,下一站我就到了,让大姐坐我这吧!"

胡海川将马腾按到座位上,穿过人群挤到后边,抓住小伙子的衣领给提了起来,吼道:"妈的,你不是说没道德吗?我这有!"拉着小伙子往外拽。

"你公交车竟敢欺负人?"小伙子反抗着。胡海川硬是将小伙子给推搡下车,吼着:"这车是我的,我愿拉谁就拉谁,就是不拉你这样的败类!"

秩序,社风,道德……一系列无头无序的问题搅成一团乱麻压向马腾的心底。马腾记下了这个车号。

马腾自广电局出来,径直地来到公交站亭。站亭里共有五个人,都在发着牢骚。

"这公交车就是不靠谱,说是十分钟一趟,可俺都等了半个多钟头了,还不见个影子。"

"咳,这公交便宜,要是没急事在哪都是闲着,一旦有急事,可就不能指望它了。"

二路车缓缓驶来。车辆刚刚停稳,一辆出租车飞速过来,挡在公交车前边。出租车司机探出头来:"哎,上我车吧,便宜,四个人三块钱!"

四个人三元,自然比乘坐公交便宜。那四人显然是一起的,他们刚想上车,后边公交车上下来一位女人,拿了根短棍敲打着出租车车门:"滕黑子,挺能耐的啊,居然到我的站亭来抢客!"

滕黑子坐着没动,藐视地看着女人:"怎的啦?现在不是提倡自由竞争吗?坐谁的车不是你我说了算,而是乘客。"扭头说那四人:"不要听这个泼妇的,尽管上车!"

女人转到车前,拿棍子敲打着机盖:"滕黑子,这公交站亭是俺公交车专用的,你有本事到别处拉客,在我的站亭,休想拉走一个客!"

滕黑子拉开车门,冷不防抓住女人的头发抖了一把:"小骚货,就欠修理!"

女人打了个趔趄,反手一棍打向滕黑子腰部。滕黑子袖手抓住女人的前胸,猛力一挣,女人的衣服撕裂开来,露出白白的胸脯。一直坐于公交车上的驾驶员停车熄火,跳下车来,挥拳砸向滕黑子面部,只一拳,滕黑子鼻血满面。滕黑子急忙躲进车里,扔出一句:"好小子,你等着!"飞也似地逃走了。

公交车与出租车的斗殴前后不到两分钟。马腾与另四人上了公交车。女人从包里拿出创口贴,在左眼脸处打了个十字。

"大姐,你好勇敢呀!"马腾打着趣。女人说:"这个滕黑子,经常过来抢客,我倒不是差那几块钱,就是想教训教训他,不然就没规矩了!"

"听说近段时间,公交公司都安排人员跟车,有这事吗?"马腾试问。女人拿出镜子,整理着凌乱的头发,嘴角吹出一句:"公交公司就知道要钱,除了每月收管理费外,还隔三差五地向俺要小钱,说是打麻将输了。跟车,那些人有这个耐性?每天早晨打个电话问问情况,就聚帮打麻将喝酒去了。"

这是一个新情况。马腾继而问:"这么说你这儿还得经常往外出个小钱?"

女人说:"干这一行,管限多着呐,哪个庙里都得进香,香火烧不到,就立马给个眼色看看。"

马腾又记住了这个车号。

每月的第一个周一早晨,中层以上干部都要按惯例到经理室开会,各部门汇报上周的工作情况,提出本周工作计划。这是马腾上任以后立下的新规矩。

月份汇报,现象上看是个工作小结,而干部们都心知肚明,这是在展示自己的政绩,因而,多是报喜不报忧,展现给老总的都是一片大好形势。而一向善于鸡蛋里挑骨头的马腾却总是那么刻薄,冷不防从问题的深处掏出一把腐烂的东西晾在面上,有关人士便显难堪。故此,这些中层干部们不敢再敷衍,不得不小心翼翼地准备着汇报。

广告公司经理张一弓汇报:上个月共与三家客户签订协议,合同金额五万五千元,广告尚在制作中。本月的主攻方向是银滩房地产开发业,利用广告平台,协助他们打开楼盘市场。

"这很好,"马腾点评道:"做生意都有一本经。搞合作,不要把自己的利益放在首位,只要你让别人挣了钱,对方是不会亏待你的。把握和选准主攻方向,是实现盈利的重要前提。"

销售公司经理韩晓伟汇报:上个月实现销售总收入十二万元,主要收入结构有三块,即机件销售、矿泉水销售和维修收入。本月计划到天津考察,重点确定夏利车零部件的代销业务,以满足本地夏利车日益增多的市场需求。

"好,"马腾再次点评:"成立广告和汽车销售公司,根本目的是利用自身优势,为公司创收获利。虽然在财务上与公司捆在一起,但在经营上都有相对的自主权。公司给你们一个平台,能否把这块蛋糕做大做强,就看你们经理的本事了。"转而问财务科长万浩:"这个月公司总收入应该有小二十万吧?"

"嗯,就当二十万,"万浩说,"这是这些年来咱公司收入的鼎盛时期。"

见万浩那喜滋滋的样子,马腾凝起了眉头,说:"尽管这个月的收入还可以,但咱背负的债务还很重。大家都要有长期过紧日子的思想准备。我的这辆车已经封存一个月了,出门坐公交,便宜多了。虽然与职工们签订了八年协议,但是那毕竟是债务,能早还尽量早还。有人说'欠债的是大爷',那叫放屁,欠债的永远没资格当大爷!"

马腾瞅着埋头不语的许万山,说:"老许,上个月跟车情况怎样?"

许万山递过一摞子表,都是每天的跟车记录。"马总,这个月,伙计们都很辛苦,每天都冒着风吹日晒下去跟车。有关情况都在这里。"

马腾拿过运营科的记录表一看,里边填写得天衣无缝。遂拿出自己的记录,说许万山:"这是我的跟车记录。你查一下,这两班车是谁跟的车?为什么缺岗?为什么没有如实地记录?"

许万山接过马腾递来的记录,仔细一看,面色涨红,随手推给旁边的杜金山,表情严肃地拿手指点着。与会者似乎发现了隐情,室内空气骤然变得紧张起来。

"老许,咱要求同志们下去跟车,不是为了作秀,而是严格管理，规范咱们的服务行为。"马腾拿出一只袖珍录音机，打开旋钮，里边传出那日在公交车上女售票员的声音。

经理室内，除了录音机的声音之外，连喘气声都屏住了。

一段录音放过之后，马腾关闭旋钮，语重心长："同志们，这就是社会对咱公交公司的评价，不知大家听了以后感受怎样？咱们本来是受政府和人民的委托来管理这个行业的，可倒头来却成为一个泥胎菩萨，不仅不去保佑乘客利益，反而还伸手向公交业主索要，这跟山寇盗贼有啥两样？"马腾目眶噙着泪水，思索一番后，说："这次的事情我不想追究，但是，运营科要借此开展思想作风整顿，下不为例！"

马腾来到市建委。建委是各开发商的主管部门，而时任副主任的李双成正是马腾高一时的班主任老师，两人关系一直保持很好。

"李老师，您这是建委的二把交椅，实权派，学生我如今走入困境，您要拉扯一把。"马腾给老师倒水，自己也倒了一杯。

"喔？你又不搞建设，我能帮上什么？"李双成笑问。马腾说："我那有个广告公司，而银滩的房地产业正火着，您看……"

"哦，这倒好办，双赢嘛！"李双成问："你那个公交公司经营得怎样？还有干头？"

马腾哀叹一声，诉着苦衷。

"马腾，以你的脑筋，何必在一棵树上吊死？不行就换个单位。"李双成透露一个令马腾垂涎欲滴的事情。

前几年，市建委在银滩建了一处宾馆，吃喝玩乐一应俱全，规模很大。宾馆经理新近辞职，去了海南应聘，建委正想寻求一个既内行又懂管理的行家里手，顺便将宾馆改制。

"马腾,这种机会千载难逢。这几天我正想着找你,你是最佳人选。"

对于建委宾馆马腾很熟悉。在本市,除了市政府直接经营的国际大酒店和政府宾馆外,建委宾馆当属第三号宾馆。企业改制,确实是机会难得,或许能借此改变一个人的命运。马腾心里好不兴奋。"老师,不知建委宾馆改制怎个改法?"

"哦,这你放心,条件相当优惠。"

建委宾馆占地一百二十亩。当年建设、装修投资八千万元,现净值四千多万元。党委会初步意见是:建委保留百分之二十的股份,用于每年的接待,投标人缴纳一千五百万元。

这个条件确实优惠。以现时的行情,这块建设部分也不止一千五百万元。如果抛开建设部分不算,仅这一百二十亩地售价也在千万元,这分明是在捡便宜。

"老师,这个差事,恐怕我难以胜任。"马腾瞬间改变了想法。

李双成皱起眉头,问:"怎么,还嫌这块肉不够肥?这一千五百万元不是让你一次性缴纳,你可以用宾馆的资产作抵押申请银行贷款,三年打齐。这个宾馆地处银滩旅游胜地,常年生意红火,三年经营足以赚回投资。马腾,实话告诉你,若不是我主管这块,这个美差恐怕还轮不到你的头上!"

"老师,您别误会。"马腾说出了自己的想法。关于投标宾馆的优惠,马腾已深思熟虑,其间的巨大利益颇具诱惑力。但是,马腾无法放弃公交公司,因为这里已经倾注了他的大量心血,尤为重要的是在公交公司有他信誓旦旦的承诺,他必须对得起这些职工们。"老师,发大财谁都向往。但是,我今后仍然要在这块地上生活,我不想让人戳我的脊梁骨。"

李双成怔怔地看着当年的得意门生,"马腾,有骨气,钱财身外物,忠义方人生。既然你有这志向,为师也不强求。拉几个广告都好说,只是你这样苦心经营,究竟能有多大的发展空间?"

　　是的,这个坎坎坷坷的公交公司究竟应走向何方?马腾心中也在思量。

第十一章　逢春风柳暗花明
　　　　　　遇难关运筹帷幄

　　马腾怀揣着复杂的心绪前往银滩。

　　绵延百多公里的黄海北岸，横卧着洁白而细腻的沙滩，高空俯视，宛若一条长长的白龙，素有"银滩""天下第一滩"和"东方夏威夷"之美誉。在滩涂北侧，错落有致地布局着风格各异的生活小区，有数万户之多，林立的塔吊仍在马不停蹄地将盐碱地塑造成新型城市，来自全国各地的开发商们都在疯狂地圈地、开发，恨不得将百年以后的房子全都一股脑地建起来。而众多腰缠万贯的绅士们也都凭着敏锐的嗅觉纷纷前来炒作房产，似乎这片土地上有取之不尽的财富。广告宣传，成为这块火热地带的助推器和催化剂。

　　马腾在银滩蓝天房地产公司与老板沟通房地产广告业务，双方自然是一拍即合。"行，我包你三十辆车和市区的十个广告位，时间暂定一年！"

　　房地产老板确实大气，近百万的广告费在他心中竟然是九牛一毛！马腾正欲再去一家，手机里传来急促的通知，要他火速赶到交通局开会。

交通局会议室里,客运公司经理和总管所长已经到齐。

"老马,恭喜你,又有好事了。"冯局长深邃地看着马腾,嘴角挂着一丝笑意。

自从中央发出"关注民生"的号召后,国家提出"城市发展,公交优先"的决策。在这个大的环境下,山东省政府率先行动,在全国县级城市实施城乡公交一体化改革试点。儒山市政府积极响应,甘愿步入全省的这块"试验田"。

"城乡公交一体化,就是将儒山境内的城市公交与城乡公交市场统一起来,包括城市公交和镇村客运班线,全部交由公交公司管理,实行公车公营。"冯局长认真传达了市委市政府的会议精神,对"一体化"改革的意义、方法、步骤都一一阐明。

"关于切块经营的问题没有难度,客运公司要密切配合,将管理的镇村客运班线一并转交公交公司。问题的最大难点在于个体车辆的收缴上,这是一块难啃的骨头,涉及到城乡一百零五个公交车业主。"冯局长表情肃严地盯着马腾:"老马,你的担子不轻呀,摆在你面前的有两项任务,第一,收缴个体车辆,市委要求,在整个收车中不能出现一例上访。第二,重新优化线路,让我们的公交最大限度地满足市民的出行需求。这一切的改革必须在一年之内完成。老马,有问题没有?"

冯局长火辣辣的目光灼烧着马腾!问题?哪能没问题?在这城乡一百零五个公交业主中,哪个业主都不是善茬子,每个人的背后都有一堵挡风的墙,要如期完成任务,且要保持零上访,谈何容易?马腾刚刚平和了的心尖上又平添了一块沉重的巨石!"请局长放心,我保证如期完成任务!"

马腾的表态,令在场人大为吃惊,这家伙,居然没提半点条件!

马腾立下军令状之后,回到公司,将自己锁在办公室里,足足憋了半天。

西边的斜阳射了进来。马腾操起电话:"杨主任,通知中层以上干部过来开会!"

一场马拉松式的会议自西天落日开始直至晨曦东明,终于理清了头绪。

明媚五月,五颜六色的花朵将小城装扮得五彩缤纷,而东海宾馆的会议厅里却如寒冬一般。主席台上空悬挂着横幅字幕,上书"儒山市城乡公交一体化改革动员大会"。

会场内,横七竖八地坐着服装各异的公交车业主,男男女女,吵闹不堪,显示着乡间土豪的神奇和富有。

"请大家安静一下,现在开始开会!"

主席台上坐着四人:薛副市长、公安局长、交通局长和马腾。马腾在主持会议。

"首先请市交通局冯局长传达市政府《关于推进全市城乡公交一体化的实施意见》,请大家鼓掌欢迎!"

会场内的吵闹声戛然而止,替而代之的是熙熙攘攘的掌声。

冯局长没有过多的解释,一口气将市政府的文件宣读完毕。继而,薛市长作了简短的讲话,重点讲解了"一体化"改革的重要性。

改革,收车,这些敏感的字眼如同一把钢针刺痛着业主们的心。会场内又骚动起来。

"妈的,费好大劲弄了这个差事,怎么又要收回去?这不是成心要咱的好看吗?"一位女业主发着牢骚。

"哼,俺早就料到会有这天,公交这个行当交给个人经营,就不会长久。"跟着老板前来的驾驶员胡海川倒是心直口快。

"广林,瞎掰呼什么?"胡海川的老板刘瑛呵斥着,遂说向周围:"哥们,事物都有两重性,收车看起来是断了咱的财路,但是,这也是咱发财的好机会。只要咱齐起心来,保证能卖个好价钱!"

"对,咬紧价格,临死也要撕一块肥肉!"一些人都在附和着,场内的局势急转直下,阴盛阳衰。

正当混乱之际,马腾站了起来,高声喊道:"同志们,收缴公交车,实行公车公营,是响应国家的号召,是中国公交事业的一个发展大趋势!在收车这个问题上,市政府是有原则的,会公正地评估价格,不会亏待任何人,也不会额外地照顾任何人。为了鼓励先行者,市政府决定,凡是现场签订协议者,格外给予一次性奖励三万元!"

场内又在窃窃私语。

"奖励三万元?这个数量不小。看来得早动手。"

"就是嘛,小胳膊拧不过大腿,早晚都得交车,先交还有奖励呐。"

……

经过一番酝酿,有十几人走上台来,在协议书上签了字。随之,又有四十几人当场签订了协议。

"老板,咱怎办?"胡海川悄问刘瑛。刘瑛推搡了胡海川一把,翘着嘴角说:"这些没见识的家伙,见了蝇头小利就动了心,别说到时候看到刘爷我大口吃肉时再眼馋!"

马腾站在主席台上强调着:"非常感谢各位深明大义!凡是签了协议的,请先回去,车辆继续运营两个月。在这两个月内,公交公司将组织人员对车辆进行评估,两个月后进行交车结算!"

场内撤走六十多人,原来满满当当的会场一下子冷清了许多。鹰头小子刘瑛还在左右煽动着。

马腾再次征求意见:"各位老板,还有没有想来签协议的?要是想签就抓紧时间,离开今天这个现场,过后就没有奖励了!"

会场里又有二十几人走上台来,颤抖地签上自己的名字,如释重负地离开会场。

主席台下,只剩下二十三人围住刘瑛,聚成一团,迟迟不动。

马腾宣布:"好,我宣布:儒山市城乡公交一体化改革动员大会现在结束,请与会人员离开会场!"

这二十三人,都是些难劈的柴,是改革路上的难以融化的冰点!

马腾的办公室里站满了人,公司全体职工会正在召开。根据工作需要,从正常上班的二十八人中抽调十二人组成四个协调小组,每组三人,每组两男一女,分别由马腾、许万山、杨光和万浩为组长,分头深入到二十三个业户中做动员工作。

"同志们,做思想工作不同于我们日常的管理,需要很大的耐性。在这里,咱约法三章:第一,不许接受业户的任何礼品和吃请;第二,无论遇到任何情况,都不准动手、动态度,特殊情况下可以报警,警方会给予配合;第三,除了市政府文件规定之外,不准答应业户提出的其它条件,包括额外的三万元奖励。"

面对这艰巨的任务,职工们都屏住呼吸,陷入沉思。

"马总,从现象看,这二十三人像是有组织的,为首的就是那个刘瑛!"杜金山打破了沉寂。

马腾点头,"我看也是,这个刘瑛就交给我吧。"马腾捡了块硬骨头。

对于这项工作,谁都没经验,大家都感到无从下手。"马总,咱从哪里开始?"许万山问。

马腾说:"这,没有固定模式。各组不要盲目行动,先对工作对象进行调查,摸清他的为人、爱好、性格和社交情况,要讲究策略,先易后难,实在做不通的留待最后处理。政策攻心,这是一项特殊任务,大家必须有充分的心理准备。正常来说,业户们白天都要忙于跑车,咱们必须利用晚上时间到他们家中做工作,既有难度,又有风险,更需要牺牲个人的休息时间。但是,大家需要明白,我们所做的一切,都是为了维护党和人民的利益,是一种高尚的行为。在此,我马腾感谢大家,拜托大家了!力争在半个月时间内拿下这块任务。从现在开始,各组组长每天早晨上班时来我办公室碰头,汇总情况,研究对策。这项工作就叫'破冰行动'吧。"

小组协调会刚刚结束,马腾的手机便急促地响了起来。马腾见是一个陌生的号码,迟疑了片刻还是接了:"你好,谁?什么?"

电话是交警四中队打来的。说是马腾岳母出车祸,在盘石镇医院,要求马上前去处理。

第十二章　遭车祸巧拒诱惑
　　　　肇事人感恩献计

盘石镇地处儒山市西北，全镇是清一色的山区。

镇医院里，几个警察与医护人员一起推着担架车在忙于检查。马腾岳母躺在担架车上，痛苦地哀叹。

马腾岳母家住盘石镇轿顶山村，家里栽植好多樱桃。前几天，岳母就打电话，让女儿回家摘樱桃，可马腾一直腾不出身来。眼见樱桃就要过季了，岳母无奈，摘了一篓子樱桃，想坐公交车送到县城来。这个季节，是山区的樱桃旺季，当地人都纷纷乘坐公交车去县城卖樱桃，因而，车上格外拥挤。年轻人身强力壮，抢先上车。岳母挎着一篓子樱桃，行动不便，最后上车。没想到，车厢里很是拥挤，岳母刚刚上了车，又被挤了出来。此时车辆已经起步了，车身将老人推了出去。岳母摔在地上，樱桃撒了一地。岳母想爬起来却无法站立。多亏有路人发现，是路人报的警。

又是公交车，居然还撞倒自家人！依常规，马腾可以轻易地查到这辆车，可是这个季节，公交车都到处抢客，已经乱了班次。

"妈,您看清了车号没有?"马腾附耳问岳母。岳母痛苦地摇头。

警察拿出文件夹,上边记录着路人提供的车牌号。马腾在脑海中搜寻着,却无法确定这个车主是谁。

"这位大姨的家属请过来。"

马腾跟随护士来到医护室。医生拿过片子,说:"左腿小腿胫骨严重骨折,建议马上到市医院治疗。"

马腾拉着岳母火速赶到市医院。经过复诊,确定立即手术治疗。

忙得不可开交的马腾只好将家属和小姨子叫来,自己抽身回到公司。对于马腾来说,时间太宝贵了。马腾并未着急地去核查那辆公交车的车主,而是立即投入到对刘瑛的转化上来。刘瑛,一个典型的社会小混混,其社交圈子极其广阔,上至副市长,下至社会上的小痞子,可谓黑白两道皆通,这或许是他敢于藐视一切的根本所在。

手机又响了。马腾一看,是恩师李双成的电话,说是晚上小聚,有要事相商。马腾最了解恩师,非特殊情况不会邀约。

傍晚,马腾先去了市医院。岳母的手术很成功,安详地躺在病床上,嘱咐道:"马腾,你去忙吧,这里有她姐妹俩就行了。"

马腾歉意地朝向妻子苦笑:"那,你俩就辛苦啦!"

马腾如约来到军旅大酒店。这个酒店就是原来的城东饭店。自从"刁一勺"被捕后,这个苦心经营的饭店便转让了他人。接转饭店的是一个转业军人,对饭店里的格局未作大的整修,只是将那镜子地面改换成木地板,房间也不再使用名花命名,而是采用各大军区名字命名。

马腾来到"济南军区"雅间。推门进去,屋里只有两人,恩师李双成和一位少妇。这少妇马腾认得,是公交车车主李娜,也正是拒签协议的那二十三个业主之一。

李双成在主陪的位子上欠了下屁股,示意让马腾坐一席。李娜寒暄着倒茶。

"老师,我哪能坐席位?还是给您作陪儿吧,今晚都有谁?"马腾问。李双成说:"怎么,三人还不能成席?"

看来这是一场专宴,马腾只好入座。

开始起菜。李双成拿过一瓶白酒,马腾急忙推辞:"老师,今天我开车来的,饭后还要去医院,不敢喝酒。"

李双成没强求,三人都喝起饮料来。

"老师,您这么隆重,不知有什么吩咐?"马腾探问。李双成说:"哦,忘了介绍,这个李娜是你的老部下,也是我门内的侄女,你俩可以兄妹相称。"

马腾明白了恩师的用意,推辞说:"老师,在工作场所还是不要那样,否则就乱了规矩。"

"嗯,也是,"李双成拿筷子分着菜,突然问:"哎,马腾,你丈母娘她怎样啦?"

对于恩师的问,马腾感到突然,岳母出车祸是下午的事,前后不过几个小时,亲戚圈内尚不知晓,老师何以知道?"刚做完手术。老师,您……是怎么知道的?"

李双成呷了口饮料,说:"马腾,今晚我正为这事请你来的。"

未等李双成再说什么,李娜"腾"地站了起来,鞠躬谢罪:"马总,实在对不起,大姨出的那场车祸就是我的车造成的,但是,我敢对天盟誓：我绝不是故意的！"

　　李娜的车也跑盘石线，只是不应当是那个班次。只因近几天轿顶山村外出卖樱桃的村民多，所以瞅着空儿跑去拉趟客。候车点的那些村民刚上了车，正常的那个班车也远远地驶来。李娜知道自己是在违规，便催促司机赶快开车离开。所以，未等车门关上，车辆已经起步行驶，谁也没发现被挤出车外的老人。李娜拉着客进了县城，本打算再按照常规线路跑一趟，却接到交警队的电话。当得知受伤者是马腾的岳母时，李娜颇感为难，于是便求助于叔父，帮忙给打个圆场。

　　"马腾，这件事，无论从亲情还是工作角度看，都是自己家里的事。我的意见，不要惊动警方，咱自己完全能处理好。"李双成商量说："你看……能不能跟交警队说一声，从那里撤案？"

　　交警队那里的备案，本来就是路人报的警。当马腾获知是公交车肇事时，心中就想过撤案。"老师，这多大的事？可以，我马上就办！"马腾掏出手机，李双成说："莫急，早晚撤案就是了。"

　　李娜接过话来："马总，请您放心，大姨的住院费和生活费用我全部包下，之外我再付十万块，作为精神补偿。"

　　李娜的承诺，显然超出了国家的相关规定，马腾心中即刻警觉起来。马腾未语，去了趟洗手间。

　　李娜看向李双成。李双成才欲说什么，马腾回来了。"李老板，关于这件事，咱就按照国家规定办理吧，医疗费你看着办，不强求，其它生活费和精神补偿都不需要。只要以后别违规、谨慎开车，从中吸取个教训就行了。"

　　李娜直直地盯着李双成。李双成说："马腾，你一向是高风格，这我知道。李娜比你有钱，让她多出一点也在情理之中。还有一件事咱商量一下，就是你那里收车的事。"

谈及收车，马腾的神经又敏感起来，"李老板，今上午在会议现场，你为什么没签协议？是不是受刘瑛的影响？"

李娜撇嘴道："刘瑛？他算个什么东西？我是一时考虑不好才无动于衷。"

"你对这次收车怎个看法？"马腾问。李娜说："当初我承包公交车时就想到迟早会有这一天。配置公交车，对老百姓多少有些照顾，弄在私人手里很难执行下去。"

"这么说，你同意上缴？"马腾复问。李娜点头。"交车是早一天晚一天的事。只是政府能给多少钱？"

李双成一旁插话："马腾，虽然说李娜有钱，但那是私人的。这次收车肯定价格不是统一的，你看能不能给照顾一下，反正是政府出资。依我看，李娜给你丈母多赔点，你在收车上适当偏一点，两全其美，还不显山露水。"

问题，终于浮现出来。马腾说李娜："李老板，你若是同意交车，明天就到公司签个协议。不过，不能享受那三万元的奖励。"转头说与李双成："老师，这次收车，在车辆和线路的评估上，市政府肯定会成立专门班子，不是我一人说了算，必须保持公正。若是出现个七差八股的，这些车主还不打破我的头？你就留着学生的这条小命吧！"

李双成的脸上晴转多云。马腾也觉得自己的话语过于生硬，于是赔笑道："虽然这个价格我不敢应许，不过，到时候，我会尽力考虑的。"

马腾看了下手机，刚好七点半，起身说："老师，李老板，我还得去医院看看。"

李娜也站起身来："正好，我也一起去，给大姨道个歉！"

"哦，这个就免了吧，都是自家人。"

三人一同出来。李娜来到吧台结账，服务员指着马腾说："这位先生已经结了。"

李双成感到突然，埋怨李娜："看你这事办得……"

马腾嬉笑道："老师请客，学生埋单，天经地义嘛！"

上班时，马腾先行去了医院。刚进房间，小姨子两口便兴奋地报起喜来：大清早，一个少妇前来看望母亲，自称是肇事车主。少妇极其客气，道歉之后，扔下十五万元现金，说是待出院后再给些补偿。

"大哥，咱娘真有福气，碰上个有钱的主儿！"小姨子将那个鼓鼓囊囊的礼兜递过来。

马腾打开礼兜，里边是崭新的票子。马腾沉静片刻，说："这些钱咱不能留，得还给人家。"

妹夫一旁急了："大哥，你耍什么彪？到手的钱还有不要的？再说，她撞了咱，赔偿也是应当的，凭什么不要？"

马腾收起了礼兜，说："狮子大开口，那不是咱家的处事风格。再说，你知道这些钱里包含着什么？"

公司协调小组碰头会在经理室里召开。各个小组都在运筹方案，尚未进入实质性工作。马腾强调："尽管摆在我们面前的是一些难点问题，但是也不要把问题看得太难，只要方法得当，也许会势若破竹。从今天晚上开始，各组都要深入业户，开始行动，时间对我们来说最为宝贵。"

各小组长刚刚站起身来，准备撤出，马腾突然想起一件事来："请大家把自己和家属的手机号码提供上来。"

"要这些干么？"许万山随口问。马腾说："统一备个案，预防万一。请大家都转告家属，这段时间外出都要随身带着手机。"

有人敲门。随着杨光开门，进来两女一男。"马总，俺仨是一起来签协议的。"带头的少妇李娜似乎在表白自己的功劳。

这确实是一个不小的功劳。在公交车业主的队伍里，这三人自成一个小圈子，以李娜为首。

"谢谢你们仨，能够为大局着想！"马腾吩咐许万山："你领他们到运营科办理手续。"

三人欲走，马腾说："李老板，签完协议后，劳你过来一下。"

李娜仓促地去签了字，转瞬间来到经理室。

马腾关上房门，拿出那个礼兜："李老板，这个是你的吧？"

李娜愣神："马总，因为我的过失，给大姨造成损伤，给点赔偿还不应当？"

"赔偿也不是现在，"马腾将礼兜递过去，"我丈母还在住院，花多少暂且不知。这钱你先拿着，待出院后我向你要。"

李娜极不甘心地接过礼兜，场面有些尴尬。

马腾话锋一转，挽回场面："李老板，你能够帮助做通那两个人的工作，我内心已经感激不尽。从这一点上看，咱确实是一家人。"

女人最经不起表扬。马腾一句话让李娜怦然心动，有些飘飘然。"马总，我虽然交了车，但咱还是一家人，往后有什么事你尽管说声，只要我能帮上的，定会竭尽全力。"

"你跟刘瑛能否说上话来？"马腾投石问路。

"刘瑛?"李娜瘪嘴道："这个小痞子，黑道人，茅坑里的石头，又臭又硬。在公交车这个圈子里，他有点影响，就这次的事，有十个八个人跟着他。"

"刘瑛有什么特点?"

"他这人，吃软不吃硬。你若跟他来硬的，他会拼命，不计后果。但是，这人没多少心机，对付他这样的人，最好的办法就是冷淡，先做其他人的工作，把他晾在那里，到时候不用你去找他，他就会主动地找上门来。"

李娜一番言谈，透露出马腾迫切需要的宝贵信息。"如果刘瑛的工作不做，其他人的工作恐难做通。"

李娜诡异地看着马腾，"就刘瑛周边的那几个人，周铁头、王二愣，都是四肢发达，头脑简单，稍施计谋就能上钩。"李娜在马腾桌上拿过一张协议书，在上边划了几笔，悄声向马腾嘱咐着。

马腾听罢，皱起了眉头："这是一步险棋，能行吗?"

李娜瞟着马腾："兵不厌诈。这是一把'金钥匙'，保证管用。对付这些家伙，就得用他们的办法。不过，事成之后，你可不能把我给卖了。"

第十三章　金钥匙开启锈锁
　　　　破冰组一夜解冻

对于李娜送给的"金钥匙"，马腾仔细推敲了一番，确实很有道理。想不到这个极其普通的小女人竟然有这般心机，真乃人不可貌相！

马腾没到业户家里，而是电话约定业户来公司交谈，这是职务给他带来的便利。按照李娜的嘱咐，马腾首先邀约周铁头和王二愣。周铁头和王二愣都是绰号，这二人的真实名字很少有人知道，而他们俩对这个绰号也不介意，因而，这个绰号便逐渐替代了真名。

华灯初上，周铁头和王二愣收完车，回家仓促地填了几口饭，便结伴来到公交公司。

经理室里灯光通明，马腾一人在耐心等待。

"两位老板，真是不好意思，打扰你们休息了。"马腾端过早已泡好的茶。

"马总，跟你相比，俺算什么老板？充其量也就是个苦力。你也不用啰嗦，干脆说吧，究竟想怎么办？"王二愣开腔，喷出一股火药。

"怎么办市里都有规定，咱也没法改变。请二位来就是想征求一下意见，到底同不同意交车？"马腾丢过一盒中华烟。周铁头点上烟，一口吸了半截，"马总，咱打开窗户说亮的，当初俺费心费力地弄了这么个挣钱的行当，合同还不到期，怎能说收就收了？市政府还讲不讲信用？"

马腾给续着水，"合同不到期没关系，政府给予剩余期补偿。这事是取得个人自愿，政府不会强求的。不过，公交车实行公车公营是个大的趋势，你们若是硬要坚持自己经营，将来在票价和管理上都将有很大的政策变化，恐怕会耽搁了你们的财路。"

"那要是交车，政府给多少钱？"王二愣冒出一句。马腾说："这个请放心，政府不会亏待你们的。到时候，会有一个统一的评估标准。"

王二愣还欲说什么，见周铁头摆手，急忙改口说："对不起马总，俺就是不想交车。"

马腾见这二人之间的举动，判断肯定暗藏着什么秘密，笑说："今儿就是征求一下你俩的意见，是否交车，那是你们的权力。不过，全市一百零五个业主，就剩下你们这几个了，连刘瑛都签了协议。"

"刘瑛？"王二愣惊问："马总，你不是在开玩笑吧？"

马腾拉开抽屉，拿出一张协议书叠了起来，只露出下边的签字，展现给二人："内容就不要看了，这个签字你俩可认得？"

周铁头"呼"地站了起来，扫了一眼，嚷道："鹰头这个王八犊子，竟敢玩咱！"

马腾示意打住，悄说："别声张，刘老板特意嘱咐我要替他保密。"

王二愣沉不住气，说周铁头："这交车和不交车肯定不一样，里边必定有猫腻。既然他鹰头都签了，咱还等什么？"

周铁头和王二愣一气之下，在协议书上签了字。临走时，周铁头甩下一句："马总，我俩的签字，你也不要告诉鹰头，看谁能玩过谁！"

又一块石头落地了，前后不到半个小时。其实，这份协议书上的签字，是李娜的笔迹，这就是李娜的计策。只是，马腾心有余悸，好在这两个愣头的业主也要求保密，虚假签字的马脚不易暴露。

马腾将周铁头和王二愣签字的两份协议书装进手包，喜滋滋地来到市医院。病房里，两个床位却只有岳母一人住着，妻子赵淑莉在给母亲喂饭，显得很恬静。

"有什么喜事，看把你美得。"赵淑莉拉过凳子，示意丈夫坐下。

马腾一幅滑稽的表情："有您这个领导的大力支持，我天天都会有喜事！"

马腾掀开被子，看了岳母的腿伤。长长的刀口像缝合的麻袋封口，长得很好。"妈，好好在这养着，家里的事情俺来办，您啥事都不要想。"

稍事片刻，马腾便走出房间，想去医护室了解一下岳母的病情，不料，妻子赵淑莉跟了出来。

"哎，听说你们公司在改革，把私人的车都收上来？"

"领导，您的消息挺灵的呀，确有此事！"

"马腾，我可提醒你，这件事你最好不要直接插手。"

"为什么？"

"你没看，那些承包公交车的都是些什么人？弄不好，会惹乱子的。"赵淑莉紧紧地抱住丈夫那粗壮的手臂。马腾轻拍着妻子后背，有些油腔滑调："领导，您老公是谁？并且咱有靠山，咱怕过谁？不过，这段时间您要多费心，好生照顾咱妈，出门的时候千万要带上手机，切记！"

赵淑莉不解，便问："带手机？手机就那么重要？"

马腾附耳说："我随时都会想你，好跟你说个悄悄话。"

马腾与妻子一起来到医护室。主治医师孙浩颇感兴奋："老马，大姨的伤势大有好转，现在看接骨很成功，再有两天就可以拆线了。"孙浩也是马腾的高中同学，医学院毕业后分配到市医院，现任骨科主任，人称"骨科专家"。

"老孙，拆线以后还需要继续住院吗？"马腾问。孙浩说："像大姨这样出车祸的病人，最好是继续住院观察，反正对方付费。"

这个时节，是杂病少发的季节，医院里的病号不多。"老孙，如果能出院咱还是出院，你这条件再好也毕竟是医院，老人住不惯。那个肇事的车主也是咱亲戚窝的，不好意思让人家多出钱。"

"也好，那就后天办理出院吧，到时候多开点药。"孙浩翻开病案记录，指着旁边的椅子："老马，坐会吧，你这个大忙人，咱老同学虽在一个城市，却很少见面。"

马腾刚刚坐下，手机响了。电话里传来许万山那乐滋滋的声音："马总，告诉你个好消息，我刚刚拿下三个！"

"很好，老许，你在哪？我马上过去！"马腾笑向孙浩："老孙，你看，我这个苦差事！"

许万山三人在东城烧烤店等候,海货、肉类烤了一桌子,拿了一箱啤酒。

许万山小组进了业主陶红家里,恰遇另两个业主也在,三个业主正在联系王二愣过来打麻将,不想,这王二愣火药味正浓,说:"打什么麻将,被人耍了还不知道!"接着挂了电话。

打麻将三缺一是最难受的事情。许万山说:"我来凑个手吧。"

在此之前,许万山也曾经与这些业主玩过麻将,彼此并不陌生。对于许万山三人的到来,陶红心知肚明,尽管在玩,却还是心事重重。王二愣话中有话,怎得就被人耍了?四人刚刚打了一圈,陶红不放心,再次电话与王二愣联系。王二愣说:"你们签不签我不管,反正我签了,就是刚才,在公交公司。"

三个业主都明白,王二愣是直肠子,从来不会说假话。三人都再也无心玩麻将了,便向许万山问起有关收车的具体事宜。

许万山借机大讲一通。许万山说明这样一个道理:如果现在交车,价格是按照现行卖价进行评估余期收益。但是将来的票价肯定会下调,自己经营在收益上会大打折扣。

三个业主一起合计,都现场签了字。

"老许,你跟他们玩麻将,输了没有?要是输了,我给你补上,干得好!"马腾拿起一把烤肉,分给大家,以示奖励。

"没输,还小有盈余。马总,关键是你把王二愣给拿下了,破了他们的攻守同盟。"许万山打开啤酒,欲给马腾敬酒。马腾说:"今晚我开车,你们喝吧。"遂举起茶杯,四人对饮。

"其它小组不知情况怎样?"马腾掏出手机,恰巧铃声响了,杨光也报来喜讯:成功地签订了两份。

"小杨,祝贺你们,请带着你的小组到东城烧烤店来!"

杨光小组走进业主张丽娜家中。杨光已经是第二次来家中做工作。刚进家门,见张丽娜揪着女儿的头发在打屁股。张丽娜的女儿也只有八九岁的样子,委屈地抽泣。杨光急忙将愤怒中的张丽娜拉开,问明缘由。

张丽娜夫妻俩承包公交车,常年起早贪黑,无暇照料家务,只好将女儿交给母亲照料。"隔辈亲"是胶东之习,只是这种"亲"往往会形成溺爱。在母亲的娇生惯养下,女儿过于放纵自己,在班级考试屡次都是坐"红板凳"。张丽娜每次参加家长会,脸上总是火辣辣的。"杨主任,就这样一个没出息的东西,还留着她干什么?"

杨光拉过孩子堵在身后,说:"大嫂,别埋怨孩子啦,孩子是无辜的。她这么小,懂什么?一切的错都是大人的错。"杨光讲了一通道理。

如今,人们的生活观各不相同,或者单求挣钱,或者培育后代,两者很难兼顾。有句古话叫作"富不过三",并非迷信,而是有其必然联系。家长们长年累月忙于做生意,必然放松对孩子的教育和管理,而一般的孩子都难以做到理智,导致孩子不思进取,玩世不恭,从而家业败落。

"咳,我现在真是两难,交车吧,又恐怕吃了亏,不交吧,也实在是顾不过来。"张丽娜摊开心底。

杨光借机又讲明一个道理。将来的公交公司是党和政府的民生工程,是一个政策性亏损企业,至少不能从中盈利。这就说明,将来的公交车必定实行低票价、半票和免票,并且线路多,班次也多。即使是还有几家私人经营,也不会像现在这样挣钱。到那个时候,你把孩子荒废了,又挣不到多少钱,岂不是人财两空?

张丽娜低头不语。良久,她拨打手机,让在外边打麻将的丈夫张子谦马上回来。

不一会,张子谦回来了,还领来两人。张子谦三十多岁,之前给人跑过长途运输,后来夫妻俩承包公交车。张子谦的几个麻友都是公交车业主。这固定的四人中,有一人现场签了协议,剩下这三人都在犹豫不决,跟来的二人,正是杨光小组需要做工作的对象。

"杨主任,拿表来,我签!"张丽娜拉着脸。张子谦急忙阻止:"怎么,你疯了?有这辆车,我好赖还有个营生,若是交了,虽然眼前卖了几个钱,可我再做什么?"

"这没关系,"杨光说:"市里有规定,像你们这些有A证的,只要不超过四十五周岁,又没有违法犯罪记录的,都可以竞聘公交驾驶员,享受公司职工待遇。"

张子谦犹豫了一番,问道:"杨主任,我行吗?"

杨光说:"只要你愿意,可以报名。"

张子谦长叹一声,说妻子:"签吧,别人咱就不管了!"

与张子谦一同进来的两个汉子见状,各自要了一份协议书。一个唯唯诺诺,说是需要回家与妻子商量。另一个拿起笔来,直接签了字,损道:"你还算个男人吗?这点小事都说不了算!"

马腾又点了几个菜,让其他六人先吃着,自己又拨打了财务科长万洁的电话。

"马总,我们在吕明德家里,正做着工作呐,他们还在犹豫!"听声音便知,万洁是避开现场,偷着回话。

"你们在那等着,一会我就到!"马腾拿着手包,驾车而去。

吕明德家里烟雾腾腾，像犯风的锅子。吕明德夫妻及他的两个圈子内的朋友，正与万洁争辩着。

吕明德，四十岁左右，为人精明，只是口吃，曾为别人开过多年公交车，自己承包公交车只有两年。

马腾敲门进来，众人都站了起来，恭迎着。毕竟都在公交公司的管辖之下，纵有天大的意见，他们也要对公司经理有起码的尊重。

"老吕，想没想通？市里给的时间不多了，"马腾说："如果想不通也没关系，政府不会强求。只不过，将来形势一旦变化，吃亏的还是你自己。"

"吃亏？能吃……吃什么亏？"吕明德似笑非笑。

"老吕，将来的票价肯定要降，车辆增多后每个车的承运量也会大大减少。过了收车这个时间段，你若是经营不下去，想卖车都难。你是个聪明人，不用我来算账。"马腾旁敲侧击。

"马总，可否透露一下，还有……有多少人没签协议？"吕明德探问。马腾说："就剩几个人了，那上百人不会都是傻子吧？"

"鹰头、周铁头他……他们签了没有？"吕明德复问。马腾拉开手包，拿出周铁头和王二愣的协议书："刘瑛的我没带，这两份你自己看吧，他们比你还聪明。"

吕明德接过，仔细辨认，遂拿过手机，拨打着周铁头的电话。铃声响过几下，对方挂机。吕明德再拨，传来周铁头极不耐烦的声音："深更半夜的，打什么打？"

"铁头，协议你签……签了没有？"吕明德问。

"不签是傻子，你要是能抗得住，将来撂倒了我跟着吃口肉！"

周铁头又挂机了。

吕明德塑在那里，半天自语道："妈的，都叛……叛变了！"

树倒猢狲散。吕明德只感到自己被孤立起来，成为众矢之的，心中唯一的防线也在崩溃。"马总，收车，价……钱怎样确定？"

"这你放心，到时候会很公正。"马腾松了一口气。

"若是公司和局里的人来……来评估，恐怕难以公正。"吕明德怔怔地盯着马腾。

"老吕，你认为谁能公正？"马腾问。吕明德沉思片刻，说："除非是专……专业机构，否则，难……难以避嫌。"

"很好，我可以把你的意见带给政府。"

又是三份协议，成功的三份！

东城烧烤店，聚集着公交公司的四个小组成员。马腾让店主再加几道菜，说与伙伴们："今天破个例，大家可以尽情地吃喝，我做东！"

附近小区里，雄鸡唱明。伙伴们都在尽兴，而马腾却陷入沉思。收车，大势已去，剩下的八辆车其实只涉及到四个人，刘瑛就有五辆车。而车辆评估、线路考察、站点、班次的设置，大量工作都需要近期完成。马腾刚刚放松了的心头，又沉重起来。

第十四章　敲竹杠花招百出
　　　　遭绑架险象丛生

　　马腾岳母出院了，住院总共花费一万八千多元，扣除国家的报销后，个人自费一万元。肇事车主李娜当场要支付费用，却被马腾家属赵淑莉婉言拒绝。为母亲住院，马腾特别交代，不能私自接受任何人的钱财。

　　李娜驾车，协助赵淑莉姐妹俩将老人送到马腾家中，这也是马腾事先交代过的，让老人住在城里再观察养护一段时间，也方便去医院复查。

　　对于老人的伤害，李娜心中一直愧疚，现场支付未果，便折身来到公交公司。

　　"马总，大姨出院了，听医生说，是你要求办理出院的。伤筋动骨一百天，出院太早，不利于康复。"

　　马腾倒了杯水，递过，笑说："不碍事，只要接骨成功，在家里养着也是一样的。"

　　李娜拿过兜来，说："马总，大姨的治疗大体上有了结果，我这个肇事者也该有个说法了。"

"你打算赔偿多少？"马腾试问。李娜说："住院费接近两万，耽搁了大姨家里的事，嫂子也一直请假在医院陪着，还有后续复查辅助费用。我先付你八万块，吉利数字，不够的话我再给。"

马腾皱起眉头盯着李娜："李老板，都说你会经营，我看未必。若是像你这样大手大脚，还有挣钱的买卖？不用那么多，老人住院自费部分当一万元，包括后续费用，三万足矣。"

李娜爽快地掏出五扎崭新的票子。马腾给退回两扎，将三万元放进抽屉里。

"马总，近期收车进度怎样？"

"嗯，喜忧参半呀！"

一百零五辆公交车，目前只剩下四个业主的八辆车，当是事尽人意。但是，各个小组连续几个晚上深入业户访谈，却再也无果。刘瑛一直避而不见。

"李老板，在这场攻坚战中，你，功不可没，"马腾从抽屉里拿出刚刚放进的三扎票子："我代表公交公司，给予你现金奖励三万元！"

"马总，这个万万不可，无功不受禄！"李娜极力推脱。马腾板起面孔："李老板，你给我的赔偿我接了，我给你的奖励凭什么不接？往后我还有好多事有求于你，难道你想逃脱？"马腾拿来一张白纸，说："咱公事公办，你给打个收条！"

李娜闻听是公司的奖励，犹犹豫豫地将送出去的票子装回兜里，写了张收条。"剩下这三个业主，都是刘瑛的核心同盟。"

"喔？"

"最好的办法就是暂缓访谈，冷淡处理，不出三天，刘瑛就会憋得找上门来。"

李娜自信地走去。马腾将那张收条撕碎,扔到纸篓里。

事情果然不出李娜预料。时过三天,刘瑛的轿车停在公司的院子里,带来的几人都留在车里,他一人独自来到经理室。

"哦,刘老板,有事吗?"马腾装作漫不经心。

刘瑛一屁股坐到沙发上,顾自吸着烟,"马总,你好厉害呀,那么多人的工作你一夜之间都给做通了,我刘瑛不得不佩服!"

马腾递过一瓶矿泉水,笑问:"刘老板,雾霾都是暂时的,阳光才是永恒的。"

跟马腾斗嘴,刘瑛自知不是对手,改口说:"马总,经过这几天的考虑,我也缓过劲来,迟早都得交车,宜早不宜迟。不过,我的这五辆车跟他们不同。"

"怎个不同?"

"至少是我的客源广,收入高,所以,后期收益跟他们不能是一个档次。"

马腾犀利的目光扎向刘瑛:"刘老板,记得之前你组织了一场公交车罢运,说是入不敷出,怎么今天竟然夸起富来?"

刘瑛放出一脸无赖的神态:"马总,我那是替民伸冤呀,咳,别提那些穷鬼!"

马腾见刘瑛摆出一幅马拉松式冷战的架势,话锋一转,问道:"刘老板,你是无事不登三宝殿,有什么事就直说吧!"

刘瑛弹起身来:"好,马总果然爽快!别人我不管,我的这五辆车,每车一百五十万,总共给我柒佰伍拾万,这样可以吧?"

马腾泰然坐着,语气极其平和:"刘老板,我申明两点:第一,是否交车我不强求,只要你同意交车,公司没理由不收;第二,车辆的价格和余期损益,市里必定有一个统一而公正的评估方式,也许达不到你的要求,也许还不止你出的那个钱数。对这些,我不能向任何人承诺。"遂拿出五份协议书,放在桌子上。

刘瑛向桌子瞟了一眼,"看来是我的方法有问题,马总,你好自为之!"夹着兜愤然离去。

马腾在办公室里起草着一份方案。根据收车的局面,结合业主们的提议,马腾准备向市公交改革领导小组建议,聘请专业机构进行评估,以避亲疏之嫌,体现客观公正。初稿已经写好了,马腾又在反复修改。

突然,有人敲门。马腾开门一看,是彩毛小子孟三领着两个陌生的小伙子进来。这两个小伙子头型很特别,周边剃得精光,头顶却留着长发,散向周边,像古时的茅草房。两个小伙子一左一右,将孟三夹在中间,如同两个保镖,瞧那表情,可能生来就未曾笑过。

"马总,好久不见了!"孟三殷勤地递烟。马腾摆手,问道:"小孟,如今在哪发财?找我有何贵干?"

自从"刁一勺"被刑拘之后,孟三所在的那个团伙也各奔东西了。不过,孟三也闲不住,转而投靠了一家民间资本运作公司。这家公司的法人代表是黄龙彪,膀大腰圆,典型的社会人,什么生意都做。黄龙彪曾经二次进宫,出来以后摇身一变,成了公司老板。这个公司主营高息贷款,兼做民间借贷纠纷调解。据传,这家公司有五六十人,孟三便是其中的骨干之一。

"马总,刘瑛这人你了解吧?"孟三明知故问。马腾说:"认识，不过了解不多。怎得了？"

"这小子，吃喝嫖赌，五毒俱全。欠下黄爷七百多万的债务，还整天逍遥自在！"孟三拿出一张欠条，递给马腾。

马腾未理睬那张欠条，只说："既然是刘瑛欠黄老板的债务，尽管替黄老板要去！"

孟三嬉笑道："马总，不止是这样，"又拿出一张纸，双手送给马腾："您再看这个。"

马腾接过一看，顿时一愣。这是一份很不规范的公交车转让书，上面写着：

  本人借贷民间资本运作公司债务，本息总额已达七百五十万元。因无力偿还，特将经营的五辆公交车过户抵债。

借债人：刘 瑛

"马总，刘瑛这小子本想赖账，可黄爷眼里容不进沙子，赖账是不会有好下场的。所以，就有了这份协议。"

"那你什么意思？"马腾问。

"很简单。公交车不都是您这管的吗？给办理个过户手续。"

"小孟，公交车的承包经营审批早已停办。眼下正向集体化经营转变。请转告黄老板，这个不能生效。至于你们与刘瑛之间发生了什么，那是你们的事，与公交公司无关。"

坐于孟三左右的两个小伙子各自抽出一把菜刀，拿手抚摸着寒光闪闪的锋刃。

马腾斜眼瞅着，慢腾腾地说："小伙子，这东西管用吗？"

孟三拉下脸来，呵斥身边两位："收起那东西，马总是什么人？

还看见你俩,再加上几个也不是对手!"复笑向马腾:"马总,你是个明白人,我这只是个跑腿的,黄爷交代这么件事,您总得给个面子吧?"

马腾起身,说:"小孟,还有别的事吗?没事我还有事!"

孟三却坐了下来,掏出手机,说:"要不这样,我让黄爷过来,您俩亲自谈谈?"

"那你随便,"马腾说:"我也叫我的老板过来,让他们老板之间磋商吧!"说着,也拿起手机。

"别急,"孟三一愣:"怎么,你也有圈子?你的老板是谁?"

马腾半怒半笑,说:"小孟,你的老板手下不过是五十几人,每月给你两千块钱。可我的老板就不一样了,他手下有五十多万人,每月给我四千多。这两者能相提并论吗?你要是还想坐会儿就继续坐吧,我还有事!"说毕,走出门去。

马腾到交通局汇报近期的工作情况。冯局长对公交公司的工作给予充分肯定。看着满是疲倦的马腾,冯局风趣说:"老马,看把你忙的,头发都成刺猬了!"

马腾摸了下脑后,发茬足有二指长。

返回的路上,马腾想起了理发。马腾常去理发的那个店,主剪的是一个中年男士,左腿患有婴儿瘫后遗症,属于残疾人,理平头那是高手。马腾走进店来,里边有一位小女子,喜笑地迎了过来。马腾定神一看,这小女子竟是当年车上行窃的哑女阿秀!马腾懂得一些哑语,便与阿秀攀谈起来。

阿秀本是杭州人,十三岁那年母亲病逝,父亲续后,继母极不喜欢这个哑女,经常虐待她。后来,阿秀逃出家门,流落社会。阿秀十六岁那年，有人介绍来北方打工，便与另一个哑女一起来到儒山。不想，满怀打工挣钱欲望的阿秀，稀里糊涂地进了城东饭店，从此被禁锢起来，干着那些不情愿的事情，却分文未得。"刁一勺"出事后，阿秀得以解救，便跟随那个残疾的理发师学徒。阿秀天资聪明，学徒一年多，技艺竟可与师傅媲美。前不久，阿秀的师傅心梗病逝，阿秀便继承了师傅的祖业。

阿秀的理发技艺确不一般，平头不像其他头型，没有一点藏丑的地方。一番刀剪之后，马腾对着镜子一看，很是满意，随手掏出十元钱。阿秀给充回五元，打着手势说：别家理发都是八元，她这个店享受残疾人照顾，免征税费，薄利多揽客。

出了理发店，马腾还想回单位，手机响了："马腾，蛋糕买了没有？"

家属的提示，马腾方才想起来，今天是岳母的寿辰，早晨家属就交代过，让他中午务必回家吃饭，顺便订个蛋糕。马腾看了时间，接近十一点半，急忙驾车往回赶。

马腾驾车沿大街巡视着，发现距公交公司不远处有一个"美娜蛋糕鲜花店"，这店是新开的，便停车进去。

"马总，欢迎大驾光临！"李娜笑迎过来。马腾疑问："李老板，这店是你开的？"

李娜搬过凳子："我琢磨着，公交车也跑不多长时间了，往后我也懒得张罗别的生意，提前弄个小店，先找人管理着。这不，刚开张，请了一个著名的蛋糕师，手艺很棒。正好，你带一个回去尝尝！"

马腾说明了来意。李娜让蛋糕师现场制作，不一会儿，一只别致的大蛋糕便现于眼前。马腾打量着蛋糕，又拿鼻子闻着，夸道："的确不错，这个蛋糕卖价多少？"

李娜麻利地将蛋糕包装起来，说："什么钱不钱的，尽管拿去吃吧！"

马腾看着李娜，说："李老板，你这是做生意，都是有本钱的。这个蛋糕我可以不花钱，可要是用得多了呢？"

李娜明白了马腾的话意，转而说："马总，你若是单位搞福利，尽管到这儿拿，我保证全县城最低供价！"

对于李娜的快速反应，马腾心中暗自钦佩，复问："最低价是什么概念？"

李娜提着蛋糕，说："就这只蛋糕，其它店卖价都在百元左右，我这里是八十元。若是团购，还可以打八折，再给你提成两折，怎么样？"

对于蛋糕的行市马腾有所了解，李娜没有说谎。"这样吧，我那里每年用量在五百个左右，你给打七折，个人的提成就免了吧。这几天，我让办公室主任跟你联系。"

"好吧，咱一言为定！"李娜随手又抱起一个大号西瓜，送到车上，"这是我老家的西瓜，甜得很，拿去尝尝！"

马腾提着蛋糕和西瓜回家。家里很是热闹，岳父拉着京胡，小姨子两口亮开嗓子在演唱《智斗》，家属赵淑莉在下厨，满屋子弥漫着菜香。

午宴很丰盛，岳母重伤康复，全家人好不欢心。马腾点上生日蜡烛，一支优雅的《生日祝福》乐曲便随之播放，全家人一边拍手一边唱起了生日祝福歌。

饭菜端上桌来。马腾拿出白酒和干红,说与大家:"今天咱是双喜临门,一喜是妈妈七十五岁寿诞,二喜是妈妈重伤康复,都要尽兴,只是我下午还有些事情要办,就以茶代酒吧!"

生日祝福的电子音乐继续播放着,酒桌上的祝福也一浪高过一浪。马腾见时间不早了,早早地填了口饭,说各位:"下午都别走,晚上咱一起正儿八经地喝点!"

马腾将办公室的门反锁着,继续整理着他的方案,不觉间天已落黑。突然,手机响了,传来小姨子哭溜溜的声音:"大哥,你赶快回家,我姐她……她失踪了……"

失踪?在自己家门口怎会失踪?马腾感到事有蹊跷,慌忙驾车赶回家中。

傍晚,赵淑莉做好了饭菜,一家人只等着马腾回家吃饭。赵淑莉将中午吃剩的垃圾装进袋子里,打算送出去。

岳父借着酒兴又拉起了京胡,家里再次热闹起来。约莫过了半个小时,仍不见赵淑莉回来。小姨子便出门察看。这个小区是开放式的,四通八达。垃圾箱在东边,相距不到五十米。小姨子沿途走了一趟,却不见姐姐的身影,转身回来。岳父一听,放下京胡也出门寻找,仍然无果。一家人顿时慌了,便电话告知马腾。

马腾与家里人来到院子里,远远听到东边有微弱的生日祝福歌的乐曲,走近一看,这声音出自一只垃圾袋里。马腾仔细一看,里边有西瓜皮及折叠的蛋糕盒子等。马腾判断,这只垃圾袋应当是妻子送出的。离垃圾箱只有几步之遥,为何将垃圾扔在这里?这不是妻子的做事风格。绑架,一个可怕的念头闪现在马腾脑海!马腾拨通了派出所长安民的电话。

几分钟后,警车呼啸驶来。安民下车查看了现场,瞩目看着马腾,问:"老马,你近来可得罪了什么人?"

马腾摸着脑袋,悄声说与安民:"老安,我那里近段时间有个大的行动,你应该知道,得罪人是必然的。"遂说与家人:"你们都先回家吧,一切事交给我来处理。"

这是一起典型的绑架案!安民突然想起什么,问马腾:"嫂子带手机了没有?"

马腾眼睛一亮,拿手机拨打了妻子的手机。

"喂,马总,沉不住气了吧?没关系,我们只是把嫂子请出来,开开心而已,也没别的!"接话人是一个油腔滑调的陌生男人。

就在马腾通话之际,安民已经进行着同声定位监控。据测定,赵淑莉现时应在市南区的高架桥附近。这个地带是一个交通枢纽,出口太多,警方控制难度太大。安民极力屏住自己的情绪说:"老马,再等一分钟吧,他们不会在那里停顿下来。"

绑架案,拖延一分钟就会增加无限的风险!马腾艰难地吞下一个大大的问号,点点头。

绑架,用什么方式绑架?是哪股歹徒?他们有什么标志?居然一点不详,这便是个难题!

正当安民为难之际,东楼的一位妇女过来,提供了一条极有价值的线索。一个小时前,这位妇女正在自家阳台上晾衣服,忽听得院子里有吵闹声。待妇女开窗时,见赵淑莉被几个男人强拉上了一辆面包车。

"大嫂,看清了车牌号了吗?"安民急问。妇女说:"我本想记着车号,可那辆车没牌子。"

安民将情况报告了市局,请求各派出所联合搜查无牌照小型面包车。

按照安民的要求,马腾再次拨打了妻子的手机,里边传来妻子赵淑莉的挣扎声,却无人接听电话。检测显示,此时的面包车应在西郊的大桥附近。大桥边有一片速生杨树林,是作案的易发地带。

安民一边向市局做着汇报,一边带领警员和马腾赶往西郊。

西郊的大桥周围,聚集着七八辆警车。一些警察在树林里搜寻,却不见那辆无牌的面包车。

安民让马腾拨打妻子的手机,不料,手机关机了。线索又中断了。

正当警方感到茫然之际,马腾的手机响了起来,妻子赵淑莉火冒三丈地呼喊着:"马腾,你赶快给我回家来!"

马腾与安民等赶回了小区,倾听着赵淑莉的倾诉。

傍晚,赵淑莉提着垃圾刚刚走到东边的路口,旁边停着的一辆面包车上突然下来三个小子,其中的一人问:"大嫂,你是公交公司马总的家属吧?"

赵淑莉警觉起来,敏捷地说:"不是,你认错人了。"

赵淑莉刚想走,另一个彩毛小子说:"不是?难不成嫂子你改嫁了?剥了皮俺也认得你的骨头!"未等赵淑莉反应过来,三个小子便将赵淑莉强拉上了面包车。

上车后,彩毛小子嬉皮笑脸地说:"嫂子,委屈你一下,也没别的,俺就是想借你的嘴帮俺递个话,别让马总跟俺过不去。"

其实,马腾在公司的活动情况,赵淑莉一概不知。"三位小弟,你们说的什么?我怎得一点都不知道?"

彩毛小子说："嫂子，你就别揣着明白装糊涂啦，记住，回家传个话，咱好聚好散，不然的话，下回就没有这么轻松了。"

马腾第一遍电话打来时，面包车正在市南立交桥。赵淑莉刚欲接听，一个小子抢去电话。接过电话后，那小子说："哦，嫂子，马总用心良苦呀，你这个电话还被公安定位了！好吧，既然定位了，咱就跟他们玩一把！"

面包车向西驶去，半路上又换了辆黑色轿车，在西郊兜来兜去。马腾第二次打来电话时，那小子直将手机放在后座上，另一个小子抱着赵淑莉亲昵着，赵淑莉本能地反抗。之后，赵淑莉的手机被关掉，轿车兜了几个圈子后，在小区南边停下，彩毛小子说："嫂子，您慢走，带上你的手机。这次小弟没把你怎样，要是弄不好，咱后会有期！"

"马腾，你单位搞这么大的动作，怎不事先跟我说说？起码我可以躲避一下！"赵淑莉埋怨着，抽泣着。马腾安慰道："领导，真是对不起，让您受惊了。"掏出手帕给擦着眼泪，逗孩子一般："不要动不动就摸鼻子，流出眼泪就不漂亮啦！"

案情，已经构成了绑架。安民决定将黄龙彪、刘瑛及孟三实施拘留审查。马腾劝说："老安，事态还没那么严重，谅他们也不敢怎样，尤其是黄龙彪，这人轻易不要动他！"

第十五章　开辟线路招是非
　　　　　损益评估鉴清浊

　　根据公交公司的提议，市"一体化"改革领导小组做出四项决定：第一，私人公交车上缴时限截止，尚未签订协议的私人业主允其继续运营至合同期满。第二，对签订协议的公交车及余期损益进行评估。根据业户、公司及交通局三方意见，决定聘请外地的天道会计师事务所介入，本市的各部门不再插手，评估结果直接与业主对话。第三，公交公司、运管处着手考察，重新规划城乡公交线路，力争村镇、街道覆盖率达到百分之九十五以上，为市民出行提供方便。第四，改造后的车辆降低票价，普降率百分之二十。

　　公交公司也召开会议，在贯彻市里的决定基础上，落实了三件事：第一，成立两个线路考察小组，分别由马腾和副经理许万山任组长，每个小组三人，公司二人，运管处一人。线路的确定不能一哄而上，必须满足通车条件，成熟一个增补一个，为乘客的安全负责。第二，运营科将已经签订协议的公交车按照线路排好评估顺序，交给天道会计师事务所。第三，财务科运作资金，将职工自行垫付的保险金剩余部分补齐。

开辟乡镇公交线路的消息不翼而飞。为本镇、本村通车，其意义不仅仅在于关注百姓，更是一方官员的政绩。一时间，马腾成为各村镇联系的核心人物。

这天晚上，马腾刚刚下班回家，妻子已将饭菜拾掇上桌，与儿子坐在桌前等候吃饭。突然，有人敲门。马腾开门，却是马腾的大舅与村里的赵书记。一阵寒暄后，马腾忙着泡茶，妻子悄声去了厨房，锅子又开始"吱吱"地叫了起来。

大舅，是马腾姥姥家的功臣。当年，姥爷常年有病，二舅又小，没办法，大舅不得不过早地下学，支撑着这个家。马腾岳母常说，若是将来有了出息，千万别忘了你大舅。

"大舅，您与赵书记一起来肯定有事吧？"对于大舅的登门，马腾心中已经猜出个七八。

不知何故，一向言直口快的大舅此时竟吞吐地兜起圈子来："马腾，俺知道，你现在挺忙的，白天去找你也不方便……马腾，听说市里要开通农村公交，你看……"

马腾的判断很准确。大舅也住在轿顶山村，地处盘石镇大山深处的半山腰上，村庄至今只有四五十户人家，出入十分艰难。前些年，村里人卖肥猪，都是先用人力将肥猪抬下山去，再装车。市里推行"村村通"工程时，曾经规划将该村迁出，可是村人谁都不愿离开那座大山，所以，至今村里未通公路。现在唯一的一条出路，是村民们从陡峭的山半腰抠挖出来的一条土路，不足两米宽。

"大舅，我知道您想说什么，这事确实难办。"马腾一语，堵住了大舅后边的话。

"马经理，咱村现在能通车了，就是窄了些。"赵书记见势不妙，抢过话来。

马腾苦笑一下，说："赵书记，咱村现在的路，也只能跑个手扶拖拉机，连个小面包车都上不去。公交车车身那么大，你让它怎么跑？"

村路，是一个硬件问题，是决定能否通车的基础。这一点，赵书记很明白。他只想凭借关系来争取万分之一的可能。"马经理，您是咱村的女婿，所以俺才厚着脸皮找来。要是这事办成了，全村的老百姓都会感激您一辈子。咱村没别的，就有柿子、板栗和樱桃，到时候……"

马腾递上烟，笑说："赵书记，我也想为咱村里办点好事，但是开通公交可不是闹儿戏，那涉及到老百姓的安全。等以后村里的交通条件好了，我自会想着这事。"

赵书记看向马腾大舅，大舅却在埋头抽烟，场面甚显尴尬。

赵书记长叹一声，自语道："咳，看来咱村这辈子是没戏了。"

见赵书记和大舅那沮丧的样子，马腾心里好不伤感，故意放了把梯子救局："大舅，赵书记，其实咱那个村子也挺好的，只是交通不便。不过这不要紧，往后市里有包村的，咱可以主动争取，对于有钱的单位来说，修条路算不了什么！"

赵书记打起精神，站起身来，"谢谢您马经理！"遂递过一只软布兜："一点小意思，别嫌弃！"

兜里装的是什么马腾不曾知晓，上边有件报纸包着的长条，显然是一条烟。

"大舅，赵书记，咱先吃饭吧！"马腾妻子赵淑莉将重做的饭菜端上餐桌。

"不用了,大舅这张脸,不值钱!"大舅倒是先行出去了。

马腾拿起赵书记放下的布兜,妻子提着事先准备的茶叶和鲜奶追到院子里。

大舅显然是生气了,但也不完全是生气,只是感到没面子。回屋后,妻子埋怨说:"你就是死心眼儿,反正早晚都要通车,给谁不是给?"

马腾苦笑着脸,皱着眉头直直地盯着妻子,半天蹦出一句:"你懂个屁!"

两个勘查小组开始行动,分别对全市各镇村的路况进行勘察。副经理许万山负责东半部的丘陵地带,马腾负责西部山区。

崎岖的山路上,马腾亲自驾车,广告科科长张一弓、会计万静随车考察。

"这一带的路况都差不多,'村村通'工程完成不到一半,凡是修了水泥路的应该都能通车。"张一弓的老家就在这一带,情况比较熟。

前边传来鸣笛声,继而,一辆工程车缓缓驶来,狭窄的小路,两车很难错过。马腾无奈地向路边靠去,右侧的轮子悬空了一半。

"这个路段不行,咱这是小轿车,若是公交车遇到工程车那可就难办了,前后两个拐弯之间又没有停车、会车的地方,不成。"

马腾驱车在山区的各个村庄穿行,一直考察了三天,每走一段路,万静都认真地做着记录,最后,只在这个片选择了八个镇一百五十八个村庄。

东片许万山小组的考察还算顺利。东部的八个镇地势较为平坦，村村通工程覆盖率已达到百分之八十，共有四百一十个村庄符合通车条件。

线路考察调度会上，马腾和许万山各自汇报了考察情况。全市的六百零六个行政村，除去三个岛村无法通车外，还有三十五个村庄不具备通车条件。根据这五百六十八个村庄的布局，规划了六十六条城乡线路，同时，为纳入省级旅游区的四个景点和银滩开发区设置专线六条，线路总计七十二条，设置站点九百三十个。

"杨光，你负责协助老许写一份详细的考察报告，届时，直报市领导小组。"马腾吩咐着。

在线路考察的同时，车辆评估工作也在紧锣密鼓地进行中。

清早，在市医院站点，第二评估小组的两名工作人员出示了证件和通知书。"师傅，我们是天道会计师事务所的，从今天开始到你车上跟踪评估。"

"好吧，请上车！"李娜客气地引导二人上车，坐在前排。

"大姐，请把本车的行驶证给我。"

李娜打开包，拿出证件，顺便将两盒软包中华烟一起递过："你俩挺辛苦的，抽支烟。"

两个评估人员一胖一瘦。瘦子接过行驶证，笑说："大姐，我俩都不抽烟。"

李娜见车上的乘客都坐在后边，又拿出两个红包塞给瘦子。瘦子悄声说："大姐，谢谢你的好意，我们是有规定的，这样会打了我们的饭碗。"

李娜只好收回红包，复问："哎，两位老弟，马总之前没交代什么？"

"嗯，马总有交待。"胖子翻看着行驶证，抄写着。

"马总他说什么了？"李娜眯眼看着。胖子说："马总特别强调，要我们务必保持公正。"

"再没说别的？"李娜期盼着。胖子摇头。李娜那热盼盼的目光顿时降到冰点。

天道会计师事务所此次共组成四十几个评估小组，每车跟踪一个月，对车辆的运营情况进行详细记录。评估的内容有两项：一项是车辆本身，按照使用情况计算残值。另一项是对运营的余期损益进行调查，以一个月内的总收入为依据，给予四年的损益补偿。

日挂中天。公交车驶入大树下停车休息，车上已无乘客了。

"两位老师，旁边有个小吃部，一起去吃点吧。"李娜招呼。

"大姐，我们这有饭，不用麻烦了。"两个评估人员从背包里拿出大碗面，解开携带式暖瓶冲泡着。

李娜与驾驶员走下车去，不一会就回来了。瘦子拿着记录表翻看着，递给李娜："大姐，今上午你这车承运乘客总共六十八人，上下站情况都在这里，请你看一下。"

李娜感到惊讶，这些人这么较真？接过记录表仔细一看，一笔未错。

"如果属实，请在下边签字认可。"胖子一旁强调。

李娜拿着笔，悄声说："师傅，车上也没别人，咱能不能多记点？大姐我不会亏待你俩，更不会走漏消息。"

胖子说："大姐，我俩捧起这个饭碗也不容易。"

李娜哀叹一声，拿起笔来，龙飞凤舞。

车辆引擎启动，三三两两的乘客开始上车。评估员默默地记录着。李娜不再理会他俩，把热情全都送给了乘客。

晚霞映红西天，最后一拨乘客下车后，车辆收班赶回家中。

"两位师傅，辛苦了一天，真是不好意思，白天都忙着工作，今晚大姐我好生请请你俩。"李娜再次发出邀请。

胖子直摇手："大姐，你太客气啦，我俩跟车要持续一个月，今儿才是头一天，往后的日子长着呐。"

"也没别的，就是吃顿便饭，想泡泡脚也行，放心，不会影响你俩的公务。"

"谢谢大姐盛情，工作之外的事都就免了吧。"瘦子又拿过记录表。李娜仔细审视着，麻利地签了。

手机响了。胖子转身接话后，吩咐瘦子："赶快返回，晚上汇总情况。"拿起随身物品，说李娜："大姐，明早见！"

第十六章　驾驶员招募培训
　　　　公交车公私博弈

全市"一体化"改革领导小组工作会议又在召开。副市长薛文广对改革的进程表示满意。经过各部门的齐心协力，改革工作进展迅速，截至目前，有九十七位业主签订了交车协议；一期线路站点设计工作完成，建设工程正在进行中；车辆及余期损益评估基本结束，初步匡算，每车余期损益在四十至六十万元不等。

"同志们，城乡公交一体化改造，是一项民生工程，必须严要求、高标准、快速行动，不辜负市委市政府的期望。"薛市长作了强调。

冯局长与马腾窃窃交耳。"薛市长，有几个具体问题还需要请示。"冯局长翻开笔记本。

"请讲，大家可以一起讨论嘛！"

冯局长提出三个问题：第一，关于车辆更新问题。经过评估，原有的车辆有六成面临着淘汰，并且车型老化。第二，尚有八辆车仍由私人管理，能否纳入新的线路中。第三，资金问题。收车工作马上就要开始了，资金如何运作？

薛文广笑道："冯局长，你真是点到穴眼上去了，三个问题其实就是两个，一个是管理，一个是资金。在管理上，剩下的八辆车可以分布在各条新线路上，也好让公私两种经营方式进行比较。资金是一个大问题，收车环节即需资金五千多万。若是按照新的规划，车辆更新和新购车辆还需资金几千万元，并且中转场站、站亭站点建设，都需要大量资金。我的意见是：稳步推进，分步实施。在资金不能全部到位的情况下，对收购的车辆中还能修复使用的，就先修复使用。更新车辆必须分批进行。目前最要紧的是进行新老线路的交替转换，不能因为改革而耽搁了百姓出行！"

市电视台又打出广告：

为了适应新的公交管理体制需要，市公交公司拟招收一批公交车驾驶员。报名时间：自公告之日起3日内。

夜晚，公交公司那破旧的小楼后院里挤满了人。

为了不影响车辆运行，驾驶员招聘工作只能在晚上进行。

院子上空，临时悬起的四只灯泡将夜空照得明如白昼。院子里设置三张桌子，标注着：报名处、资格审查处、登记处。办公室主任杨光领着两人负责报名；许万山、杜金山等负责资格审查；万洁带领三人负责合格人员的详细登记；马腾负责总体情况的巡视督导。整个工作按照流水线的方式有条不紊地进行着。

招工大凡都有一个规律，多数报名者都集中在第一天。统计资料显示：报名者一百八十人，审查合格者一百三十六人，其中有原公交车驾驶员六十七人。

翌日。经理室里,马腾召集有关人员对报名合格者进行复查。

"看吧,这六十七个老驾驶员中,有四十八个是车老板。"马腾翻看着登记表。

"这是好事,至少他们都有经验。"许万山大口吸着烟。

马腾皱起了眉头,说:"他们那些经验对于新的管理来说,也许会起反作用。老许,对这些驾驶员必须重新培训,不能拿着旧方式来对待新工作。"

有人敲门。进门者是胡海川。

"马总,我想来报名。"胡海川拿出个人的有关证件。

对于胡海川,马腾、许万山等都很了解。此人虽然脾气暴躁,却很讲义气,心底正直。

"老胡,你不是在刘瑛那里开车吗?"马腾问。胡海川说:"他那里,我辞了。凭着阳关道不走,为什么却偏偏过那独木桥?"

"刘瑛又找司机啦?"马腾继问。胡海川面部抽动着,脸上的麻子不时地变换着排列。"我只管我自己,管不了他的事。"

马腾依旧按照程序看了证件,拿过一张表,让胡海川填报。

首届公交驾驶员首期培训班开班。因公交公司办公场地所限,就近借用运输公司的会议室进行培训。即使这个会议室也容不下百人,经过运筹,将一百三十六名驾驶员分为两个班,新招聘的六十九名人员为一班,在白天培训;原从事公交车驾驶的六十七人为二班,在晚上培训。

会议室里一片吵杂,这些从未受过正规教育的社会人,如同刚刚套上缰绳的草原野马,本能地逆反着。开班前,马腾郑重其事地训话:

"同志们,从今天起,大家不再是社会人了,而是公交公司的一名驾驶员。公交公司,是儒山市的国有企业,是奉行'公交为民'的民生企业。在我们的这支队伍中,有曾经从事过公交服务的老司机,也有跑过长途运输而从未开过公交车的新手。但是,我们现在从事的工作性质发生了根本性的变化,我们不再是凭借手中A1证件去挣钱的机器,而是公交线上的一名神圣使者,不管你从前是老板还是雇工,现在的地位、身份都是一样,我们的老板就是政府,是中国这片领土上最大的老板!"

场内爆发出激烈的掌声。马腾继续讲道:

"同志们,既然我们的身份、地位发生了变化,我们就得彻底地改造自己,重新塑造自身形象,去适应新的岗位需要。公交,是一个纯服务型企业,是一个城市的标签,我们驾驶员就是实施服务的前沿战士。因此,我们自身必须有高素质、硬本领,不能拿着以前的方式方法来对待新的岗位。这次集中培训,就是要大家脱胎换骨,学会怎样服务、怎样沟通、怎样处理关系、怎样化解矛盾。希望大家认真学习,深刻领会,不仅在本次培训考试中取得优异成绩,更需要在今后的公交服务中拿回给予老百姓的满意答卷!"

根据工作需要,公司决定成立安全科,将杜金山从运营科抽调出来,专门负责驾驶员的培训和安全管理。这次培训主要分为三项内容,即:法规类,包括交通法、公司内部规章,由交警大队主讲;技能类,包括车辆的每日必检项目、日常故障排除等,由韩晓伟主讲;沟通艺术类,包括普通话和模拟矛盾处理,由市委党校的专业老师主讲。

马腾来到会议室查看培训情况,恰逢课间休息。胡海川与张子谦、吕明德、周铁头等凑在走廊里,贪婪地吸着烟。

"马总好！"这些人不再摆出一副老板的样子，见了马腾，谦恭地问候。

对眼前的这些曾经的小老板的微妙变化，马腾已感觉到岗前培训的小有成效。"大家好！参加培训的感觉怎样？"

胡海川抢先说："马总，这个培训值得。多少年以前俺也学过交通法，但那是为了考证需要，过后很快就忘了。这次重新学习，还真得有些新奇，好多内容都有变化……"

"广林，你嘴挺甜的，背法律条文你行，可俺呢？半天记不住一条！"周铁头插话。

马腾说："交通法，国家不断修改。对驾驶员的培训，这仅仅是开始，今后咱每个月都要培训，适时地更新知识。对于交通法，必须熟记，深刻领会。"

"马总，学一学车辆的日常检修保养很有必要。我开车的年数倒是不少，可是对检修、保养从没做过，孩哭抱给娘，有了故障就去修理厂。"张子谦表现出一股兴奋。

马腾点头说："以前的公交车随意性较大，班点执行不严。现在就不同了，必须按照规定的班点运行。若是晨检不到位，很容易造成病车上路，既不安全，又会误事。若是在半路上车辆出现小故障，前不着村后不勾店的，咱只能自己修理，不然就会耽误事。"

吕明德人虽精明，却有点口吃，一紧张起来，话语便不那么顺畅。"马……马总，别的都好说，就是这……这普通话太……太别扭了。"

马腾笑道："老吕，咱公交车上的乘客不单是本地人，也还有好多外地人。你若是用咱的土话跟人交流，外地人能听懂吗？普通话必须学，特别是你，要学会调整心态，不然一紧张起来，专打独

长篇小说 125

字，人家就更难听懂了!"

几人正说笑着，杜金山过来，呼喊道："大家都回教室，开始讲课啦!"

马腾嘱咐："小杜，培训和安全管理都是沉重的担子。特别是岗前培训，必须严格把关，考试不合格者坚决不能上岗，上岗者必须持证!"

"马总，你放心!"杜金山回到教室。

驾驶员的岗前培训一直进行了两周。经考试，有十一人不及格，需要继续培训，其余人员全部达标，颁发了上岗证，踏上了服务的征程。

市电视台连续两周播放着公交线路调整的公益广告。市区的街道上，一座座新建的公交站亭婷婷而立。原有收购的车辆经过大修，都面貌一新，展现新姿。新购的两开门大型公交车间或地行驶在马路上，以其高大形象与原有车辆形成巨大的反差，公交改革的成果初现在世人面前。公车公营的新模式进入试运行。

市医院站亭前挤满了人。人们一边顾盼着，一边欢快地议论着。

"你看，政府把公交车收上来，车也大了，服务态度也好多了。"一位老太太扶着老伴。

"那当然，这公交车是为咱老百姓开的，就不能交给私人管。"抱孩子的少妇逗着孩子插话。

"哎，听说还有几个私人的车在跑线，人家就是不肯交车!"另一中年妇女显得很神秘。中年汉子接过话来："他们不交车也开不了几天。私家车不肯花钱，车子破，卫生差，还不准点，谁愿坐他的车？"

一辆旧式公交车驶来，缓缓停下。车门打开后，鹰头小子刘瑛站在门口，喊着："哎，去银滩，都赶快上车！"

刘瑛的五辆车只剩下四辆跑线，分别被安排到四条线路中，原由胡海川驾驶的那辆车，由于雇不到驾驶员，被迫停线。少了一辆车，并且没有任何补偿，让刘瑛十分恼火。而经过近一个月的运营，单车收入不足原来的三成。为此，刘瑛的四个驾驶员没少挨过训斥。"娘的，我的车费用低，就不信抗不过他们！"刘瑛心里发着狠，决定亲自跟车，与集体车辆一决雌雄。

银滩线上共有八辆公交车，基本保持十分钟一趟，这与从前大不相同。刚刚适应了乘坐新车的乘客们此时可以自由选择，人们都站着未动。

刘瑛拿出一大包方便面，一边展示，一边叫喊："哎，卜我车的，上车的每人都有小礼品！"

有三位老人上了车，而多数人仍不理睬。

"谁还坐这个破车？跑起来跟敲破锣似的，路上耳朵都能给震聋！"中年妇女嘟囔道。

"就是嘛，还看见他那点破东西，说不定早就过期了！"抱孩子的少妇故意抬高声音。

"咱等着，后边有好车！"中年汉子扭头盯向后边。

……

众人的议论，被刘瑛听得清楚。刘瑛走下车来，抓住抱孩子的少妇，厉声喝道："妈的，你说什么？你怎么知道我这方便面过期了？想找死不是？"

少妇将孩子递给旁边的妇女，挽起袖子朝刘瑛脸上抓去，毫不示弱地喝道："怎么知道？前几天我的一个姐妹就是吃了你的方便面拉肚子，你说你这是什么货？"

刘瑛向后打了个趔趄，复揪住少妇的头发拽着，冷不防被少妇踹了裆部。诸如刘瑛之类的小痞子其实本无多少本事，只是凭借那野蛮的习气和那些团伙而盛行于世。刘瑛跌倒后，再次爬起来，挥拳砸向少妇，却被中年汉子钳住了手臂。"小伙子，以你这德性还配干公交？"

刘瑛被推出数步，倒在地上。自知耍横不出的刘瑛，双手抱头，少顷，手里抓着颗眼珠子，擎向众人："好吧，你这爷们真能，赔我的眼珠子吧！"

中年汉子细看，这秃头小子左眼处突现着一个窟窿！众人哗然！中年汉子惊恐地向后躲避。刘瑛喊道："小子，你别跑，赔我眼珠子，不然我要报警啦！"

警车呼啸而来，不知是哪位报的警。

"刘瑛，你又在这闹腾什么？"警察过来，说与大家："别听这家伙诈唬，他那眼珠子是假的！"

刘瑛的诈行被警察揭破，只好将假眼放回原位。

后边又驶来一辆公交车。此车高大宽敞，与刘瑛的车形成巨大的反差，驾车人竟是刘瑛的原聘司机胡海川。

胡海川按了下喇叭，示意刘瑛让开，瞬即打开了车门。自动报站系统传出甜蜜的女声：

尊敬的各位乘客，大家好！本车通往银滩方向，请去往银滩方向的旅客排队上车……

人们争先恐后地涌向那辆崭新的车辆。胡海川探过头来："请大家不要拥挤,车上有的是座位!"

就在刘瑛与少妇厮打之际,已经上车的三位老人也扔下手中的方便面走下车来。

刘瑛见胡海川那嘲笑的神态,骂道:"你小子,别太得意,"遂跳上车去,呵斥司机:"快跑,赶到下一站!"

明月当空。马腾又来到母爱公园,在那个圆形的练功场上走着八卦。

"老马,挺执着的!"派出所长安民过来。马腾扭头看着,脚步却未停下。安民便趟下身来,与马腾对练。

"老安,你这都是大忙人,今晚怎么有功夫?"

"嗯,我估摸着你会在这儿。"

两人走了几圈,安民停下身来,说:"老马,有件事我实在不好意思张口。"

"喔?老安,你也这么客气?"

"咳,顶头上司委托我办件私事。"安民吞吐起来:"刘瑛剩下的那四辆公交车实在经营不下去了,想上交公司。不知有没有这种可能?"

对于刘瑛的情况,从公交公司到交通局直至市里领导们都很清楚。市政府在交车这个问题上态度很明确:必须取得个人自愿。而刘瑛拒不交车,市里也做了专题研究,决定允许他继续经营。而政府的政策时限已过,在这个时候交车已无可能。

"老安,刘瑛的情况你知道。过了交车的时限之后,你老同学就无能为力了。"马腾极其委婉。

"还有可能吗?"

马腾摇头:"几乎等于零。不过,若是你那上司跟市长做通工作,只要得到命令,我绝不会为难。"

安民压低声音:"老马,这事我也是迫于无奈,千万别传出去,权当没有这事。这,本不是我的风格。"

两人绕练功场散着步。

"老马,这场改革应当收尾了吧?"

"收尾?老鼠抗木锨,大头在后边!"

第十七章　剪彩式扬起风帆
　　　　迁新居凤凰涅槃

随着新的城乡公交线路的优化，新购的一百二十辆公交车也全部到位。停车场上，身披大红花的新车排成巨大的方阵，如同新征入伍的战士。车场大门上方，悬挂着巨幅标语"儒山市城乡公交车运营启动仪式"。

随着军乐队的奏乐，数十枚礼炮腾空轰鸣，市、地政府领导及省交通厅的领导款款前来。

"同志们，儒山市集约化城乡公交车今天就要投入运营了，我代表省交通厅表示祝贺！儒山市的城乡公交一体化改革走在全省的前列，尤其在收购私家车辆的过程中，措施得力，工作到位，实现了零上访，创全省之最，这是一个伟大的创举！这班车的运营，标志着一个公车公营时代的开始，凝结着党和政府的殷切期望！希望儒山市委市政府因势利导，切实做好为民的文章。儒山公交再接再厉，稳步推进，务求改革的全面成功，蹚出一条符合本地实际、符合百姓心愿的改革之路，为全省县级城市做出典范！"

儒山市的"一体化"改革得到了省厅领导的充分肯定,令地市领导们无不欢心。横于巨型方阵之前的一条彩带被一一剪开,一百二十辆新车一起引擎启动,依次驶出车场,如一条蓝色的巨龙,为小城的马路增加了一道亮丽的风景线。

送走了省地领导,马腾邀请副市长薛文广和交通局冯局长到公司一坐。这些年,薛市长每日都忙于日常事务,却很少来到公交公司。这座破旧的小楼在从前的简单管理时期勉强可以,而在如今的精细化管理时期,则难以满足需要。

打从进入小楼开始,薛市长的表情逐渐严肃起来。来到马腾的办公室时,薛文广感到自歉。"老马,这几年你就是在这样的环境里开展工作?确实难为你了,这是我这个分管市长的严重失职!"

其实,马腾邀请市长的本意就是让市长亲自见识一下公交公司的办公状况,未想到市长竟是这样敏感。"市长,办公条件我倒是没太在乎。我邀请领导来,主要是请求工作上的指导。"

薛文广坐向沙发,竟然全身陷了下去。看着马腾那周身斑驳的老板台和那老掉牙的木格柜子,薛文广长叹一声,问道:"老马,今后有什么打算?"

马腾给两位领导沏上茶,说:"管理,是今后的重头戏。实行城乡公交一体化管理,在全省是一个新生事物,儒山又走在全省的最前沿,究竟应当怎样管理,尚无前车可鉴。"

冯局长静静地盯着马腾。在这个时刻,正是薛市长最开心的时刻,作为一个企业的负责人理应借机向市长提出最客观的困难和要求,比如办公条件和资金问题。而这个马腾硬是想不到这一点,却提出一些莫名其妙的管理问题,这令冯局长大失所望。"老马,你就不用倒驴不倒架了,就你这个办公条件,还能适应将来的现代化管理?"转而说与薛市长:"市长,咱这'一体化'改革可是全省的样板单位,如果别的县市过来学习取经,这样的办公环境会给人家留下怎样的印象?这不仅仅是一个公交公司,而是整个儒山市委市政府的形象问题!"

"冯局长,我明白你的意思,你也确实说到了点子上了。"薛文广说:"公交公司的办公问题必须解决,这涉及到咱们市里的形象问题,待我提交政府办公会研究。"转而问马腾:"老马,还有什么困难?"

马腾拿出近期苦心酝酿的一份草稿,递与市长。这份草稿,包含着三项内容:一个是内部科室设置,一个是人事安排,另一个是配套的辅助工程建设。

薛文广粗略地看过,将草稿递与冯局长,说:"公交公司虽然是市政府的企业,但在管理上有相对的自主权,政府不过多地干预。但是有一条,涉及到内设机构和领导成员的任用以及招用新职工,必须报市政府审批,确保有一个科学的管理机构和精干的服务队伍。尤其是在公司内部,不能设子公司。我们的公交公司不以盈利为目的,而是以服务百姓为宗旨,这一点要切记!"

马腾将自己精心撰写的《新的公交管理体制初探》一文上报市局。

薛市长立说立行。明媚六月,天清气朗。十几辆公交车排起长长的队伍,将公交公司从贫民窟搬迁到城北新区。这座楼房,原为黄金首饰厂的厂房,占地一万多平米,西侧便是公交停车场,前边有一个宽阔的大院,五层大楼被粉刷一新,室内配有隔断式的办公桌,与原有条件相比有天壤之别。

在办公楼的布局上,马腾也费了一番心思。一层门厅北墙,贴有"为人民服务"的红色雅克力雕刻大字,标志着公司的核心理念。西侧,是保安室和点钞室。二楼和三楼是公司的管理核心,整个五层是公司的教育基地,设有容纳二百多人的大型会议室,以及游艺室、图书室。虽然办公场所宽敞了,而马腾的经理室只在二楼东边占用一间房子。

五楼会议室里,职工们欢聚一堂,寻常拥挤的全体职工会此时只占据了会议室前边的一点点。马腾传达市局的文件精神:

为了方便管理,市政府决定,将"儒山市城市公交公司"更名为"儒山市公共交通有限公司",将全市的校车收为公营,纳入公交公司管理;根据管理需要,局党委决定撤销通兴广告公司和汽车销售公司,成立公交汽修厂;公司内设科室调整为:办公室、政工科、财务科、公交管理一科、公交管理二科、校车管理科、广告营销科、安全科、机务科、核算科、点钞室;为了加强公交的队伍建设,促进专业化管理,任命:马腾同志为儒山市公共交通有限公司经理;许万山、张一弓、韩晓伟、杨光、万洁、杜金山为副经理;委派胡新成同志出任公交公司副经理,主管校车;各科室的科长暂不任命,指定临时负责人,待条件成熟后再行任命。

随着一批公布令的颁布,场内不断爆发出欢快的掌声。

"同志们,几年前,我们的公司身处极度困境,大家的工资只有四百元,当时我曾经承诺,用八年时间偿还个人垫付的养老金,而在执行中咱用三年时间全部付清,并且后期的工资逐年都有所增长。如今,公交公司已发生了巨大的变化,大家有目共睹。这个变化不仅仅是形式上的改变,在实质上也发生了根本性改变。在形式上,我们是集全市城乡公交和校车于一体的专业化服务队伍,在实质上,公交服务不再是以谋取利益为出发点,而是以服务百姓出行为目的的服务行为。这种变化,不是我马腾有多大本事,而是依靠国家的好政策,依靠大家的共同努力来实现的。刚才公布了大家的职务,这是组织上对大家的信任,职务、责任、义务向来都是凝结为一体的,希望大家倍加珍惜。借此机会,我再向大家承诺:只要大家用心工作,让市民满意,我们的工资不会低于本市其它企业,基本工资保持在两千元以上,并且按国家政策调增!"

掌声迭起。

经理室里进来两位女子,都是前几年停薪留职的公司职工。

"哦,你俩怎么一起来啦?"马腾笑问。

"马总,俺俩停薪合同还不到期,想回公司上班,不知道行不?"女工夏云菲打开头炮。

"在外边不是干得好好的吗,怎么想起回公司上班了?"马腾复问。

女工赵媛媛说:"马总,千好万好不如自家好。当初俺申请停薪是因为咱家里穷。现在的情况大不一样,给人家打工,起早贪黑,一月下来才挣一千二三百,听说咱公司的工资都超过了两千块了,有这么优厚的待遇,谁还不愿回来?"

马腾点头:"回来,当然可以。公司就是你们的家,随时都可以回家。如今咱公司里正需要管理人才,不知道你俩都有什么特长?"

两位女工各自陈述着自己的经历。

夏云菲三十岁出头,说话嗓门很高,有着目空一切的情怀。办理停薪留职以后,应聘到商业银行做前台服务,在银行系统点钞比赛中曾获得第三名。只是，编外的临时人员工资很低，同台工作，自己比正式职工的收入却相差很大，心理上难以平衡。

赵媛媛，刚过三十岁，典型的东方淑女。停薪以后，先后在私家幼儿园做过幼教，后在家家悦超市做广播员，普通话极为流利且声音甜美。

"很好，走出公司，都学得了一技之长。你俩先回去，这几天就可以回公司上班。至于干什么工作，有待公司研究。"

两位女工刚走，主管行政的副经理兼办公室主任杨光拿着文件夹进来。

"杨光，正好你来了。"马腾吩咐了两件事。一件是设置公交服务热线电话，直接听取市民的意见。电话设在办公室，安排两人专门受理。电话号码在各公交站亭进行公开，方便乘客监督和咨询。另一件是两个女工的安排。根据这二人的特长，夏云菲安排到点钞室，为代理负责人。赵媛媛安排到办公室，受理服务热线，兼管文书处理。

"客服那里再安排谁比较妥当？最好是普通话过硬，并且性格温柔的。"杨光盯着马腾。马腾说："是呀，客服也是个重要岗位，你先临时安排一人，咱可以向市里申请指标，专门招用。"

"行，服务热线我今天就去办理。"杨光说："据反映，多数办理停薪留职的职工都想回来上班，大批的还在后头。"

"这没关系，咱在管理上正缺人手，就是都回来也用得着。"

杨光打开文件夹，是市局关于安排包村扶贫的文件，其中公交公司的扶贫对象是盘石镇轿顶山村。

"这个赵书记，到底还是给黏上了！"马腾自语着。

第十八章　包扶贫点石成金
　　　　　　开村路天堑通途

　　包村扶贫轿顶山确在马腾的意料之中。自从那次赵书记在马腾家里请求通车被拒绝后，赵书记始终耿耿于怀，曾到镇里和市里找过领导，指名请求公交公司包村。而考察公交线路之后，副市长薛文广就各农村的通车状况向市政府作了专题汇报，引起了市政府的高度重视。因此，市政府将改善农村的交通条件作为本轮包村扶贫的重点内容。

　　马腾驾车与杨光、张一弓一起赶往轿顶山村。刚到村前山脚，村里的赵书记和村主任赵孟起已在山下等候。赵书记端详着马腾的轿车，说："马总，你这车恐怕上不去，咱都辛苦一下吧！"

　　五人徒步进村。轿顶山是连绵的大山，五座山峰簇拥着一座高山，宛若四个轿夫抬着一顶大轿，村庄就坐落在中峰的轿子上。这个村子建村有四百多年历史。据传，该村的赵姓系宋太祖赵匡胤的后代，当年赵家老祖为避战乱，携家眷躲避于此。近些年，由于地处偏僻，村里的年轻人多有外迁，只剩下些老弱病残和少数被人们视为死脑筋的年轻人，至今不足百户人家。自村前山脚下举首北望，错落有致的村庄被镶嵌在大山腰部，如同一幅挂画。村庄东西各有溪流绕村而下，沿山谷汇于山脚下的玉泉河。如果不是久居山中的人，眼中的此地必是一片世外桃源。

杨光拿着相机不停地拍照，而马腾却在眉头凝起了疙瘩。五人沿村东的沟谷而上，这是村人出入的唯一通道。扭曲而狭窄的小路，多处尚需要躬身而过，几乎每一步都是拿锤子抠挖出来的。

"马总，对咱村的情况你并不陌生。过惯了穷日子的乡亲们没有太多的奢望，只有一个心愿，就是有朝一日能把公交车开到村里来。"见马腾凝眉不语，赵书记献着殷勤。

其实，此时的马腾并非是在犯着忧愁，而是谋划着如何开山劈路。"赵书记，功夫不负有心人。这之前，局里的冯局找过我，他还以为是咱俩提前串通好了的。说实话，包村扶贫，公交公司没有优势。别看我这企业有多大规模，但这是一个政策性亏损企业，拿不出多少资金来扶持你。这轮包村有三大任务：修建文明街，建设文化大院，开辟村路。你想一想，这其中需要多少资金？"

对于公交公司的内幕，赵书记确实没有提前了解。在他的心目中，公交公司是本市的大型国有企业。"马总，你就别客气了，瘦死的骆驼比马大。十万八万的，对于我这个村子是一片天，而在你那里仅是一个巴掌。你只要能让村子通上公交车，别的都好说！"

五人来到村委办公室。村委办公有八间平房，上世纪七十年代，这里是大队办公室和学校。八十年代后，学校撤销，房屋都归村委所有。村委办公室地处村庄南端，院前空间不大，南边便是陡峭的悬崖。

"马总，先进屋喝杯茶吧！"赵书记极其盛情。马腾说："赵书记,咱还是先看看村子吧!"

五人马不停蹄,转而又在村街穿行。

这个村庄是在大山半腰处的一个相对平坦之地依势而建,村后边的新房,全都是劈山建造,屋后是高高耸起的山崖。村庄总共有南北两条主街,各户住宅跌宕起伏,中间多由石阶相连。抬首四望,周边大山除了裸露的岩石之外,大多是野生的刺槐和松柴,间或有些板栗、樱桃之类。

一行人在村里转悠一圈后,回到村委办公室。

"马总,你是搞企业的,不可能抽出精力来搞村规建设。当下咱村就是缺钱,你若是能扶持个十万八万的,剩下的事我来做。"赵书记斟着茶。

这些年,各单位在包村扶贫中出现的一个共同现象就是单位出了资金,到头来村里依旧不能脱贫,穷庙富方丈现象严重。虽然此前马腾没少来过,而对赵书记了解不多,不能盲目行事,并且捐资是包村工作的一个大忌。

"赵书记,你知道,我这个企业也不富裕,市里让我来包村,这叫'结穷亲'。"马腾端杯喝茶,继而道:"八仙的故事不知你听说过没有?当年铁拐李云游,在一个荒山里遇到一个乞丐。乞丐躺在路边,饿得奄奄一息。铁拐李见乞丐那可怜兮兮的样子,便动了恻隐之心,右手食指一点,路边的一块石头就变成了一块金子。正常情况下,有了这块金子,那个乞丐一辈子都会衣食无忧。可是,这个乞丐硬是不要这块金子。你知道他要啥?"

赵书记摇头。

马腾笑道:"这个乞丐鬼精的,硬得要铁拐李的那个手指头!"

几人哗然大笑。

赵书记给续上茶："马总，你可真是博学，这个故事我还是头一次听说。我现在就是那个叫花子，既想要那块金子，更想要你这个点石成金的指头！"

马腾也笑了起来，说："赵书记，咱这里既没有神仙铁拐李，也没有乞丐，我更没有点石成金的本事。钱，我确实拿不出多少，而点子倒是有一些，咱们商量着来，三个臭皮匠赛过诸葛亮嘛！"

马腾就现场观看的一些情况谈了个人的看法。开辟村路当是首要任务，但不是唯一的任务。之所以村里的百姓把修路看得很重，那是因为交通条件上的障碍阻挡着祖祖辈辈的出行。人的欲望是无穷尽的，落井求命，得命求财。一旦村路开通以后，村民又会有新的欲望——富裕。因此，搞规划必须突出眼前，兼顾长远。开山劈路，那是个大工程，会劈出许多乱石。这些乱石不能丢失，可以用来整修文化大院和文明街，这是形象工程规划。在村级经济规划上，可以围绕着山区独有的优势做文章，譬如：本村有数万亩荒山，还有玉泉水系，若是任其荒芜就太可惜了，漫山遍野的刺槐、松柴，都无法产生经济效益。可以有计划地开垦种植经济作物，如板栗、果园，划片规划，形成规模。山地土壤成分较全，长出的果子甘甜可口，保证能卖出个好价钱。山奔的几条小河也要治理一下，多修几道拦河坝，把有限的降水储存起来，留作灌溉。再如庭院经济，各户的房前屋后都有大片闲地，足可以发展养鸡、养猪等饲养业，村委负责统供、统收。这样下去，在家里就能挣到钱，村里的年轻人就不用舍近求远地跑到城里打工了。

马腾一股脑儿地将临时的想法和盘端出，令书记和村主任目瞪口呆。

"马总，想不到你这个企业家对农村的管理也这么精通，这本来就是我多年来的梦想,却一直没有勇气去动手。"赵书记说村主任:"孟起,这回咱可是遇到了真神了!"转头问马腾:"马总,这些想法都很好,眼下的难题就是资金,你看……"

马腾抿笑:"赵书记,在资金问题上不要对我抱有太大的期望。这样吧,咱先从修路开始。总体上,我负责炸药和水泥,你负责出人工。这几天,你先拿出一个完整的村级规划,我先买一台风钻机,咱马上动手。头会儿在上山的路上,我简单地看了一下,劈山修路大约需要爆破乱石两万多方。这些乱石,基本能满足整修街道和文化大院之需。"

对于马腾这人,之前赵书记只闻其名,不甚了解。来村的短短片刻,竟然如此胸有成竹,让赵书记心口诚服。"马总,爽快!虽然我村里没多少劳力,可是要说修路,这些老胳膊老腿的都不会惜力。你看……咱能不能连同整修河坝一起完成?"

马腾站起身来:"赵书记,那都是长远规划,咱先拴住金马驹,然后再寻找它娘!"

从轿顶山村回来以后,马腾平添了一份心事。买一台风钻机倒是小事,连同压缩机一起不过一万多元。可是炸药和水泥是一笔不小的开销,有关包村的支出,决不能向政府伸手要,资金问题如何解决?

这天晚上,马腾邀约老同学安民一起吃烧烤。狭窄的雅间里只有他二人。

"老马,自从你任职公交老总以来,这可是第一次开荤。说吧,有什么事?"安民拿起肉串,慢腾腾地啃着。

马腾直言不讳地说出了轿顶山村劈山开路之事。

安民即刻敏感起来:"炸药?老马,现在的炸药管理很严,不仅炸药本身难以审批,还得专业爆破手亲自操作,由公安现场监督。"

马腾拿起一串新烤的鱼干递过,有些巴结的神态:"老安,如果什么限制都没有,我还用找你吗?不过,咱这不是私用,包村扶贫又是市里的一个重点,都是为民嘛!"

安民点头:"这倒让你找到理上啦。这事我可以帮忙。"

"还有,"马腾说:"专业爆破手村里可没有,你得想法子。我这企业捉襟见肘,炸药的价钱上能不能给予优惠?"

安民"噗嗤"一笑,差点给噎住:"老马,你可从来没这样吝啬过。好吧,我尽力!"

秋阳将丛丛大山涂得蜡黄。轿顶山村前的山脚下边停放着好多轿车。长达三华里的一次性爆破在儒山市还是第一次。为了慎重,市公安局长亲自到场监爆,交通局冯局长陪同,安民与盘石镇派出所的二十几名警力在维持现场秩序。爆破手们将七百多个炮眼装好了炸药,串联起来。随着哨子吹响,指挥长手中电钮一按,山谷间如同腾飞的巨龙,伴着震耳欲聋的声响腾空而起,刹那间,死守在村前的山岩被整齐地推向沟谷,显露出一道齐湛湛的石壁城墙!

成功的爆破,使得公安局长悬起的心变得踏实了。

"冯局长,这个村恐怕是全市所有包村中难度最大的一个,你可是专拣硬骨头啃呀!"公安局长开始调侃。冯局长说:"骨头硬咱不怕,有你的支持,再硬也啃得动!"

众人离去后,赵书记和村主任盛情邀请马腾与冯局长去村里一坐。马腾说:"冯局工作繁忙,我也是轿顶山村的普通一民,往后就别客气了。在修路这个问题上,我的任务已经完成,剩下的由你们来处理。"

赵书记缠着马腾:"马总,修路、修街马上就要用水泥了,你看……"

马腾凝眉看向冯局长,说:"行,我再想办法!"

"需要多少水泥?"冯局长问。赵书记说:"少说也得五百吨。"

"那么多?"冯局长略思,说:"这样吧,局里支援五百吨!"

辞别了村官,马腾驱车与冯局长打道回府。

"老马,让你单位包村的确有些为难。但是,我看中的就是你的思路。"

"冯局,你就别抬举我了,我有多大本事你还不清楚?这次的炸药按八折优惠,爆破费全都免了。"

"看吧,把工作都做到这份上了,还说没本事?搞企业,智商、情商一样都不能缺,内部管理与外部联系同等重要。"

临近县城时,马腾的手机响了。马腾停靠路边接过电话,兴奋的脸迅即阴郁下来,说:"坏了,出车祸了!"

第十九章　遇车祸疑窦重重
　　　　　　究根源启思点点

　　车祸出事现场在市区西郊。马腾驾车赶到时，现场已围聚了许多人。一辆公交车横在公交站亭前，驾驶员静静地趴在方向盘上，后边便是一辆装满石子的大型工程车，石子撒了一地。站亭处堆着一群人，站的，蹲的，还有躺着的，杨光、许万山、杜金山等都在搀扶着受伤者。交警队事故警车停在旁边，警灯仍在闪动。警察身边围着好多人，吵闹不堪，其中便有鹰头小子刘瑛。

　　"马总，你够迅速的了！"事故股的徐股长挤出一丝苦笑。据徐股长勘察判断，事情应当是这样：公交车减速靠近站亭，后边快速行驶的工程车本想超车直行，由于路面较窄，前面有车对行，工程车来不及刹车，便直接撞向公交车，造成公交车被动地撞击候车乘客。

　　"刘老板，这工程车是你的？"马腾怒目盯着刘瑛。刘瑛投来无赖相："马总，这可是家里的狗疯了，专咬自家人。"

　　刘瑛的四辆公交车全部停营，又购买了几辆工程车，成立了自己的车队,专门为建筑工地运料。

徐股长瞅着刘瑛,忽然有一个念头,说:"你这车明显超载,是不是看见前边有警察查车,想掉头逃跑?不然的话怎可能向路边靠得这么近?"

刘瑛有些慌了,说:"徐股长,这小子是个新手,没经验。"

徐股长开了单子,递给刘瑛:"到交警队听后处理!"

两辆救护车鸣着警笛呼啸驶来。马腾说:"徐股长,我先照顾受伤的乘客,这里你处理吧!"

马腾来到公交车上,将昏迷中的驾驶员背下车来。这驾驶员正是令刘瑛耿耿于怀的麻子胡海川。

杨光等与医护人员搀扶着受伤乘客上了救护车,马腾见站亭前还躺着一位女人,近前一看,竟是理发的哑女阿秀!医护人员拿来担架,将阿秀抬上车去。

"喂,石院长,我这出了车祸,受伤九人,麻烦你安排人到急诊室协助一下!"马腾打完电话,尾随着疾奔市医院。

急诊室里,石院长安排各科的得力干将协助救诊。

"马总,这事有点蹊跷,顺路行驶,怎会撞得这么厉害?不会是故意的吧?"石院长任职多年,经常遇到车祸事故,根据经验判断,随口问了一句。

"这很难说,交警正在调查处理。"马腾警觉起来。

医护人员都在紧张地忙碌着,包扎、拍片、输液。马腾也对公司的几人进行了分工,每人负责两三个乘客的陪同护理,紧急救援工作有条不紊。

石院长陪着马腾来到牙科，站在门口。杨光正陪着两位受伤者在检查牙伤。一位身着白大褂的小伙子在专致地拨弄着那不太清洁的口腔。

"石院长，找高手给看一下，这些受伤的都算是我的亲人。"马腾对这年轻人的医术分明有些怀疑。

"马总，请放心，这是我家犬子老二。"

却原来，这个小伙子是石院长的二公子石明，医科大学的牙科研究生，现任牙科主任医师。

"呦，真是龙门将子呀！好小伙子，结婚了吧？"马腾眸子一亮。石院长叹息："这小子，倔得很，都三十好几了，就没他看中的。马总，你那接触人多，有合适的帮撮合一下！"

马腾拿嘴撇向杨光，悄声说："刚好三十岁，我那儿的副总，也是挑得很。"

两人正窃窃私语，石明关闭了灯光，说："大叔的牙没大问题，撞击微微松动，吃点消炎药养活一段时间就好了。"

石明抬头时，目光正与杨光相对，二人怔怔地对视着。

石院长望着儿子的表情，悄说："这小子，从来还没见过他这眼神。马总，这姑娘确实不错，没准儿还真得有戏！"遂扯与马腾悄然出去，来到CT室。

CT室里，骨科专家孙浩正与助手在静心操作，见院长进来，欠了下屁股。石院长示意别动，说马腾："马总，孙主任本来今天休班，为了你的病号，我特意叫回来了。"

马腾看着屏幕，问："伤情怎样？"

孙浩说："不太严重，左肋骨有一根出现轻度裂纹，不用矫正，服药治疗吧。"

正在接受检查的老汉闻听是骨科主任亲自给做检查,瞪大了眼睛:"天呐,俺老乡熊从来没有享受这样的待遇!"

孙浩说:"我算什么,没看见公交公司的老总和俺的院长都亲自陪着?"

老汉转头看了看,惊讶地吐着舌头。

"马总,病号交到我这里你就放一百个心!"石院长陪着马腾出了CT室,见两个担架车入进308病房,便跟了过去。

这是两个伤势最重的病号,一个是驾驶员胡海川,由于剧烈撞击,前胸肋骨有两根骨折。另一个是哑女阿秀,在候车亭前被撞倒,颅骨骨折。这两人当时皆昏厥过去,经抢救,都已清醒过来。

"马总,广林给你丢脸了!"胡海川见马腾进来,想撑起身子。马腾按下胡海川,安慰道:"小胡,这场车祸不关你的事,是后边的工程车造成的。你安心地在这养病,回头我派人来护理。"

驾驶员出现工伤,派人陪护理所应当。而胡海川总认为自己出了车祸,给单位造成损失,颜面不甚光彩,忙说:"不用了,我老娘在家闲着没事,我让她来就行了。"

"咿呀!"对面床上的哑女阿秀看到了马腾,便惊叫起来。阿秀头上捆扎着绷带,却透出一双水灵灵的满是善意的大眼睛。

马腾打着手势问:你怎么在公交站亭?

阿秀艰难地抬起两手,回着手势:我在儒山没有亲人,想坐公交去进点理发用品。

一股酸楚涌向马腾的心头,对眼前这位无亲无故、无依无靠的江南小女子顿生怜情。马腾复打着手势:请放心,儒山就是你的家,我们都是你的亲人!"

阿秀微笑着,又昏厥了过去。

几个白衣天使围聚过来,给二人打上点滴。

两位警察进来,向胡海川询问着事情发生的经过。

据胡海川反映,近些日子,在他驾车行驶西郊这个路段时,经常会遇到一辆工程车在尾随其后,之前曾有几次险些碰撞。这次,胡海川的公交车行驶到西郊大桥时,从倒视镜里发现又有一辆工程车跟在后边。公交车行速不能加快,胡海川只好靠近右边让路,并减速靠向前边的公交站亭。谁知道,后边的工程车没有超车之意,径直地撞向车尾。胡海川紧急刹车,便昏厥了过去。

警察做了笔录,说马腾:"马总,麻烦你去事故股一趟。"

"行,"马腾向石院长交待着:"院长,在所有病号的治疗上务必用心,不要痛钱!"

"马总,这你放心!"石院长信誓旦旦的。

交警大队事故股的办公室里人声嘈杂,刘瑛纠集了五六人在与警察们狡辩着。

"老马,你过来。"派出所长安民见马腾进来,便拉着来到徐股长的办公室。

"老安,你怎么也来了?"马腾问。安民说:"从案情分析,这不是一起简单的交通事故,而有故意的嫌疑。所以,局里安排派出所介入调查。"

一位交警警员敲门进来,将公文夹交给徐股长,耳语着。

"安所,马总,根据公交车驾驶员提供的情况,工程车蓄意滋事的可能性很大。"徐股长将公文夹递给安民。

安民看过，叹道："只可惜，西郊路段是个盲区，虽然前几年安装了监控，但设备老化坏损，还没来得及修理，无法提取影像证据。而刘瑛矢口否定有故意行为，现场提取的轮胎痕迹，又很难界定为故意滋事。"

三人都沉闷着。徐股长给二位倒水，说马腾："好多大城市的公交车上都安装了车载监控，咱若是有了车载监控，调取证据就简单的多了。"

徐股长一语，点播了马腾心中的疑团！

问题的出现，往往是推进管理的无形动力，虽然有亡羊补牢之疏漏，但亦可杜绝后患。

马腾在办公室里梳理着眼前的那团乱麻。梳理乱麻，那是企业决策人无法摆脱的一项重要工作。打从马腾到公交公司任职以来，他每天都在这样地梳理着，虽然眼前是纠缠在一起的乱麻，但一旦被理清，便会形成有序的成品，有的搓成了绳子，有的织成了布匹，甚至绘制成锦绣般的画卷。在马腾的柜子里，这样的成品比比皆是。

有人敲门，交通局冯局长进来。马腾弹起身来："冯局，您大驾光临，事先也不通知一声？"

冯局长就身坐向马腾对面，"怎么，是需要鸣锣开道还是需要警车开路？履行'三严三实'，走群众路线嘛，我是顺路过来的。"

对于公交改革，市政府将其作为近几年中的一件大事来抓，市长一再强调，各部门要通力协作，交通局要时刻关注，确保改革稳步推进。见马腾桌子上纷乱的样子，冯局长问："老马，又在运筹什么？"

"局长，我这是磨不断的铁锁。"

新的管理刚刚启动，尚未形成模式，需要做的工作千头万绪。"局长，我有个想法，尽快安装车载监控。"

对这个问题，冯局长也曾想过，但没有将其作为当前的重点。马腾的提示，倒使他坚定了信心。"老马，咱俩想到一块了。"

两人就安装车载监控问题酝酿了一番，达成共识：为每部车安装四个监控探头，分别监控驾驶员及车前方、票箱及车两侧、乘客和车后尾，记录行车情况；在公司新建交通指挥中心，对各运行车辆进行实时监控；成立监控室，配备专职人员监督运行车辆。

"老马，打一个专题报告给我，我再向市长申请。"

"行，我马上办理！"马腾说："局长，这个工程也不小，需要好多钱。"

"这没问题，"冯局长说："花钱不在于多少，关键看是否花得值！"

第二十章　安天眼显露弊端
　　　　　挖人才暗施巧计

　　公交公司上报的《关于建设公交车监控管理系统的请示》很快得到了市政府的批复，纳入政府统一采购的管理范畴。经政府采购办和公交公司的共同考察，确定了三家经销商，采取投标方式，最后确定由上海电子科技公司负责供货安装。

　　上海的专家团一行三人进驻儒山。为了慎重，马腾召开专题办公会，班子全体成员共同听取专家的意见，以便集体研讨问题。

　　"马总，为了方便工作，您最好给我一位懂电脑的人员配合一下。"专家团提出要求。

　　这个要求若是换作别的单位，是一个极其普通的要求，而在公交公司则是一个难题。公司里虽然有上百名职工，但都是土生土长的，竟然没有一个懂电脑技术的人才。"师傅，不怕你笑话，我这还没有专管电脑的，这次安装，就由副经理杜金山全力配合吧。"

　　专家感到吃惊，转而说："马总，技术与职务不是一回事。专业人才，就是在我们安装以后，后续管理也是必需的。"

马腾皱了皱眉头，说："好吧，我争取一周之内物色人选。"

闻听马腾要物色人才，分管广告的副经理张一弓眼睛一亮，打出了他的擦边球："马总，如果招人，顺便再招一个。"

马腾抬眼凝视着张一弓。张一弓说："招一个电脑设计。"

这些年，公司的广告营销总收入每年都在百万左右，而公司只有一个广告平台，在广告设计和制作上都依赖于其它广告公司，有四成的钱被别人提走。若是有自己的设计人员，每年至少可以节省二十几万元。这个想法，在张一弓脑海萦绕了许久，却找不到机会倾诉。

马腾点头："老张，你这个想法很好，我一并考虑请示。"

杨光也急了："马总，还有客服的那个。"

马腾点点头。

马腾来到市区的华宇电脑营销维护中心，这是一家私营企业，在电子产品的维护方面有着过硬的技术力量，是马腾经常求援的合作单位。而这支技术骨干队伍中，最令马腾独钟的便是小伙子尹小寒。

尹小寒三十岁左右，少言寡语，虽然学历不高，当年在专科院校就读计算机专业，但就业后一直刻苦钻研业务，理论与实践都有着雄厚的基础。

马腾找到了这家公司的老板，说自家的电脑出现问题，指名点姓地要尹小寒上门修理，老板爽快地应允了。

尹小寒受老板指派，跟与马腾来到家中。

其实马腾家的电脑没有故障，只是插头有点松动。尹小寒稍作调整便"大病痊愈"了。尹小寒给电脑升了级，清理了桌面垃圾后，便欲返回。

"小尹，歇会吧!"马腾泡上茶，递来烟。尹小寒未坐，弯腰喝了杯茶，拾起背包仓促地出了门。

马腾提着一兜本地的绿茶追了出去，怎料，尹小寒硬是未接，"马总，您的好意我先领了。我是给老板打工，你要是表示心意，就直接跟俺老板说去!"

对于尹小寒的为人处世，马腾此前早有了解。这次是在有意地考察。依常规，尽管是老板指派，接受客户的小礼品也在情理之中。而尹小寒之所为，则显示出他对老板的耿耿忠诚。

天骄广告公司的设计室里，马腾在与设计员林慧燕修改一批刊板。这批刊板是为了迎接明日省里检查之用，已经三易其稿，马腾不得不亲自出马，做好最后把关。

刊板的修改一直持续到夜间十一点，广告公司里的其他人员早已回家休息了，只剩下这一个工作室了。

"小林，为了这点活儿连晚饭都给耽搁了，一起吃点便饭吧!"马腾发出邀请。林慧燕推辞道："马总，我为您服务是应该的，客户的需要就是我的职责。吃饭就免了吧。"

马腾的盛情邀请被林慧燕宛然拒绝，马腾只好驾车送她回家。

"小林，你在广告公司工作感觉怎样?"路上，马腾与林慧燕聊着。

"很好，马总。"

"若是有更好的单位需要你，你去不去?"

林慧燕投来微笑："马总，就我这水平，哪个单位还有稀罕的?再说，俺老板待我不薄，我不能见异思迁。"林慧燕说得很坚定。

"小林,若是我公司要你,你愿不愿去?我那可是国有企业,工资待遇不比你现在差,五险一金齐全,发展前景很可观。"

林慧燕,芳龄三十,从事广告设计七年,对业内有着痴迷的追求与研究,堪称天骄广告公司设计的大梁。她之所以有着如此执着而坚毅的志向,一是为了攀升自身的价值,成为有用之才,再者是为了报答老板对她的扶持之恩。当年,在她专科刚刚毕业时,找工作成为莘莘学子们的头疼之事。各单位招工的基础门槛已抬至本科,像他这样的专科被严实地堵在门外。正当林慧燕走投无路之际,看到了天骄广告公司的招聘信息,于是,别无选择地前去应聘,做了广告公司的学徒工。从那时起,她发誓再学习,以新的学习力与本科学子们进行技术上的较量。林慧燕曾经暗自发誓,要为天骄广告奉献一辈子,借以报答老板。

"马总,你不是在开我玩笑吧?"

"不,我是公交公司的老板,决无戏言!"

"那,"林慧燕犹豫了一番,"你先跟俺老板商量一下,如果他同意,我愿跟你干。"

公交公司作为地方国企,在职工的招用上没有自主权,必须层层审批。马腾考察了两个成熟的专业人才后,急匆匆地找到了市局冯局长作专题汇报。

"老马,在用人问题上务必慎重。你这是政策性亏损企业,多一个人就多一份支出。这两个人都是涉及到电脑技术,可否二人合一?"

马腾笑道:"冯局,这是两个性质完全不同的岗位,并且专业要求都很高。"马腾想了一下,继而说:"还有一个,就是我那客服部，需要招收一个高素质、高水平的专业人才。"

冯局长思量片刻，点头说："客服是一个重要岗位，涉及到服务的后方处理。正好，咱交通系统正在招工，你那个客服人员一并纳入系统招工，两个专业人才你自己选吧，必须把好关。"转而问："前几天的那场车祸处理得怎么样？"

"正在收尾。"马腾说。

经过交警的现场勘查和派出所的侦查，认定肇事人刘瑛有故意肇事之嫌，业主刘瑛和肇事司机已被刑拘。住院治疗的其他乘客皆已出院，只剩下公交驾驶员胡海川和候车乘客阿秀尚在院中继续治疗。

"老马，处理这件事得慎重些，这个刘瑛有点背景，好在公安插手了。"

马腾感到奇怪，问："冯局，你还不知道吧？刘瑛的那个靠山调走了，所以，公安才新账老账一起算！"

冯局长微微一笑："我怎能不知道？那个领导一调出儒山就被双规了！"

二人大笑。"老马，近期还有什么情况？"冯局问。马腾说："千头万绪。又有六十多辆车接近报废期了，我正在琢磨着如何更换。"

更换公交车属于大项支出，都在政府集中采购之列，但公交公司必须拿出主导性意见来。"老马，前几天，我跟薛市长还探讨过这个问题。他的意见是要更换就不能凑付，直接更换燃气车，环保，节能。"

"嗯，不谋而合，我也是这个意见！"

马腾走出交通局，顺路来到市医院。

病房里，依旧是胡海川和阿秀。本来马腾安排万静前来陪护，可胡海川的母亲硬是不用，坚持要亲自护理儿子和被儿子撞伤的阿秀。几天后，胡海川便能起身活动，让母亲回去了，他护理着阿秀。近两天，阿秀的病情也大有好转，两人挂着吊瓶，打着手势交流起来，虽然是个无声世界，却也充满着欢声笑语。

阿秀见马腾进来，比划道：麻子，好人呀！

马腾伸出两个拳头，两个大拇指弯动着，示意：你俩都是好人。

阿秀"咿呀"一声，白净的脸顿时变得涨红，拿手捂着。马腾心中一怔，方想起这个动作在哑语中是个歧义句，既有"都好"之意，又有"哥俩好"和"夫妻恩爱"之意。

"马总，你那么忙，不要再往这跑了，我这点小伤算不了什么，过几天就出院上班。"胡海川直起身来。

马腾让胡海川躺下，"伤筋动骨一百天，上班倒是不急，骨伤必须一次性治好。"

见马腾与胡海川那口型，阿秀打着复杂的手势：别听麻子胡说，他那伤势还得些日子，待我好了以后，我来伺候他，等他出了院我再回理发店。

看着诚心诚意的阿秀，马腾说胡海川："小胡，阿秀是个好姑娘，聪明、善良、漂亮、能干。看来她对你有点意思。"

胡海川显得窘迫："马总，人家比我小七八岁呐！"

"年龄不能阻隔感情。小胡，你是因祸得福呀，勇敢些，珍惜这段时光！"马腾说毕离去。

几天后，尹小寒和林慧燕来到公交公司报到。尹小寒被安排到设备科，直接参与监控系统的安装，林慧燕主管公交广告的设计。

交通指挥中心设在公交三楼，占用两间屋子。东墙上，装有一只大型屏幕。室内的南北两边各有四台电脑，可容纳八人操作。尹小寒与专家们正在安装调试，马腾进来了。

"小尹，车上安装进度怎样？"马腾问。尹小寒说："公交车安装接近一半了，校车暂时没动。咱不能停车安装，大多是在晚上，这不，瞅着空儿来安装指挥中心。马总，向上海总部反映一下，给这几位师傅记上一功！"

马腾掏出两包烟递给尹小寒："拿着，休息时给师傅们。"

尹小寒还想推辞，马腾将烟硬塞过去，"小尹，你的担子不轻呀，眼前要配好三个师傅，将来要负责全公司的网络维护。"

"马总，你要我来，肯定不是让我来亨受的。不管担子有多重，我都会挺住。"

"还有，咱公司现有的职工，基本上都不会使用电脑。你要给他们当老师，从头教起。"

"这不成问题。只是，我看到多数科室里都只有一台电脑。电脑，是将来办公必不可少的设备。"

马腾拍着尹小寒："洞察力挺强的。买设备不难，难的是使用。过了这段时间，咱就办班，白天没时间，利用晚上搞培训。"

"马总，请放心，我会尽我所能！"

第二十一章　电脑培训厉兵马
　　　　　接收锦旗逢良将

　　公司里的电脑应用培训班开始了。利用交通指挥中心作教室，由尹小寒主讲。大屏上显示着会标"儒山公交电脑基础知识培训班"。
　　受设备条件制约，每天晚上只能培训八人，时间两小时。虽然人员不多，教室内仍是吵吵闹闹的。
　　"老周，你这都快当奶奶了，还来学电脑？"
　　"不学不行，公司逼着学呐！"
　　"咳，活到老学到老嘛！"
　　……
　　马腾站到前台，室内霎时静了下来。
　　"同志们，今天是咱公司电脑基础知识培训班的第一堂课，希望大家认真对待。刚才，听到有些职工反映，感到自己岁数过大，学电脑没多大用处。在这里我只想强调一点：公交公司今非昔比，是一个必须步入现代化管理的国有企业，我们作为公司的管理人员，首先要学会使用电脑。这就像我们中国人吃饭一样，首先必须学会使用筷子，我们想要吃饭，想在公交公司继续待下去，就要学会灵活地使用手中的这双'筷子'！下面请尹小寒主讲，大家鼓掌欢迎！"

如今的电脑培训已经很简单了，电脑中的配制都很齐全，只是学会如何操作。为了速成，尹小寒在授课方式上做了调整，不讲解过多的理论，而是本着实用的观点，只传授三个重点，即：文字录入、表格制作和网络查询。尹小寒在大屏上演示，学员们各自在电脑上练习操作。

"小尹，你慢点讲，俺这跟不上去。"一位中年女职工趴在电脑前不动弹。

"小尹，你最好把操作的步骤列出来，俺好照着操作。"一位年长的男职工提议。

如今的电脑、手机大都可以无师自通，特别是那些孩子，瞅一眼便可自行操作，正所谓"一家人不如个三岁孩子"。年轻职工都朝向老职工嗤笑。

尹小寒谦恭地点着头，他的职责是将所有职工都教会。一阵键盘敲打声，大屏上显示出三段文字，将培训的三项内容的具体操作步骤一一列出。

"大家看，按照这个提示操作还有问题吗？"尹小寒问。

"嗯，这还差不多。"中年女职工正起身来，拿笔抄写着。

"大家不用抄写，打印发给你们！"尹小寒点击鼠标，打印机便鸣唱起来。

"今天的培训就进行到这里。大家有不明白的地方尽可问我，也可以在明天晚上过来继续听讲！"尹小寒将打印的操作步骤发给大家。

电脑培训班一直持续了八个晚上,使得公交公司朝向现代化管理迈上了第一道台阶。

杨光拿着资料来到经理室,这是一个月来的客服电话记录。

"有这么多?"马腾问。杨光说:"每天都有上百个电话,赵媛媛忙得不可开交,连解手的时间都不多。"

马腾一一翻看着,见市民反映的意见内容极其复杂,说:"杨光,以后每周搞个汇总,将市民反映的意见分出类别,以利于咱改进管理。"

杨光的手机发出提示音,转身看后,慌忙地关机了。

尽管杨光动作麻利,却依旧被细心的马腾看出了端倪。"有新情况?"马腾笑问,那笑,有点怪。杨光面色赤红。

"该是小石的吧?没关系,女大当婚,小石是个很有出息的小伙子!"马腾喜于言表。

这微信确实是牙医主任石明发来的,问杨光晚上有无时间。那日,杨光在医院与石明相遇,杨光从方便工作的角度考虑,二人相互交换了名片。几天后,杨光牙龈发炎,痛得厉害,便去小区附近的牙科诊所就诊。那牙医一看,要求拔除。杨光闻听要拔牙,便想起了石明。石明打眼一看,说牙与牙根都挺好的,只是牙龈发炎,吃点药就好了。按照石明开的方子,杨光只花了四元钱,药没吃完,经常闹腾的"病牙"便安然无恙了。为了答谢人家,杨光加入了石明的微信,二人便在微信上经常碰头。尽管这对大龄男女尚未婚配,在微聊中却谁也没有透露"婚恋"之意。终于一天晚上,石明主动邀请杨光一起吃烧烤,但二人只像普通朋友相聚,天南地北地侃聊，未涉猎暧昧话题。从那以后，杨光与石明几乎每天都互发微信。在杨光的心目中，她与石明只是普通朋友，所不同的是每每有了时间，心中便有些牵挂。

"从这个月的客服情况看，多数是反映驾驶员的服务态度问题。"杨光故意岔开话题。

"安全和服务，是公司的两块重要基石，队伍和管理是未来工作的两个永恒的重点。"马腾自语着。

有人敲门。赵媛媛领着一位中年男子进来。

"马总，你好！"中年男子主动与马腾握手。

马腾急忙起身迎接："蒋大主任，你怎么有时间光临我这茅草之地？"

来者蒋枫，是市文化局的专业创作员，省级作家，在此之前，为公交广告的措辞，马腾没少求教过。在马腾心中，蒋枫是个学富五车的大才子。蒋枫将手中那用报纸卷着的东西展开，袖手一提，竟是一面锦旗，上书"心系百姓，情暖万家"。

这是公交公司成立以来收到的第一面锦旗！

前天，蒋枫的姐姐乘坐公交车去往母亲家，下车时将手包遗忘在车上。直至回家时方恍然大悟，那个包里不仅有三千多元现金，还有好多证件。姐姐不记得那辆车的牌号，只好回到下车时的那个公交站亭等候。等待中，猛然发现站亭上有客服热线电话，便试着拨打了。昨天早晨，姐姐接到公交公司客服部电话，要她到公司认领失物。姐姐的手包失而复得，感激不已，由于急着赶回青岛，便委托弟弟蒋枫制作一面锦旗，亲自送到公交公司，以示答谢。"马总，公交改革大快人心。这事若是落在以前的私家车上，十之八九是找不回来的。"

闻听赞扬，马腾心中喜滋滋的，问赵媛媛："这个包是谁上缴的？"

"马总，是202路胡海川上缴的，前天晚上收车时送来的。这个包险些被人拿走。"赵媛媛讲起了事情的经过。

胡海川自从能下地行走以后，在医院观察了三天，便要求出院回家养病。而出了院的胡海川并未在家静养，直接就回单位上班了。蒋枫的姐姐乘坐胡海川的那班车，下车时，将手包遗留在车座上，恰被胡海川瞅见了。由于上下车乘客较多，胡海川叫喊了几声无人应答。就在此时，旁边的一位胖乎乎的姑娘顺手将手包拿在手中。胡海川离开驾驶位，来到后边，问那姑娘：这包是你的吗？姑娘胆怯地点点头。胡海川说：这包是刚才下车的那人落下的，我这车上可是有监控，你若是硬要拿着，一旦报案就麻烦了。那姑娘瞅见车厢内的几个探头，羞答答地将手包交给了胡海川，转身下了车。

赵媛媛说完，急匆匆地出去了，她没多少空闲时间。

蒋枫闻听事情经过，愈加惊讶："呦，马总，强将手下无弱兵，驾驶员有这样的责任心，乘客还有什么顾虑？"

杨光递过一杯水，转身出去了，办公室里只剩下主客二人。马腾叹道："蒋主任，我这个公交队伍成分复杂，人员素质参差不齐。就说客服电话吧，每天上百个电话，受表扬的寥寥无几，而遭批评的比比皆是。"

"这，符合事物发展的规律，"蒋枫说："周恩来总理曾经说过，凡是有人群的地方，都分左中右。你这公交改革才刚刚起步，哪能一步到位？我上楼时发现，除了一楼大厅有五个大字外，整个大楼还是一张白纸。"蒋枫喝了口水，转而说："不过，毛主席又说过,一张白纸,可以画优美的图画,可以写最新最美的文章!"

马腾一直笑着,脸上都有些扭曲了。"蒋主任,你这是在表扬我还是在批评我?不管是表扬还是批评,我都能接受。你是咱市里的大文豪,往后多帮我一把。"

"这没问题。"蒋枫说:"公交为民,我为公交,间接地为民做点好事,也是行善积德嘛!马总,送你两句话:沧海吞流,不拒滴水,故有其大;崇山纳壤,不拒抔土,方显其高!中国有个知名企业家曾经说过:我虽然没进过清华大学,但是我可以让清华大学的教授为我打工。马总,这些话你认真琢磨琢磨。"

蒋枫起身欲走,马腾打开柜子,拿来一兜本地的绿茶:"蒋主任,谢谢你的鼓励,更谢谢你的启发!"

蒋枫有些不好意思,说:"马总,本来我是来答谢你的,这倒好……"

马腾接过话来:"在公交车上丢失了东西,物归原主那是我们的责任。而你送给我的,那可是无价之宝呀!"

马腾直把蒋枫送到大院。蒋枫拉开车门,叮嘱道:"马总,切记:文化,是企业的灵魂。一个企业如果没有自己的文化,不以文化作主线管理,这个企业将不久矣!"

马腾有些依依不舍,试着说:"蒋主任,冒昧地问个问题:如果我想聘请你作为我的公司文化顾问,你有什么条件?"

马腾之问,出乎蒋枫所料。蒋枫稍时迟疑,爽快回道:"我?没有任何条件,愿意为你奉献!权当我在公交设立一个创作基地!"

马腾一直拉着蒋枫的手,进而说:"在企业文化和教育培训方面,我确实感到缺手。我想……"

"这没问题,"蒋枫胸有成竹:"这正是我的拿手菜!你先把公司职工队伍的一些焦点问题列给我,过几天,待我手头的稿子完成后,咱再仔细地运筹一下,先搞一场讲座!"

"讲座?打算讲什么主题?"

"当然是团队精神啦,不过,到时候必须全部听我的!"

第二十二章　历险甄鉴故友情
　　　　　游戏漂洗旧观念

　　蒋枫果不食言。一个月后，蒋枫来到公交公司，根据马腾提出的焦点问题有针对性地运作了一场讲座。蒋枫的讲座与众不同，不是在会议室内，而是在野外进行。

　　公交公司的职工除了留下值班人员外，五十六名职工拉着队伍来到海边，这里有平坦的沙滩，又有突兀的高山。职工们都坐在洁白而又暖乎乎的沙滩上，蒋枫开始授课："尊敬的公交兄弟姐妹们，大家好！今天给大家讲座的主题是《团队——没我不行》。"

　　人群中爆发出激烈的掌声。有的职工拿出笔和本，等待记录，更多的人都在交相议论：

　　"哎，这到底是讲课还是旅游？"

　　"别管他，反正能出来开心就行！"

　　"这题目有点怪，少了谁还不照样过日子？"

　　人群中的窃窃私语，蒋枫听得很清楚，这一切全都在他的意料之中。

"我首先问一个问题：什么是团队？"蒋枫提问。

对这个非常简单的问题，职工们无一人能直面解答出来。

"团队，不就是聚在一起的一拨人吗？"夏云菲扯着嗓门回答。

"有点道理。"蒋枫说："团队不仅仅是一拨人，而是一个团结的整体，是由基层和管理层人员组成的一个共同体。这个共同体能充分发挥和利用每一个成员的知识和技能协同工作，解决问题，达到共同的目标。"

马腾带头鼓掌，有几个职工仍在窃窃私语。

蒋枫宣布："下面进行一项测试。"

职工们相互观望着：还没讲课搞什么测试？

"刚才听到有的伙伴议论，说咱这不是讲座，是旅游！好吧，我带领大家到那个海岛上旅游一次。"蒋枫问："咱这个队伍里有没有会水的？也就是一直能游到那个岛上的？"

南边的海岛是空军的一个靶场，距海岸足有八华里。

"我能！"许万山举手自荐。

"好，请你站起来，出列！"

许万山走出队列。蒋枫发给每人一支笔和半张白纸，说与大家："请全体起立，排好队伍！"

一声汽笛鸣响，海面上驶来一艘游船。许万山被留在岸上看管设备，其他人员在蒋枫的指挥下依次登上了旅游船。

汽笛再次启鸣，游船缓缓地驶入大海。蒋枫站在船头，兴致地讲着："伙伴们，这条船就像咱的公交公司，是所有伙伴赖以生存的共同体。只要船在，大家都会相安无事，一旦这条船不在了，或者是不能正常行驶，大家的日子都不会好过！也就是说，大家的生活、生命与这条船紧密相连！"

在海边,渔民们都有规矩,一旦出了海,绝不容许说一些不吉利的话。

蒋枫这乌鸦嘴果然惹出祸来。距离海岛大约还有三华里时,游船突然不动了。

"师傅,怎么不跑了?"蒋枫问。开船的师傅一阵忙乱,极不耐烦地说:"真是奇了怪了,头回我才检修的,怎么突然间就动力失灵了?"

谁都明白,此时的游船正处在深海区。这个海域暗流较多,是事故多发地带!

海风骤起,浪涛无情地将游船掀起、摔落。此时的游船,宛如一片树叶,无奈地被凶猛的海浪戏弄着。

"马总,游船出现故障,我们怎么办?"蒋枫问马腾。面对波涛汹涌的大海,马腾无法回答。"在这里,手机没信号,打不出去,队伍中就一个会水的却被你留在岸上,还能怎么办?"

浪涛愈加汹涌,船上的男女一片惊叫,大家都紧紧地相互拉扯着,有的女工竟然失声地痛哭。

"师傅,什么时候能修好?"蒋枫再次问。开船的师傅说:"还得一会儿,我发现这发动机有问题,就是修好了也没多大力气。你这些人中,有没有会水的?哪怕下去一个人也好办些!"

这是一个难题!蒋枫站在高处,征求大家:"这里还有没有会水的?只需要下去一个人,就能保住大家的安全!"

面对波浪滔天的大海,职工们都无奈地垂下了头。谁都明白,只要下了船,等待的只能是死亡!

"蒋主任,我下去!"沉闷中,马腾自告奋勇地站了起来。

"不行!马总不能下去!"职工队伍中异口同声地喊着,几条汉子麻利地抓住马腾,似乎是从死神的手中解救这个当家人。

蒋枫倡导道:"好吧,既然大家都不同意马总下去,又没有水性好的,咱们搞一个民测,谁得票最多,谁就得无条件地下水!给一分钟时间,请大家在手中的纸上写下一个人的名字,交给我!"

一分钟,在寻常里这是一个微不足道的时间,而在此时,每人都需要在这一分钟内决定一个人的生与死!六十秒钟,眼见一秒一秒地过去,人们茫然了。

蒋枫看了手表,说:"好,时间到,大家把意见交上来!"

一双双颤抖的手,将自己那决定生与死的权力递给了蒋枫。蒋枫逐份看着,居然没有一人得重票的,有的写了几个名字,又被删掉,只留下后边的一个,有的没写名字,只有几个墨点,白纸上满是泪水。

人们还在紧张地挽着手臂,抵抗着巨浪颠簸,一些女工泣不成声。

蒋枫宣布:"好,本次测试完毕!"

游船启动,掉头驶回北岸。

"呀,原来是一场游戏!"提心吊胆的职工们在沙滩上欢快地抱作一团。

蒋枫讲道:"伙伴们,从刚才的游戏中可以看到,大家的心底都很善良,对你们的老板有着崇爱之心。尽管在平时,个别同事之间有些小的隔阂,但在关键时刻却能相互关照,尤其在推荐一个下海的人选时,大家最终都将自己的名字写上了,这种肯于自我牺牲的精神难能可贵!这是今天的第一讲。下面进行第二讲:牵手体验!"

蒋枫让全体人员排成圆圈,每人发给一个眼罩,相互戴上。

"伙伴们，请大家扯起手来！"蒋枫发出命令。全体人员手拉手地围成了圆圈，静静地等待着。

"伙伴们，这些年来，公交公司在马总的领导下，经过大家的不懈努力，经历过许多坎坷，终于走上了今天的辉煌。这段经历值得珍惜。经过困境中的磨难，大家对马总的信赖非同一般。但是，在今后的路上，仍然会有种种挫折和艰难，只要大家相互信任，敢于承担责任，就没有渡不过的难关！"蒋枫强调："我们现在是一个团结的整体，在牵手体验中，无论遇到什么艰难险阻，都不要松手，不要直白地告诉后边的人，只能用心传递！"

牵手体验开始了。所有人员都戴着眼罩，唯独马腾没戴。蒋枫让马腾在前边牵手领路，缓慢地在沙滩上转了一圈之后，便向北部的小山丘迈去。

眼睛，是人的依赖。被蒙上眼睛的职工们此刻如同落进陷阱，完全失去了自控，被动地跟随着前边的伙伴探索前行。

队伍来到山坡上，马腾在前边拉着第二人用力地往前拽拉，怎奈，后边的队伍却显得很沉重。手无缚鸡之力的赵媛媛被前边的壮实汉子杜金山拉着，后边却是体重二百多斤的韩晓伟。在这个弱小女子的前后，形成了两股方向截然相反的抗力，一头是前边向前的拉力，一头是后边沉重的坠力，赵媛媛几近崩溃！

蒋枫带着背式麦克讲着："伙伴们，我们的队伍就是公交公司的一个整体。单位的发展不会一帆风顺，必须在克服困难中才能前行。要相信你前边的人，更要为后边的人担起责任，责任和信任是我们每个人必须承担的重要义务！"

队伍在山坡上艰难地行进，如同拔河中的绳子，进退往返。被夹在壮汉之间的赵媛媛只觉得有五马分尸之感，信念几近崩溃！

蒋枫讲道:"伙伴们,现在是公司发展的最为艰难的时期,大家必须咬牙坚持,决不能因为你一个人而切断了公司整体的发展,坚持,坚持就是胜利!"

赵媛媛用足力气,紧紧攥住前后的两只大手,用力向前拉动着,一步,两步……

队伍回到了沙滩。蒋枫让职工们摘掉眼罩,人们毫无顾忌地相互拥抱着,感激、自信、自豪、泪水、哭泣,复杂的感情在此刻迸发着,这些朝夕相处的职工们如同久别的亲人陌路相遇!

"伙伴们,请大家坐好!"蒋枫又发出命令。职工们复坐回沙滩上。

蒋枫拿出一条自行车的铁链子,首尾相接,刚好是五十六节,在每节链子上都贴有一个职工的名字。"伙伴们,这个东西大家应当熟悉吧?这条链子就代表着我们的公交公司,由我们五十六名职工组成。大家说,那一节链子是没用的?"

"都有用!"人群中异口同声。蒋枫再问:"可不可以掐掉其中的任何一节?"

"不可以!"群声回应。

"对的,"蒋枫讲道:"咱们的五十六名职工,每人都顶着一个岗位。这些岗位的设置,都是公交管理所必需的重要链条,缺一不可!"

蒋枫拿过一只残缺的木桶。这只木桶上,木板长短不齐,最短的那根尚不足长者的一半。

"木桶理论大家应当知道吧?"蒋枫问。万洁举手回答:"知道,一只木桶盛水的多少,取决于最短的那根木板!"

"很好!"蒋枫说:"木桶,也是一个整体。在这个整体中,如果不进行修整，每根木板的长短是不会一样的。就像我们的职工队伍，每个人的水平、素质不可能都一个样。"蒋枫拿来一些棉花，"木桶是什么？他是一个皿器。既然是皿器，其作用就不止一个，还可以用来盛棉花。"蒋枫将棉花装进残缺的木桶里，垛起很高，继而问："如果改变这只木桶的用途，其盛棉花的多少取决于哪一根木板？"

"取决于最长的那一根！"众声归一。

蒋枫独自鼓掌。"在我们的管理中，不能一味地推崇西方的观点，不能因为有一根最短的木板而忽略对其它木板的培养。拔尖人才仍然代表着我们发展的主流！"

职工们皆感震惊！多年来，各界的专家讲座每每讲起木桶理论时，都是一味地抱怨最短的那根木板，却从未听过培养最高木板之说！

蒋枫拿出了那些棉花，"下面我再问一个问题：既然这根最短的木板会影响着整体的盛水量，应当怎样对待这根木板？"

这又是一个深层次问题，大家都在静心地思考。

"实在不行就换掉它！"杜金山举手建议。

"也可以把高出的那些锯掉！"又有人建议。

"这不妥。换掉一根木板就预示着辞退一个人。一个人的能力差、水平低不是他本身的错误，既然他融入了这个大家庭，就是这个家庭中的一名成员，大家要像对待自己的弱势兄弟姐妹一样地帮助他。把高出的全部锯掉更不妥。如果那样，整个木桶就会变小，我们的团队就会出现萎缩！"蒋枫拿来一截木板，认真地插向木桶，将那根最短的木板补齐。"伙伴们，我们不能一味地歧视这根木板，只因为它最短，所以它最有成长的潜力。这根木板的成长，既要依赖于其它木板的引领,更要依靠自身的不懈努力,终生学习,是我们中华民族快速发展的不竭动力!"

人群中掌声雷动,职工们相互挽起手臂,交相议论着。

"伙伴们,鼓励先进,培养能手,是我们管理中的主旋律;激励后进,并肩发展,是我们的仁心大爱!一个团队的发展,离不开每个成员的努力,只要我们齐心协力,就必定产生出'一加一大于二'的效果!在日常工作中,大家都会觉得自己的工作量很大,做出的贡献很多,这很正常。那么,一个人的能力、潜力究竟有多大?下面咱共同做一项实验,这就是今天我要讲的第三个问题:潜力实验。"

蒋枫拿来一只玻璃杯子,大约有四两的容量。"伙伴们,有谁愿意过来做实验?可以上来三到四人!"

胡新成、夏云菲、赵媛媛三人主动过去。蒋枫让胡新成将杯子倒满水。胡新成认真地操作着,直至满杯。

蒋枫指着杯子说:"大家看到了吧?这只杯子已经装满了水。在通常看来,足以说明两个问题:一个是我们自身的水平已经很高了,没有多少进步的空间;另一个是自己的工作量已经达到了顶峰,自身的能量发挥到了极限。"

人们屏住呼吸,等待着下文。

蒋枫拿来一盒曲别针,问道:"在这种状态下,还能放进多少曲别针?"

这又是一个新问题。人们沉默了片刻,有人回答:"放进三个!"

"不,能放进五个!"

蒋枫静静地等待着。

"能放进十个！"毕竟有大胆者。

蒋枫瞅了四下，却再也无人加码。"好吧，在伙伴们的心中，放进十只曲别针应当是一个极限了。究竟还能放进多少曲别针，咱让事实来说话。"

蒋枫让夏云菲操作。基本要求是：动作要慢，不能让水溢出来。平素毛手毛脚的夏云菲此时变得极其斯文，小心翼翼地放着。一只，两只……十只，杯子里的水依旧不见变化。

"慢着点，继续添加！"蒋枫敦促着。

夏云菲继续仔细地操作着，二十只，五十只，一百只！一整盒曲别针被放了进去！蒋枫又打开一盒，吩咐夏云菲继续操作。

人们屏住呼吸，伸着脖子目不转睛地观看着，一百一、一百三、一百五，夏云菲的手有些颤抖了，杯子里满是乌黑而又闪着光亮的曲别针。直到一百八十只时，杯口处的水方渐渐溢出。看似已经盛满水的杯子，居然还能放进一百八十只曲别针！惊人的数字让所有人瞠目结舌！

"伙伴们，刚才的实验大家已经看到了，杯子如同我们每个人，况且人的承受能力远远大于这只杯子。一个人的学习力，工作承受力都有着巨大的潜力。"蒋枫收起了道具，"十分感谢各位伙伴的配合，今天的讲座就到这里，谢谢大家！"

马腾走上前来，高声道："同志们，蒋主任是全省的策划家，在儒山有着'启蒙灵魂工程师'的美誉。在整个这场讲座的策划中，我自始至终都没参与，我和大家一样，是一名普通的学员。这场讲座，打破了传统的课堂模式，让人耳目一新，富有寓意的体验、实验使我们受益匪浅。让我们以热烈的掌声对蒋主任的无私付出和精彩的讲座表示感谢！"

掌声震撼着波涛，人们欢呼雀跃！马腾进而强调："这次课后，大家都要写出个人心得，公司择机进行交流，结集印发给大家！"

面对马腾与职工们的赞誉，蒋枫颇有成就感，谦道："马总过奖了。既然我已经加入了公交这个大家庭，往后就是自家人了，大家有什么困扰和疑难尽可提出来，共同协商解决，万事总有良策！"

蒋枫的此番话本来是客套，熟知，会计万静却举手递来一张纸条，上面写着一段令人费解的文字：

公交零钞堆成山，家家银行不喜见。老师若有锦囊计，可为公司破难关？

蒋枫阅毕，笑问马腾："马总，现钞是当今的抢手货，难不成在你手里却成了负担？"

第二十三章　点钞女弹奏欢歌
　　　　　　请财神复逐庙门

　　公交公司的现钞，确如万静所言。

　　点钞，是公交公司后方管理的一支重要队伍。一只钱箱的处理，需要经过好多流程。在开箱时，首先要登记，然后有理钞、点钞、复核三道工序，最后入财务室，将收入的数据记入车辆台账。

　　点钞室里一片繁忙景象，这里是公交系统的"女儿国"。一张大型案板周边，围拢着十几个女工，所有的工序都是在这张案板上完成的。案板上，堆放着凌乱的钱币，那阵势，极易使人想起在大山上隆起的一堆乱草，硬币、毛票都卷曲在一起，堆成一座小山。身着洁白围裙的女工们谈笑风生，而手里却忙不停闲地摆弄着那些脏兮兮的票子，硬币分类，五十枚一滚；纸币分类，壹角、贰角、伍角、壹元、伍元，最大面额拾元，每百张一扎；残币一一被剔出来，分门别类地点理包装，动作十分娴熟。透过射进的阳光，可见飘扬的粉尘烟雾，那粉尘的浓度，不亚于卸了一车垃圾。

　　案板上的那座小山在快速地缩小。

每天,女工们都会寻找一个议论的话题,来打发这单调的时光。

"哎,听说了没有?一个老实巴交的男人酒后去做按摩,结果在黑屋里干完那事后才发现,这个按摩女竟然是他的亲外甥女!"一个女工挑起话题。另一女工说:"这些男人没一个靠得住,都是属猫的,不如咱女人专注。"

"那也不对,如果女人不动心,男人'烧火棍一头热'也没用。"有人辩驳着。老职工张伟伟说:"我认为男人比女人更专注。譬如女人,七十年代喜欢军人,八十年代喜欢文人,九十年代喜欢浑人,现在喜欢有钱人。而男人就不是了,一直喜欢漂亮的女人!你们说谁专注?"

哄堂大笑!

一位身材苗条的理钞工将案板上的最后一堆"杂草"分了类,直起身来抻着懒腰,扭转了话题:"哎,这作家讲座跟专家讲座就是不一样,人家不讲解太多的理论,只做几个游戏就能让人悟出一大堆道理。"

案板上的小山被夷为平地。田思思打开一只新钱箱,"哗"地一声,又垛起一座小山,"就是啦,你说都是一样的人,怎么人家肚子里有那么多东西?跟人家相比,咱就像个傻子!"

"怎么,知道自己的不足了吧?只因为人家的知识多,所以能当作家,就你这点本事,只能在这点钱!"捆扎的女工挖苦着。

田思思辩驳道:"你怎么专从窗缝里看人,谁也不是天生就会,不懂咱就学嘛!"

"学?还不晚,要想学得会,就得跟着师傅睡,去吧,赶快去,不然就轮不到你啦!"张伟伟一旁打悄。田思思顺手拿起一枚硬币扔过,恰好打中张伟伟的鼻子,闹得大家哄堂大笑。

一直埋头复核的夏云菲拿眼瞪着,喝道:"别闹了,赶快点钱,争取下班前点完,今晚不加班,都回去写心得体会!"

马腾来到点钞财务室。财务科长万洁正与点钞室人员在办理交接,室内的八只大箱子里都装着满满的钱。

"今天收入了多少?"马腾问。万洁说:"还有一些没转过来,应该在九万元左右。"

万洁在账簿上填写着,抱怨说:"马总,你还得联系别家银行,中信银行也不想接了。"

马腾凝起了眉头。存款,在银行业一直是一个竞争的热门。自从实行公车公营以来,公交公司的现金存款如同一块肥肉不时地引起各大银行的热切关注。然而,这块肥肉只是个表面,里边都是难以消化的肉筋子。在此之前,工、农、中、建四大国有银行都相继主动地来联系过存款业务,但不久又都主动地要求退出业务关系,公交存款反而成了一个负担。

"实在不行,就分成多份零存。"马腾建议。万洁叹息,说:"那样会很麻烦的,必须在多家银行开户。"

两人正犯着愁,马腾的手机响了,是恩师李双成打来的,说是晚上请客,有要事,让马腾务必参加。

下班后,马腾如约来到军旅大酒店的济南军区雅间。李双成坐在主陪位子,向另两人介绍:"这就是我的学生马腾,公交公司的老总。"继而,又向马腾介绍:"这二位是商业银行的张行长及储蓄部李主任。"

马腾被推向一席。

"老师,还有谁?"马腾问。李双成说:"怎么,四人不能成席吗?"

李双成由于年龄关系,被免去建委副主任职务,改任商业银行书记。

"马腾,为师我年老不成材,给了这么个差事,你这个公交老总总得支持一下吧?"李双成拿起酒瓶准备斟酒。马腾拿手挡着,"老师,我干这差事不允许喝酒,并且驾车来的。"说着,自己斟满矿泉水。

行长正欲相劝,李双成说:"算了,不喝酒可以,但你得答应我一个条件。"

"老师,有事尽管吩咐!"

李双成看了行长和科长一眼,说:"你那里每天会有不少的现金吧?能不能到我这里存一些?"

闻听存款,马腾心中突然亮堂了,满口应允:"老师,我那里每天都有八九万现金,存到哪里都一样。若是老师不嫌弃的话,就全部存到你这里!"

行长一听,顿时来了精神,举杯敬道:"谢谢马总,都说你是个痛快人,果然名不虚传!"

马腾拿起杯子,"老师,行长,我马腾做事从不含糊。不过,到时候你们可不能把我再给推出来!"

李双成哈哈大笑:"这年头都是请财神,哪有见钱往外踢的?你放一百个心!"

存款又有了新的落脚处。

傍晚，一辆旧式的十九座单开门公交车驶入商业银行营业厅门前，这是公交公司的专用解款车。会计万静率先下车，继而下来六条汉子，将八只大箱子抬进厅内。这八只箱子全是塑料制作，容量约有一个立方，里边装着满满的纸币。

银行储蓄部李主任迎了过来，寒暄一番，与各位一一握手道谢，惊问："这么多？"

万静拿出一张汇总表，笑说："今天不多，总共是捌万陆仟伍佰元。"

万静与银行办理了转接手续后，便急促地返回了。

晚饭后，马腾没去母爱公园，而是徒步来到商业银行的营业厅前。营业厅的大门紧闭着，而里边却是一片喧嚣声。马腾正欲从门缝窥视，大门打开了，李双成笑迎出来："马腾，真得谢谢你，进来吧，看看你的业绩！"

马腾感到疑惑，"老师，您怎么知道我在这里？"

李双成指着墙壁上的大屏，笑道："监控，谁也逃不出这电子眼。"

营业厅里，七八个前台员工都在忙碌地点钞，储蓄部李主任和张行长都在陪着，那阵容宛若工厂里的流水线车间。

"马腾，你这每天八九万，一年下来可就是三千多万，到了年底，我给你记头等功！"李双成递来一杯茶，张行长和李主任也都显得分外热情。

"老师，您就别客气啦。我这些钱都是过路财神，前边存上，后边就要支用。"

"那不要紧，我不追求余额多少，但求个流量。"张行长接过话来。

时钟指向七点,员工们整整奋战了两个小时,却只点完三大箱。李主任商量张行长:"按照这个进度,我这前台人员每天都要加班到夜间十一点,这不是个办法。"

张行长坐在里间的电脑前,眼睛不时地扫视着屏幕,说:"可以用点钞机嘛!"

"点钞机?这些钱都是皱皱巴巴的,点钞机不识别,必须手工点理。行长,不行的话,就发动行里的全体员工每天晚上加班。"

行长灵眸一转,说:"这倒是个办法,全体加班三个小时,加班费人皆有份。"

一个月后,马腾又接到恩师李双成的电话,说是晚上有请,不得缺席。

晚上下班后,马腾又来到军旅大酒店,依然是在济南军区雅间,只是这次张行长没到场,李双成和储蓄部李主任作陪。

"老师,学生为您效力那是天经地义,您老是这样设专宴,学生我实在承受不起。"马腾看似客气,实则投石问路。

李双成不像从前那样侃侃而谈,倒显得有些犹豫,"马腾,为师得先谢谢你。"

马腾心里已猜出了个八九,故作糊涂起来:"老师,学生做的有不对的地方,您尽管批评指正!"

李双成拿起酒瓶,给自己斟满,默不作声地自饮一杯,继而,又斟满,正欲端杯,却被马腾夺过:"老师,您这是何故呢?"

李双成迟疑了半天,说:"马腾,为师我食言了!"

公交公司每天转交的存款,多数都是毛票,并且币面皱褶不堪，银行的员工复核起来十分艰难。自从接受存款业务的那天开始，商行的员工们每天都不得闲。由于银行开展的业务很多，白天要忙于其它业务，为公交公司复核款项只能在晚上进行。尽管有全体职工参与，行里按照规定给予计发加班费，但是长期加班的烦恼已经远远超过了微不足道的加班补贴，员工们怨声载道。

"马腾，商业银行是个小行，人手少，实在是忙不过来。"李双成拿筷子给分着菜，"你看这事……"

设专宴请财神，倒头来又设专宴送财神，应当是世间少有之事，而马腾却早已经历过数次了。当初，在李双成"请财神"时，马腾就有过担忧，而没想到会这么快。"老师，您多次教导过我，事物都有两重性，有好处必定伴随着艰难。"

李双成又吞了一杯酒，咂嘴说："这样吧，我给你联系一下工商银行，他那里员工多。"

马腾摆手："老师，这就不劳您了。您再坚持半个月，我自会想办法。"

又有六十几辆公交车面临着报废期。马腾带着更换车辆的请示报告来到交通局。

冯局长瞅着报告，赞道："挺有眼光的，打算全部更换成燃气车，这很符合国家的长远规划。"冯局长挑起眉头，问道："老马，不是近期还要新开辟三条线路吗？可以一并购车。"

"哦，我是考虑到资金问题。弄得太集中了，恐怕财政资金无法调节。再说，增车，就要随之招收驾驶员，涉及到一系列问题。"

"既然都是近期的事，那就一起办吧，否则，还得三天两头地找市长。"

马腾喝着茶,显得心事重重的。冯局长问:"老马,看来你心事不少呀,都写到脸上啦。"

马腾道出了苦衷。商业银行的存款整整又坚持了半个月,储蓄部李主任便与万浩办理了终结手续。自此,公交公司每日找来的"财神"只能委屈地被关闭到那座仓库里,偌大的库房已被零钞挤占了一大半,隐藏着很大的风险。

"老马,你是沙发上躺断了腰——把你脆的,你若是真得不好处理就交给我吧!"冯局长拿起电话找到了工商银行行长:"喂,王行长,给你拉个储户怎样?"

"储户?那当然欢迎啦,是谁?"对方问。冯局长说:"你别管是谁,每天帮你存上小十万,怎样?"

对方迟疑了片刻,问:"冯局长,你说的不会是公交公司吧?要是公交公司我可招架不起!"

冯局长双眉紧锁:"怎么,还怕公交公司的钱烫手?他们的钱虽然零乱,但那也是钱呀!"

"冯局长,谢谢你能想着我!"对方挂了。冯局长感到不忿,再次拿起电话,嘟囔道:"娘的,我就不信凭着猪头找不到庙门!"接着又拨打了建设银行的刘行长。几句话后,又吃了一道软软的闭门羹。"老马,你的威信不低呀,各大银行都知道你这公交公司的厉害!"

马腾提示道:"冯局,咱市里的十二家银行我都走过了,开始都是雄心勃勃,而最多持续三个月,就被人家撵了出来。咱这些零钱,大行不伺候,小行又伺候不起,成了嫁不出去的老姑娘。"

冯局长沉思着,叹道:"这些钱长期存到公司的仓库里也不是个办法。老马,你点子多,相信你总会想出办法的。"

每每到了无路可走之时，领导们总会给马腾戴上一顶高帽。而每到此时，马腾的眉头都会凝起一道疙瘩，当疙瘩松开时，问题便有了解决的途径。

马腾凝着眉头，久久不语。半天，脸上有了笑容："冯局长，随着咱的线路的不断增加，公交车的收入也会随之增加。据近期的客户投诉反映，乘坐公交车自备零钱的问题越来越突出。在公司里，点钞室的业务量也在迅猛增加，没办法，公司里的女职工每天都要协助点钞。我想，这一切的问题都凝结在一个点上，那就是现金！我有一个想法，咱若是改换公交卡，这些问题都会迎刃而解了。"

闻听公交卡，冯局长"腾"地站了起来，指着马腾笑道："老马，我就知道，你那脑子里鬼点子多，什么事都难不倒你！"

冯局长给马腾续上水，说："公交卡确实方便，好多大城市都使用它，既不用备零钱、找零钱，也可减少点钞的压力，一举三得。你赶快拿出个方案，我连同购车的事一并跟市长汇报！"

局长那肯定性的赞誉和果断的表态，让马腾心中如释重负。"局长，企业的发展，离不开主管局的支持。好，我回去马上办！"

马腾抽身欲走，冯局长突然问："老马，咱包的哪个村怎样了？"

马腾说："村里的各项改造工程基本结束，只剩下些尾工。村路已经开通，打算在近几天举行通车仪式，不知道局长有没有时间前去指导？"

"行，"冯局长说："只要提前告诉我就行！"

第二十四章　穷山村百年通关
　　　　　　　公交卡一举解难

　　轿顶山村终于通车了。通车的当日，在村里举行了简短的发车仪式，交通局冯局长、运管处主任和马腾都出席现场，市报社和电视台的记者都先行到达。

　　"冯局长，马经理，如果没有你们的支持，俺这个穷山村永无出头之日！"村里的赵书记和赵主任到村前迎接。

　　地处山腰的村委大院里响起了欢快的锣鼓声，媒体的记者们各自选择角度开始忙碌着。

　　"赵书记，你这声势搞得挺大的！"冯局长颇感意外。赵书记兴致正浓，说："通过这次集中整建，村民们的心都凝聚了起来。这锣鼓队是他们自愿组织的，都是六七十岁的老人。走，咱先到村里转转！"

　　经过公交公司和交通局的重点扶持，轿顶山村面貌一新。原来村前脚下的村村通公路断裂处，被一条新修的水泥路无缝对接。逶迤的山路右边，山岩陡如刀削，似一道城墙，左边，便是坚固的护栏。沿路而上,直接进入村委大院。原来的村委大院向南拓展了十几米,南端的悬崖处布设着一道护栏。大院内,安装着各式健身器材,犹如市区的公园。各条村街,全部改成水泥路面,笔直而清秀,新农村的风貌崭露头角。

赵书记指着周边的大山,说:"马总,从今冬开始咱就整治荒山,东山坡土质肥沃,适应开果园,寿桃、蓝莓、猕猴桃等;西山刺槐较多,长刺槐的地方都适应栽植柿子;北山的那片菠萝树全部砍掉,栽植板栗;村子周围栽植大小樱桃和无花果,所有的空闲地方都利用起来。"

马腾顺势看着,说:"赵书记,这些东西我就外行了,全都依赖你了,我只能给出个思路。"

冯局长敲打了一鞭:"搞事业关键是思路,思路往往比金钱更重要!"

一行人在村里参观之后,一起来到村委文化大院。

大院里聚拢着很多人,全村的男女老少几乎都聚在这里。村民中,有七八条汉子头扎红色布带在等待着,见马腾等人过来,两个老汉吹起了唢呐,接着,锣鼓再起。有十几个妇女凑了过来,她们各自带着自家的土产品,鸡蛋、鸭蛋、大枣、柿子饼、炒花生等,强烈要求马腾收下。

马腾一一回绝着,"大娘,大嫂,大姐,谢谢你们的盛情。这些东西我全都收下,只是要委托你们先替我保管着。既然我们公司包了这个村,往后我肯定会常来,留着以后我来村时再慢慢享用!"

一辆蓝色的公交车驶来,停靠在村委大院东侧的宽敞处。车辆前头上横挂着红色彩带,这是最新更换的燃气车,车厢内,可容纳五十多名乘客。

赵书记站到公交车前,大声喊道:"全村的老少爷们,经过市交通局、公交公司的指点和支持,经过全村老少爷们的共同努力,咱轿顶山村的公路今天正是开通了,咱们的祖先期盼了几百年的梦想今天在咱们手中实现了!下面请市交通局长和公交公司的领导讲话!"

欢快的掌声将公交车围得水泄不通。冯局长悄悄对马腾说:"老马,你是包村的主力,你说两句吧!"

"万万不可,你是局长,一切的功劳都是您的,还是你来讲吧!"马腾推脱着。

冯局长严肃起来:"怎么,你认为包村工作就这样结束了?快,说两句!"

马腾无奈地站到前边:"各位乡亲们,包村扶贫,是党和国家大力倡导的一项富民工程。开通村级公路、实现共同富裕,是我们党和国家的基本要求。在这次开山修路和村级建设工程中,市交通局提供了大量的物资援助,更重要是有各位乡亲们的无私奉献。之前,有些婶子大娘拿来珍贵的礼物,我马腾受之有愧呀!今天,咱们的村路开通了,公交车也开通了,让大家实现了几百年的梦想。我宣布,轿顶山村的公交线路正式启动!请各位乡亲一起上车,这一趟免费运行!"

公交车引擎启动,随着车门的打开,村民们一股脑地涌向车厢。

"老马,过去讲,穷山恶水出刁民,我看不然。你看这轿顶山村,老百姓多么朴实。"返程的路上,冯局长发着感慨。

马腾驾着车,"局长,从本质上讲,老百姓没有'刁民'与

'良民'的区别，关键是怎样引导。顺民心时，百姓自会拥戴，就都会表现出'良民'的一面。而一旦违背了民意，'良民'也会变成'刁民'。"

冯局长怔怔地看着马腾，"老马，有你这样的思路，在哪都会赢得民心。这次集中更换车辆，市长确实感到为难，但还是勒紧腰带给办了。市政府这么支持、这么重视，下一步就看你的了。"

"公交卡的方案市长有什么意见？"马腾问。冯局长说："哦，看过，市政府还专门提交市委常委会研究了，反响很好。回去后，我把批复转给你。关于你的存款问题，我也跟薛市长反映过，薛市长答应，跟人民银行交涉，先将积压的存款处理好。回头你再跟人民银行联系一下。"

马腾回到公司，一口吞下一杯水，便急促地喊上万浩一起去了人民银行。

人民银行是一个金融管理机关，不直接从事存贷款业务。行长叫来业务主任，吩咐道："请安排人员协助公交公司把那批存款处理好。"问马腾："总共有多少？"

马腾说："现在有一百二十多万，以后每天都在十万左右。"

行长不禁心中一惊："有那么多？马总，像你这种零款，哪家银行都会打怵，涉及到好多的人力。好吧，既然薛市长关注了，之前的存款问题我可以帮你解决。给你十天时间，你必须尽快想办法自行解决！"

"行长，谢谢你！"马腾起身告别，心中却背上了沉重的包袱：自行解决，如何解决？

"马总，有一个办法可以缓解存款压力。"回到经理室，万洁突然想出几个点子：在此之前，公司里的所有职工发工资都是使用工资卡，走银行账户。若是改变工资发放形式，换成发放现金，五百多名职工每月可消化掉一百多万元的零款。除此之外，对各公交车、校车的加油、加气，也可以带着零款统一前去购买，办理油（气）卡。如果还不能解决问题，市区内有大型超市、商店，都需要兑换零钱，公司可以主动联系。这样，把零款分散开来，各个银行都不会拒绝。

万洁的想法令马腾茅塞顿开。"小万，这个想法很好，也很现实。有矛必有盾，有阴方有阳。就按照你的想法办吧！"

"马总，这只是个缓兵之计。从长远看，咱的点钞室压力会越来越大，应当统筹解决。"万洁又提出问题。马腾说："小万，我这正运筹着一种新的管理，就是推广使用乘车公交卡！"

赵媛媛敲门进来，手里拿着文件夹。马腾接过一看，满脸的云彩都散开了：公交卡方案被批准了！市长还特作批示：与时代接轨，建智能公交，迅速行动，务求实效。

对于这份公交卡方案，马腾构思已久，是借取好多大城市的做法，依据本市的具体状况而确定的。在卡种的设计上，分为爱心卡、老年卡和普通卡。在待遇上设定为四类：爱心卡只对伤残军人和残疾人群体，可享受乘车免费；老年卡设定两类：六十五周岁以上免费乘车，六十周岁以上享受半价乘车；普通卡是面对大众群体，打卡乘车直接给予九折优惠。

马腾拿起笔来，在文件上批示：此件复印，发至各科室、各副经理，迅速传达。

"小赵，通知各副经理马上过来开会。"马腾吩咐。

经理办公会在小会议室里召开。马腾显得分外兴奋,在传达完市政府的批复后,对公交卡的运作营销作了部署:设备科抓紧联系,力争在三日内选定软件开发商,拿出详细的运作方案,包括车载打卡机和卡片的形式、价格等,呈报市政府审批。办公室迅速制定公交卡的营销方案,初步意见是:扩大宣传媒介,通过电视台、报社等新闻媒体作广告宣传,利用公交车的电子屏和公交站亭宣传,组织公司员工走上街头进行声势宣传;设立公交卡销售服务站,在市区的三个公交场站各自设立公交卡营销办公室,在各镇驻地设立公交卡销售点,方便市民的直接购买。

马腾一股脑地道出了自己的思路,这些想法是他思谋已久的。"实行打卡乘车,是时代发展的一个大趋势,我们急切地推行公交卡,既是现实的需求,也是实现智能化公交的需要。本次市政府的批复只是确定一个项目,实际操作都是我们自己的事情,内中还涉及好多问题。以上只是我个人的一点想法,大家可以集思广益。"

马腾的想法固然无可挑剔,但那都是从宏观角度考虑的,在执行中仍然有许多实际问题。

许万山就公交卡的面值问题提出看法:"公交卡首次购买值需要确定,是二十元、五十元还是一百元。必须有一个统一的标准。就目前咱们的票价看,最远距离到盘石镇,只需四元,打九折后三块六,每月乘坐三十趟约需一百元。从这个角度看,消费周期按照一个月计算,首次充值以一百元为宜。"

许万山的意见,得到了大家的认可。

万洁就公交卡的申办问题提出看法:"公交卡有三个种类、四个档次,尤其是爱心卡和老年卡,都是专对某个群体而设置的,必须实行实名制办卡，专卡专用。对于普通卡，是否实行实名制？这需要探讨。如果实行实名制，购卡者就必须亲自到售卡点办理，有一定的麻烦。但是，不实行实名制购卡，一旦出现丢失，就无法办理挂失，卡内余额就得不到保障。"

管理像一个龙潭，有着无限的深度。就万洁提出的问题，大家议论纷纷。马腾综合大家意见，最后定夺：爱心卡和老年卡必须实名申办；而普通卡保持两种方式，即记名与不记名两种，各有利弊，由申办者自由选择。

杜金山就公交卡的管理问题提出看法："公交卡的后续管理也需要一并确定。譬如爱心卡和老年卡，都是专卡专用，是否需要年检？一旦丢失怎样办理挂失？后期续费基本额度规定多少？"

每一个问题都是一个争执点，各人都有自己的看法。马腾看了下表，早已过了下班时间，拍板说："这些细节问题，留待执行方案初稿出来之后，大家可以提出修改方案。还有没有其它意见？"

杨光正起身来："马总，就咱们的公交卡销售方式我想提个建议。现在各个企业都有内部的促销方式，多数都是给职工分配任务。可否咱也给内部职工下达公交卡销售任务？咱现在有员工和驾驶员五百多人，若是每人销售一百张当不成问题，一下子可以销售五万张。"

杨光的提议，令与会人员都感到意外。

"这个意见很好，"马腾说："利用内部职工的辐射力进行销售，是一个主动销售的有效方式，如果大家都没意见，可以采纳。每个职工基本销售任务确定为一百张，上不封顶。既然是全员参与，可以考虑给予一定的奖励。按每张卡奖励五元执行。"

马腾的意见得到全体认可。"好，既然是全体参与，咱们从现在开始,利用三个月时间,集中推销公交卡,搞一个'百日促销活动'!"

经过设备科的考察,报请市政府采购中心复核,最后确定与深圳的一家电子产品营销公司合作,为二百六十五辆公交车全部安装刷卡设备,合同工期只有半个月。

点钞室里,女工们依旧在忙碌着,她们一边马不停蹄地干着流水线,一边在嚼着那些老话题。在她们之间,似乎谁的话都不是有针对的对象。

张伟伟又在讲述着一段笑话:一个男孩和一个女孩在河里洗澡,女孩见男孩有个小鸡鸡,奇怪地问:哪弄的?男孩说:我妈妈老早就给俺的。女孩商量说:给我玩玩吧,我都没有。男孩惶恐地捂着小鸡鸡,说:俺不给,你把自己的弄丢了又想玩俺的?

又是一场哄笑。女工们正打着趣,夏云菲进来,问道:"哎,你们的卡卖了多少?"田思思说:"还能卖多少?每天一两张的。"

"每天能卖个一两张也行,不是给三个月期吗?"张伟伟说。

"三个月?这头一个月若是卖不出一半来,往后你可就自己留着吧!"

夏云菲又扯起了嗓门:"怎么,一百张卡就给难住了?谁还没有个三亲四戚的,在亲戚中一发动,再多点也不成问题!"

众人朝向夏云菲:"小夏,你有本事就帮俺多担待点,不是提倡团队精神吗?谁叫你是头儿呐!"

"行,"夏云菲很是爽快:"我在亲戚圈和朋友圈里发了微信,一周他们都返回了消息,你们知道我卖了多少?一百五十多张!"

众人感到惊讶。张伟伟说:"小夏,你倒是挺机灵的,利用现代科技。"

夏云菲说:"你们认为微信光是聊天用的?打广告那是最快、最有效的平台。你们若是卖不了就都给我,别说到时候见我拿奖金都眼红!"

"行,只要你能帮俺卖卡,奖励那块全归你!"

屋里还有十几个钱箱子,夏云菲催促大家:"抓紧时间干吧,若是将来公交卡推广开了,投币量就会减少很多,到那个时候,想干也没多少活儿啦!"

"哎,小夏,那样好哇,你就只管着领着俺这些拉呱聊天!"张伟伟起身转了下腰。

"想得美!"夏云菲又倒出一个钱箱。

百日促销活动实施一个多月,收效颇丰。万洁拿着汇总表来到经理室,这是每周必须的工作程序。

"马总,这头一个月,咱的公交卡销售总量就超过了五万张了。"

"最多的销了多少?"马腾问。万洁展开统计表,说:"最多的是驾驶员胡海川,销了三百二十张,驾驶员队伍里销售量都不少。最少的是设备科的,人均才二十张。"

马腾点头:"驾驶员每天都与乘客打交道,近水楼台,公司里的人没有这个条件。不过,咱是只奖不罚。小万,若是公交卡的销量能突破十万张,投币量就会大大减少。"

万洁建议道:"推广公交卡,从内部职工开始启动固然有效,但是有其局限性。如果咱们主动出击,占领市场,效果会更好。"

马腾愣眼看着万洁,"你有什么更好的主意?"

万洁侃侃而谈。本市内有十六个镇、十六处学校,这些镇机关干部和学校的老师们大都住在市里,每天上下班都是早出晚归。前些年,镇政府机关都有班车接送上下班。实行乡镇交通补贴以后,取消了公车接送,在乡镇工作的人员都是采取拼车,尽管能节省一些费用,但与乘坐公交相比仍然浪费很大。"马总,咱若是与各镇政府和各个学校联系一下,让他们的职工统一办理团购,给他们一定的优惠,他们肯定会同意的,那样,销售量就会显著提升。"

万洁的一番言谈,启发了马腾的思路。"小万,你的建议很好。乡镇学校的教职员工有八千多人,各镇政府的机关干部也有两千多人,这又是一个万人群体,有着很大的潜力。由此及彼,还有好多大型企业,像四个金矿、磐石冶金、宏美肉食鸡加工厂、恒达果汁、龙山电机等,职工总量也有几万人,职业学院、外语学院的学生、教师,都是一些庞大的群体。小万,谢谢你的提示,这一些我会通盘考虑。"

有人敲门。杨光领着作家蒋枫进来。

马腾弹起身来。"蒋主任,欢迎光临!"

第二十五章　启众思统一理念
　　　　　　　集广益订立方圆

　　重情轻利，是作家骨子里固有的东西，因为作家写的都是人性，如果作家本身不具备高尚的人性，在他笔下就难以描绘出崇高的形象来。而虚荣又是作家们难以摆脱的弱点，宁可掏空己囊，也要维护面子。自从那次组织了一场特殊的讲座之后，蒋枫曾经自我陶醉了好长时间。在他看来，助人打造一支精良的团队，不亚于创作一部长篇，这是一项不以文字为载体的灵魂工程。当时，蒋枫曾与马腾承诺了协助文化建设，而每每回想起公交大楼的那些白纸般的墙壁，心里便会有一种无形的压力。

　　"蒋主任，上次的讲座真是让人大开眼界，感悟颇深，至今想起来还激动震撼。"马腾给续着茶："我这大楼里至今还给你留着创作的空间！"

　　蒋枫呷了口茶，说："顾而不问等同虚设，我正是为这个事而来的。企业的文化建设，不能只限于搞几块刊板，而更在于它的文化渗透力。"蒋枫拿出一本资料，递给马腾。

马腾接过翻看着。这是蒋枫对公交公司文化建设的框架构思。方案分为三个部分。第一部分是管理架构。第二部分是文化氛围。第三部分是制度体系。

蒋枫一副极其自信的神态，站在一旁解说着。管理框架，是一个单位管理的主要机体，尽管是金字塔式管理，但要求必须能够快速反应，譬如班子的一项决策，如果不能在半个工作日传达贯彻到基层执行者，便是管理框架的设置有问题。文化氛围，是对员工潜移默化的教育形式，也代表着员工们的共同心愿，所有内容，标志着一个企业的核心理念。文化氛围的内容归纳，必须建立在广泛征求员工意见的基础之上。制度体系，是职工们的行为规范，各项制度的建立，必须征得职工们的认可。概言之，文化体系，不仅仅是供人观赏，更重要的是要渗透到各项管理当中。

蒋枫拿出一份文案："马总，这是我根据公交公司的现状拟定的《调查问卷》，内含三大部分，总共五十个问题，请发给全体职工，认真填写。收齐后，以科室为单位组织交流，由科室提炼出成果，交给我来处理！"

马腾叫来杨光，安排办公室立即部署下去。

又是发工资的日子。为了缓解零钞的压力，公司将公司员工和四百多名驾驶员划为五个批次，每月分五个时间段发放工资。

点钞室的财务室里人声鼎沸，烟雾缭绕，由工资卡改为发放现金，使得许多人兴奋起来：

"这下子好……好了，原来使用工资……卡，每月都得向老婆要……要钱，这回咱有了自……自主权！"驾驶员吕明德结巴了起来。

张子谦白了一眼:"给你自主权又有啥用?挣多挣少老婆不知道?"

吕明德撇嘴:"这好说,卖卡的奖……奖金总可以留……留下吧?"

"吕明德,请过来签字!"万静念着名字。

吕明德挤向前边,瞅见工资表上的数字:工资三千一百元,售卡奖励一千三百元,眉眼顿时舒展开来,在工资表上签字,盖上手印。夏云菲递给一张工资条,又将一只黑色塑料袋递来,满满的一袋子。

"这……这么多?"吕明德揭开袋子,里边多是毛票,最大面额一元。吕明德本想就地清点,张子谦催促道:"点什么点?你点得起吗?人家都经过几遍复核,错不了!"

领工资的队伍浩浩荡荡,每人都提着鼓囊囊的黑袋子,显得牛气冲天。

点钞室里显得清闲了许多。自从实行打卡乘车以后,每只钱箱子里的现钞比以前少了一半多,点钞工没再加夜班,也不需要公司的管理人员帮忙点钞。清闲下来的女工们不时地打着牙祭。

张伟伟绘声绘色地讲了一段笑话:邻居家的姐妹俩,姐姐跟人谈恋爱,家人都不同意。姑娘没办法,索性到男方家里住了三天。回家后,妹妹问姐姐是否跟人睡过?姐姐点头。妹妹说,便宜了那小子。姐姐说,你还小,不懂得感情。妹妹还是不理解,硬是说姐姐傻。姐姐拿来棉棒掏着耳朵,悄声问妹妹:你说这掏耳朵,是耳朵舒服还是棉棒舒服?

一段笑话,闹得大家都捧腹大笑,唯独田思思没表情,瞪大眼睛看着,傻傻地问:"张姐,这不会是你的故事吧?"

又是一场哄笑。

夏云菲进来,亮开了大嗓门:"怎么,收钱少了,你们闲着难受了吧?赶快点,点完这些咱就开会!"回头问张伟伟:"张姐,调查问卷填得怎样了?"

张伟伟叹气:"小夏,让我填写这些东西,还不如让我加个夜班!什么愿景呀、精神呀、宗旨呀,太抽象了。"

夏云菲扭着脖子:"怎么,什么是愿景、什么是精神真的不知道?那上边不是有解释吗?愿景就是你最希望达到的一种状态和境况!"

张伟伟吞吐了一番,说:"懂倒是懂,就是不知道怎样写。哎小夏,听说青岛港的企业文化弄得挺好的,人家的愿景是'工资随着效益长,开着宝马进大港'。你看,这多实惠,不行咱也用这个!"

夏云菲两手叉腰:"张姐,不想以后长工资了?咱可是政策性亏损企业,没有利润,那你的工资还长不长?安全和服务,是公交行业的两个重点,服务更为重要。你说咱的愿景该是什么?"

"那应当是让百姓满意!"田思思抢说。夏云菲点头,"嗯,这还差不多。"说与大家:"谁的问卷没填好就抓紧时间填,下午咱开会交流!"

田思思央求道:"夏姐,俺这些都不懂,不行的话你先拿出个意见,等咱开会时集体通过,也算是咱的统一意见嘛。"

"想得美!"夏云菲白了一眼。大家收敛了笑声,埋头干着。

时隔两周,蒋枫带着厚厚的一摞子资料来到马腾的办公室。

蒋枫拿出一张 A3 纸，上边绘制了一幅管理架构示意图。这张示意图共分为五个层次，最上端是经理；第二层是按照六个副经理所管理的科室组成六大管理中心；第三层是各职能科室；第四层是管理员；第五层是各车队、汽修厂、各公交场站。

"马总，这就是金字塔式管理的架构，正常情况下，在工作部署上都要实行下管一级的体制，一级管一级，下级对上级负责。"蒋枫解读着，"为了方便控制情况，可实行每日经理办公会和每周全体员工会议制度，使基层的情况快速地反映上来，公司的决策快速地部署下去。这份方案供你参考。"

马腾看着示意图，笑道："蒋主任，按照这个架构，各司其职，各负其责，公司的管理必定走上正轨。"

蒋枫说："像你现在这五百多人的团队，若是不实行分权管理的话，你这个老总岂不累死？分权不等同于各自为政，所有分权都是在老总的管理监督之下。若是再想细分，还可以设经理助理，协助你抓好落实。"

蒋枫拿出一个文件袋，里边装有公交企业文化氛围设计方案。根据职工的调查问卷和各科室的意见汇总，蒋枫对企业文化的重点内容进行了提炼，规范为企业宗旨、企业愿景、企业精神、企业价值观、企业使命和企业作风六项核心文化观。

马腾拿过一看，上边展示着好多内容：

企业宗旨：为政府担当　为市民奉献　为员工倾心　为企业尽力；

企业愿景：成为百姓最满意的单位；

企业使命：载起政府厚望　驶入百姓心间；

企业精神：以真诚起步　携文明前行　为满意加油　促儒山

繁荣；

企业价值观：安全　服务　节俭　创新；

企业作风：热情　文明　高效　负责。

"蒋主任，真够迅速的，不愧为大文豪，立意新颖，言简意赅。"马腾颇感惊讶，说："只是，这些看似简单的核心文化，里边蕴含着那些涵义是否需要解释一下？"

蒋枫拿过另一本资料，翻开解释说："这些，都是企业文化的诠释。譬如企业使命。使命是指重大的任务。作为公交企业，主要肩负着两大使命：上对政府负责，下为百姓服务。因此，对企业使命规范为两句话：载起政府厚望；驶入百姓心间。上一句的涵义是：儒山公交公司是儒山市政府直接管理的企业，是市政府实现关注民生、方便市民出行的重要途径。因此，公交公司不仅要为市民提供出行的方便条件，还要在提供公交服务中，更好地落实党和国家有关公交方面的优惠政策，体现党和政府的温暖，进一步密切党和国家与人民群众的血肉联系。下一句的含义是：公交，是一个纯服务性行业，服务的优劣直接决定着企业的兴衰。因此，公交公司的各项工作决策，都要以是否符合百姓的共同心愿为出发点，保持企业的长足发展。这与企业愿景遥相呼应。"

蒋枫逐页翻着，"再譬如企业精神。企业精神，指企业员工所具有的共同内心态度、思想境界和理想追求。它表达着企业的精神风貌和企业的风气。公交公司工作的核心内容体现在公交车的运行上。因此，整个企业犹如一辆行驶的公交车，由起步、前进、加油、目的地四个层次构成了企业的经营行为。第一句'以真诚起步'蕴含着两层含义：'起步'，寓意着我们工作的出发点，是一切工作的源头；'真诚'，一是对政府的真诚；二是对民众、乘客的真诚。'以真诚起步'，主要对公司决策层提出要求。第二句'携文明前行'突显出文明。文明服务，是公交企业的基本要求。在企业经营的全过程，必须自始至终地体现高度文明。第三句'为满意加油'主要包括'目标'与'奋斗'。民众与乘客的满意，是公交服务的根本追求。'加油'寓意着在为民服务上不断出台新举措，使我们的服务得到民众的最大认可。第四句'促儒山繁荣'是我们公交工作的落脚点。企业精神中前两句是对企业工作和决策提出要求，后两句是工作的措施和最终目的。"

马腾一边仔细地看着，一边点头称赞："好，这是儒山公交独有的企业文化，是别的行业无法照搬的宝贵财富。"

看完这本册子，马腾又挑起了眉头："蒋主任，我这个大楼空闲地方很多，麻烦你再斟酌一些岗位理念，也好让内容更丰富一些。"

蒋枫又拿过几页纸："马总，我这都准备好了，请你过目！"

马腾接过一看，是《儒山公交其它理念》上边写着：

一楼大厅拐弯处：楼层办公指南；

一楼售卡中心：刷卡投币——是递来一份信赖

　　　　　　　启动引擎——将载起更多责任

二楼圆窗两侧：出行尽职　不忘代表儒山形象

　　　　　　　入岗履责　铭记当为企业添彩

三楼圆窗两侧：安全与服务为公交基石

　　　　　　　民众及乘客乃企业命根

四楼楼梯间：立足在安全服务基石之上

　　　　　　植根于民众乘客满意当中

五楼会议室东墙：驾乘安全　关乎生命长短

服务质量　决定企业兴衰

交通指挥中心：企业靠服务立身　公交依民众存兴

小会议室：探究问题各抒己见　执行决议万众一心

以下岗位理念供选择：

工作兴趣化　工作一旦转为兴趣，各种潜能便不激而发

生活快乐化　生活若能融入快乐，任何烦恼将自行退隐

乘兴而上，满意而下

打造儒山品牌公交　带您驶向理想彼岸

……

马腾一口气读完，目光里充满着敬佩与感激，说："蒋主任，我得给你发奖金！"

蒋枫分外得意，这也许是文人们虚荣心的集中展现。"马总，我不想让我的这些作品沾上铜臭味。这些作品不是我个人的创意，而是归集了你公司全体职工的意愿，只是在我笔下拔高了，规范了。文化，是企业的灵魂，是企业个性化的根本体现，是推动企业发展的不竭动力。优秀的企业文化不仅可以对外展示企业形象，更能激发、培植员工的使命感、归属感、责任感和荣誉感。我归纳的这些只是个初步意见，能不能更贴近公交实际，能否最大限度地适应全体职工的心愿，还需要职工们进一步讨论。若是最终成果出来了，尽快印制成册，制作上墙，广泛宣传。"

蒋枫站起身来，交代着："关于内部规章这一部分，你可以先让各副经理组织科室讨论，集思广益，先拿出初步意见，然后集中敲定。其中要分开日常行为规范和岗位职责及考核，这一块我是外行，不敢贸然涉足。"

这些凝聚着广大职工意愿的文化理念很快便在公交公司落地生根。六大核心理念，被书法家的笔迹展现在各层走廊的墙壁上，大小会议室、办公室内，都有了文化的色彩。整个大楼的正课时间，都在播放着"儒山公交文化之窗节目"，伴随着悦耳的轻音乐，不间断地联播着公司的文化理念及其诠释，让职工们享受着耳濡目染的文化洗礼。置身于这个环境，即使是再粗暴的性格，也将变得绅士起来。

　　为"客服"岗位而申请的招工开始了。在市交通局的统一组织下，申报公交公司的人员共有三十二人，根据名额需要，笔试初选三人。进入面试时，交通局将面试的权利交由公交公司负责。为了避嫌，马腾安排杨光、张一弓和杜金山三人做面试考官。

　　面试在小会议室里进行。面试的方法也很特别，一改"单个答题"的方式，而是让三位应试者一起进入考场。

　　就在三人进入考场时，考场内的风扇将纸篓吹倒，纸屑刮了一地。走在前边的一男一女顾自带着万能的《申论》匆匆而过，坐向备考的位置上，唯有后边的那个女孩拿起笤帚将满地的纸屑扫了起来。

　　三位考生刚刚坐好，杨光宣布："好，面试结束，请徐丹留下，另两位考生回去吧！"

　　"怎么，还没出题、答题就这样结束了？"先行入场的一男一女大为吃惊。杨光说："你们的文化水平已经在笔试一关得到证实，面试只看你们学识之外的素质。"

　　这个徐丹，便是原来在烟台车厂实习的那个礼仪女孩。

公司会议通过了三件事：第一，人事变动。根据管理需要，夏云菲转任经理助理，主管各项考核、检查及投诉调查，田思思接任点钞室主任；赵媛媛出任安全科科长，新招的年轻职工徐丹接替客服工作。第二，建立例会制度。每天下午下班前，拿出半个小时召开经理办公会，由各副经理汇报当天的工作情况和明天打算；每周一早晨上班后召开公司全体员工会议，通报上周工作情况，部署当周工作，使工作情况最大限度地透明，接受职工的监督；每月召开一轮驾驶员综合会议，不但要讲安全，也包括其它工作。第三，加大企业文化的宣传力度。将企业文化录制成U盘，发至每辆公交车和校车，供驾驶员学习。创编《儒山公交之歌》，集体学唱，唱出儒山公交人的豪迈。

办公室里，杨光在埋头整理着内部规章制度。这些制度是在各科室酝酿出的基本要素之后而整理的，包含着会议教育类、行为规范类、行政管理类、劳动管理类、车辆管理类五个大类二十五个管理制度。安全科还专门制定了《安全预警机制》。桌面上，纷纷扬扬的。

新接任的徐丹在频繁地接听着客服电话。徐丹，一个典型的阳光女孩，一副无忧无虑的常态，可以想象，在她的内心世界里从来就没有过烦恼与忧愁。徐丹的父亲就是交警大队事故股的那个徐股长，母亲在教育界退休，优越的家庭环境和条件锻造了她无忧无虑的性格。

"喂，你好，这里是儒山公交客服热线，请问有什么事情需要我帮助你？"这是徐丹每次接听电话时的固定用语，声音中带着甜蜜。徐丹一边在接听着电话，一边拿笔记录着，持续不断的电话，似乎成为她的一种享受,那架势,像是不知疲倦。

"小徐,今天接了多少电话?"杨光问。徐丹仍在忙碌地写着,说:"总共八十八个。"顺将电话记录拿给杨光。

杨光随手翻着,那是一本流水记录。徐丹的这种做法,是延续赵媛媛的方法,每到周末,再将一周内的记录分类规整。杨光吩咐说:"小徐,以后每天都要将电话记录进行分类。"

徐丹把眼睛瞪得很大:"杨经理,这么麻烦?"

杨光说:"咱这客服情况原来是每周汇报一次。新近规定,每天汇报一次。"

"还按照以前的分类?"

"再细分一下吧,"杨光拿笔写着,嘟囔道:"大类上分为三种:咨询类、表扬类和投诉类。投诉类中再分为服务态度投诉、线路投诉和其它投诉。"

"那若是一个电话中有多种,怎么记录?"

"那就分开记录呗!"

徐丹扑闪的大眼里闪过一丝阴郁,转瞬便消失了,笑道:"姐,我明白了,多钉几个本子不就得了?"

两人正说着,驾驶员孙虎进来。孙虎朝向杨光点了点头,直奔徐丹而去:"丹丹,你到底也来了!"

"怎么,不欢迎?"徐丹抿笑。杨光感到惊奇,问:"怎么,你俩认识?"

孙虎作着鬼脸:"岂止是认识?"

孙虎是新招用的驾驶员,与徐丹是高中同学,徐丹高考入学,孙虎名落孙山后应征入伍,在部队的汽车连开车。退役后,跑过一段时间长途运输,后来进入公交公司。而孙虎与杨光又是邻居,同住一个单元。

电话响了,徐丹忙着接电话。孙虎凑向杨光,悄悄说:"杨大姐,我就看好了丹丹,你给撮合一下吧,求求你啦!"

这些九〇后就是如此地坦率,这与八〇后的杨光还是有差距的。杨光在心里琢磨着,孙虎虽然学历不高,但为人坦率,其父亲是市设计院院长,母亲在教育界,两个家庭可谓"门当户对",于是说:"虎,既然看好了,那就自己追呗!"

"不是的,当年读高中时我就追过,可人家不理我。杨大姐,你帮我一把吧。"孙虎央求着。

杨光虽具男人性格,自己也正值热恋中,但对于"说媒学"尚不通窍。见徐丹处理完电话,杨光说:"小徐,有人看上你了,咋办?"

徐丹被"将了一军"。凭印象,孙虎的智商不差,品质也很好,只是家庭条件的优越促成了他不思进取的心态,在高中时就是班里的"闹子头",班主任老师给他的评价是"犍牛不拉地"。高考那年,孙虎只差几分而名落孙山。后来,孙虎的家里走关系给报名参军,指望着在部队里续考军校。孰知,孙虎却热衷于开车这个行当,对继续求学漠不关心。在徐丹心目中,孙虎只可作为一般朋友,无法将其纳入对象的考察之列。面对老同学的痴情与分管领导的耿直,徐丹不好直接拒绝,只好搪塞一番。徐丹望着墙壁上挂着的锦旗,灵机一动,抿笑道:"孙虎,真得看上我了?不要紧,你干驾驶员,只要你能拿回五面锦旗咱俩就可以确定关系!"

徐丹此言,显然是在开玩笑,而孙虎却认真了起来:"丹丹,此话当真?表扬信算不算数?"

徐丹说:"算数,但必须属实!"

孙虎看向徐丹与杨光："那好，咱一言为定！"

孙虎似乎从老同学徐丹那里得到应允，兴奋地离去。徐丹埋头整理着资料。

太阳擦着西山。徐丹将一个本子递给杨光："杨经理，这是今天的客服情况，你看这样行不？"

杨光接过看着，点头赞道："小徐，就该是这个样子！"说完，拿着资料匆匆地去了小会议室。

第二十六章　明镜照出灯下黑
　　　　　　典型引领文明风

公司的每日经理办公例会在小会议室里召开。

许万山汇报了两个公交场站的建设情况。市区的久久发和义乌商品城的公交场站建设工程开工已有数月，主题工程基本结束，剩下辅助设施的尾工还在继续，预计再有三个月可全面竣工。

"场站的建设中，一定不能忽略便民服务这个主题。硬件设施市政府有通盘规划，而便民设施都是咱自己的事，譬如老年人问题、残疾人问题，有必要再增设'学雷锋服务站'，这是一项细致的工程。"

张一弓汇报市区公交站亭的建设进度。市区内的公交站亭建设，由于投资量很大，且广告利用率较低，市政府将其列入招商开发之列，由外地投资建设。规划建设站亭二百六十八个，由三家投资商承建。至目前，已经竣工使用的一百二十六个，在建工程一百一十个。

"剩下的三十二个是什么原因没开工？"马腾问。张一弓说：

"剩下的都在郊区，涉及到水电暖管道线路搬迁，正在与有关部门进行协调。"

杜金山汇报安全工作情况。拟与交警、消防队和红十字会联系，择机分批次对全体驾驶员进行技能培训演练。

马腾点评说："安全科应当把安全防范作为工作的重点，防患于未然。我们的驾驶员不能只会开车，还要懂得管理，掌握急救和应急的技能。现在的公交车上只有驾驶员一人，我们车内的管理、服务、安保等都要靠驾驶员一人来完成。从这个意义来说，驾驶员的综合素质比公司的管理人员还要强。"

万洁汇报公交卡销售情况。公交卡百日促销活动中，职工售卡量六万两千余张，各销售点售卡六千余张，之后，通过与各镇政府、各镇学校及各大企业联系，又集中售卡两万张。至目前，售卡总量达到八万八千张。

"各销售点售卡情况怎样？"马腾问。万洁说："集中售卡行动，在社会面上辐射很大，急于买卡者大都买了，可以说是处于基本饱和状态，现在每天售卡不足百张。我建议，撤回各镇的售卡点，在公司和三个场站设固定销售处。"

马腾当场定夺："这个建议很好，撤回各镇售卡点，减少不必要的费用。"

杨光分管行政，汇报的内容比较复杂。杨光抓住四个节点简要汇报。一个是公交之歌的创编。昨天与市文化局的专业创作员联系，将公交公司的基本情况传给人家，正在运筹当中。第二个是《儒山公交文化之窗》节目的录制，已与市电视台联系播音，一周内交付。交付后，由设备科灌制U盘，下发各车队。第三个是《儒山公交文化——管理制度篇》的建立，预计一个月内完成初稿。第四个是客服情况。从近期的客服电话情况看,每天受理的电话量在逐步减少,以前每天受理电话一百多个,本周内每天受理量在七八十个。

"都是哪些方面的?"马腾问。杨光说:"咨询电话能占三成,表扬电话能占一成,其余的都是投诉类。在投诉电话中,有一半是反映驾驶员的服务态度问题。"杨光拿出几个本子,是分类的电话记录。

马腾接过记录本看着。有一市民提出,现在儒山范围的三个旅游景点,游客逐步增多,但是迫于交通条件,游客往返困难。建议增设公交专线,促进儒山旅游业的发展。"市民还是很有眼光的,这个建议提得好!各业务经理要勤于思考,善于举一反三地联想,譬如,银滩的住宅区内外地人口较多,经常乘坐火车往返,可以开通银滩至火车站的夜班车,满足乘客夜间乘车的需求;再如金矿、铁厂等大型企业,他们都集休购买了公交卡,我们的服务必须跟上,根据他们职工的上下班时间调整班次。服务,是一篇没有句号的文章,哪里有需求,哪里就是我们的工作节点。"

马腾继续翻着,不禁皱起了眉头。一乘客反映:302路驾驶员态度蛮横,车上的乘客都不敢与他搭腔,好像谁都欠他的。这样的环境令人难受,希望公司教育处理。

马腾逐页翻着,反映驾驶员服务质量低劣的投诉比比皆是。马腾无奈地闭上了眼睛。少顷,马腾问杨光:"近期有没有受表扬的?"

杨光说:"当然有。这一个月,咱收到锦旗八个,表扬信二十二封。自从安装了车载监控以后,驾驶员队伍中拾金不昧的事情每天都有个十件八件的,送锦旗、表扬信的多数都是这个原因。"

马腾哀叹:"这一头戴花,一头挨骂,真是旱涝不均呀!杨光,你没看一下,这些受锦旗表扬的驾驶员中有没有被投诉的?"

杨光说:"有,但很少。"

许万山插话:"马总,咱不能单凭投诉来评价驾驶员。"

马腾扔过一眼,问:"怎么说?"

许万山说:"据驾驶员反映,现在遭投诉的,大多是因为驾驶员监督票款而引发的争执,刁蛮的乘客事后就以服务态度不好而投诉。不信,夏云菲可以作证。"

夏云菲自从就任经理助理以后,大部分时间都耗费在投诉的查证上。夏云菲未言,拨打手机让监控室将前几日调取的监控录像拷贝过来。

会议室的屏幕上显示着这样的画面:302路公交车靠站后,上来三个人,分明是女儿领着双老。三人乘车,票款应当是六元,可这女子只向票箱里投币一元。一贯认真的驾驶员吕明德让女子再补五元,这女子硬是犟着说自己投了六元,双方由此发生争执,直至相互谩骂起来。

夏云菲说:"这就是事情的真实经过。事后,这个女子以吕明德服务态度不好为由向公司投诉。"

许万山说:"驾驶员遭投诉,虽然有他自身原因,但话又说回来,假如他们不负责任,不认真去监督票款,自然不会引起争执,就不会遭到投诉。"

对眼前的这些现象,马腾在心中打起一串问号:遭投诉的驾驶员都是责任心强的吗?未遭投诉的驾驶员都是不负责任型的吗?受锦旗表扬的驾驶员难道就没遇到过刁蛮的乘客?这一连串的问题在马腾的大脑中洗牌般地被翻来倒去。"老许,遇事要从多角度去思考。对待我们的驾驶员就要像对待自己的孩子一样,是非功过要分得清,否则,就是包庇。包庇属下的过错那就是在害他。我们是纯正的服务性企业,做好服务是咱们的基本职责。我们的驾驶员是实现服务职能的主力军,是一支有素养的正规队伍,不能跟老百姓一般见识。打不还手,骂不还口是服务行业的基本要求。可是刚才的那段录像说明了什么?我们的驾驶员跟一个泼妇对骂,这与泼妇有什么两样?这种行为不仅丢了自己的人,也极大地损坏了咱公交公司的形象,若是有外地人在场,更会影响咱儒山的整体形象,这种状况,必须彻底改变!"

许万山心里憋着一股气,说:"马总,每月的驾驶员例会我都反复进行强调,驾驶员们怨声载道,感到委屈。难道公交驾驶员就那么低人一头?当领导的不能为自己的职工撑腰壮胆,那还有什么用?"

业务经理中的这种心态令马腾很是恼火。如果管理者的观念不转变便是一个严重问题,这就像用于衡量的尺子,如果尺子本身不合标准,又怎能去衡量别的东西?马腾冷冷地说:"老许,咱的企业是谁的?是你的还是我的?都不是,这是儒山市政府的企业!政府代表谁?代表全市六十万民众。从这个角度讲,公交公司就是全市人民的企业!退一万步讲,就算是咱的企业,政府每年的补贴是有限的,不足部分必须依靠咱的收入来弥补。咱的收入从哪里来?只有一个途径,那就是乘客的给予。服务,就是咱的产品,这个产品得不到乘客的认可,卖不出去,咱拿什么来维持企业发展?拿什么来养活职工?"

马腾正在气头上,杨光挽救着这个尴尬的局面,急忙调转话题,建议说:"马总,要不咱组织一次驾驶员经验交流会,让驾驶员现身说法去教育身边人，效果会更好。"

马腾略思，说："嗯，这倒是个法子。"杨光说："那就抓紧时间筛选典型，从获得锦旗的不同角度选拔，争取在这个月的例会上一并进行！"

华灯初上，明月高悬。人们都三三两两地在饭后漫步，缓解着一天的疲劳，而公交公司的多功能厅里却是另一番景象。主席台上空悬挂着横幅"儒山公交'在岗位发光'驾驶员经验交流会"。

会场内座无虚席，人头攒动。老驾驶员胡海川、张子谦，新招驾驶员彭新海等八人胸戴大红花坐在前排。经理助理夏云菲主持会议。在掌声陪伴下的开场白之后，胡海川首先上场交流。

"尊敬的各位领导，各位同事，大家晚上好，我汇报的题目是《运用语言艺术，提升服务质量》！"

胡海川驾驶302路，主要负责市区至磐石方向线路，单程四十五公里，途经三十六个村庄，每天往返两个来回，日均载客量八十多人次。胡海川其貌不扬，满脸的麻子，在他身上没有多少惊人的事迹，但他为人和善，善于运用语言艺术化解各种矛盾，使大事化小，小事化了，深受乘客的拥戴。

"我驾车多年来，从未发生过交通安全事故。在安全上，我始终做到两点：一个是行车要慢，一个是心情要稳。驾驶员这个行业不同于其它行业，真是一个人的安危关系全家。自己开着车出去了，全家人的心都系在身上。每当上车以后，我都时刻提醒自己，这么一车乘客，不是拉的货物，快点慢点可以随便跑，人的生命安全可不是开玩笑的。我母亲也很支持我的工作，天天早晨上班时都叮咛我开车要慢，注意安全。一个人的心情可以主宰你的一切，好的心情不一定都会给人带来好运,但坏的心情必定给人带来厄运。咱开公交车的,心情一定不能烦躁,一生气上火,什么事都有可能发生。因此,保持良好的心态是安全行车的重要前提。"

场内爆发出激烈的掌声。

"哎,这人是咱公司的人吗?"坐在会场中间的一个驾驶员悄问旁边人。旁边人说:"这是俺那个车队的,他这人很幽默,很少见他发火!"

胡海川继续讲着:"服务,是做好一名公交驾驶员最基本的要求。乘客上了咱的车,就是花钱买咱的服务,咱必须让乘客感到舒心和愉快,这样,才能有更多的回头客。每当乘客上车,我都会先主动地跟他们打招呼,譬如:'大叔,上哪去?''老弟,又见面了。''小妹,你上哪?'我这样做的目的有三个:一是问清下车地址,不至于拉错站,引起矛盾。二个是监督票款,不会出现逃票、漏票现象。再一个最重要的就是我给了乘客尊重。他们受到了我的尊重,无形中就会提升自己的素质,会减少很多不必要的麻烦。有一次,我在斜山站点,有四个人一起上车,两个大姨坐在一起,开始从口袋里掏钱。就在这个时候,后面上来一个40来岁的男子和一个女士。我并不知道这4个人的关系,只见这男的掏出八块钱投在了投币箱,而那两个大姨,由于年纪大的关系,掏钱很慢,那个男人就从大姨手中夺过钱,在投币箱处晃了一下,把钱塞在了裤兜里就往后走准备坐下。我从车上的镜子上清清楚楚地看到了这一幕,于是我就叫住了他:'大哥,你等一等,还少两个人的票款没投。'那个男人急忙反问:'我投了两次,你没看见?'我就指着前面的监控说:'你过来看看,这里监控显示得很清楚,你只投了一次,第二次根本没投进去。你投没投自己心里应该清楚。'我这么一说,那男人涨红了脸,返回来从裤兜里掏出钱投进了投币箱,嘴里搪塞了一句:'我就开个玩笑,你当什么真?'我看出他觉得不好意思,再多余的话我一句也没说。虽然是他做错了,但他又及时把票款补上了,咱就不能得理不饶人,不能因为监督票款就可以跟人起冲突。走了一段路程,经过一段麦地,我就找了个话题,跟那个男人说:'大哥,你看这麦子这么快就熟了,过几天好收麦子了。'我明显是给他'下梯'的机会,缓解他的尴尬。那男人放开脸回答道:'嗯嗯,是啊。天儿好。'我判断他是在家务农的农民,谈到庄稼,他自然会感兴趣。按一般常理,就这个场面,很容易冲突起来,把僵局越闹越大,但是,我这么做,事态很快就平和下来了。我喜欢坐在车厢里的人都是一张笑脸,像一个温暖的家。下车时,那位大哥主动跟我说话:'走了啊,兄弟,你慢点开!'这位大哥心里也没有疙瘩,下次肯定他还会想再坐我的车。"

吕明德坐在前边第三排静静地听着。左边人说:"老吕,你看人家把事处理的,你可倒好,明明是个好事却搞砸了。"

吕明德嘴巴张动几下,终未发出声来。

胡海川接着讲:"服务语言是讲求艺术的,一句话能成事,一句话能败事。我们公交驾驶员是儒山国企的职工,是神圣的。但是在服务中,我们又是乘客的服务员。为人服务,不等同于咱们的社会地位低下,这是咱们的职责。在服务中,咱态度好一点,主动地跟乘客打招呼,称呼别人,不是咱小了,而恰恰显得咱的伟大。语言是一门艺术,如果话多了,说出的话人家不愿听,那就适得其反了。所以,我们要学会察言观色,遇到什么的人该说什么样的话,什么时候该说话,什么时候该闭气,得自己拿捏这个尺度。人,不可能时时刻刻都保持一个好心情,这就需要自我调节。自己的心情不好,要自我抑制,不能把它带到工作中去。如果因为和乘客之间的矛盾而影响心情,就要学着去化解,至少应该忍一忍,没有什么解不开的疙瘩。当乘客对我们表示赞扬或是感谢时,就是对我们工作的肯定和人格的尊重,再苦再累也值得!"

胡海川的交流一直持续了半个小时,精彩的演讲,感人的故事,发人深省的感悟博得了场内阵阵掌声。

夏云菲正准备安排下一个演讲,马腾看了表,与夏云菲耳语:"七点半了,这些驾驶员在晚上收班后都直接来到会场,还饿着肚子。"

夏云菲走上台来:"由于时间关系,今晚的经验交流就到这里。下面请马总讲话!"

掌声中,马腾走上主席台。

"同志们,以前驾驶员的每月例会,都是由各管理科总结、部署工作。从本月开始,我们改变一下方式,把经验交流与工作部署结合起来。自从实行新的管理体制以后,我们的驾驶员队伍不断壮大,各种培训举措相继出台,教育效果十分明显。但是在我们的这支队伍中,依然出现两极分化的奇异现象,一部分人频繁地受到市民、乘客的表扬,而仍有少数人接二连三地受到投诉。大家可以扪心自问一下:为什么同样的教育、同样的培训,而在行为上却出现不同的效果?问题的关键就是自身素养。"

场内有手机铃声,这声音来自会场中间。马腾平静地扫视着,杨光、许万山、胡新成等旋即站起身来,搜寻着声音来源。

马腾则显得很和蔼,诙谐地说:"看来是耽搁了大家的吃饭时间了。请大家放心,会议时间不会太长。借着这个机会,咱定个规矩:以后开会,座次上按照车队前后排纵队,不能随意乱坐;会前都要关闭手机，或者定静音，会议中间谁的手机响了，就主动地站起来，向大家道歉。"

吕明德"腾"地站了起来，抱拳施礼："对……对不起大……大家！"

又是一阵激烈的掌声！

"同志们，安全和服务，是我们工作的两个重点。在安全方面我不多讲，正像胡海川师傅所说的，只要上了车，安全就不是你一个人的事情了，而是涉及到你的家庭，涉及到整个车厢内所有人的家庭。我想重点讲服务。服务，能体现出一个人的水平、涵养和素质，是一门艺术。譬如，同样是监督票款，有的同志就会因此激发矛盾，而有的同志就会化解事态。语言，是一切动物的交流信号，即使是鸟类也都有其语言，传递着友好与憎恶。语言不仅仅是在其本身，也有它的辅助的表达方式。语言的传递，往往伴随着表情和举止，一句好话，若是在板着面孔的状态下，往往会适得其反，而一句难听的话，若是伴着笑容，对方会理解为笑话，甚至会认为是你的幽默。胡海川所说的'话能惹事也能落事'很有道理。旧社会，人们把律师称作'刀笔'。为什么是'刀笔'？因为律师手中的笔既能救人，也能杀人。我们的语言跟律师手中的笔没啥两样。所以，学习语言艺术，对公交驾驶员这个岗位来说至关重要。在所有的服务岗位，经常与顾客争执的是蛮人，也就是老百姓所说的'泼妇'；遇到争执不能及时化解的是庸人，这人没水平；能够及时化解矛盾的是智人，说明他善于以柔克刚；能够提前避免矛盾、从不与顾客争执的是高人，因为他会察言观色，提前防范，这样的人无论走到哪里，都会受到重用。希望我们的驾驶员队伍中，多出高人，至少都也应当成为智人。语言艺术的学习是一门长期的课程。

今后,咱们在培训上还要开辟许多新的课程,从本月开始,要逐步进行一些技能训练,初步规划有急救知识、消防知识、反恐技能三项,有关科室正在准备。好吧,明天就是仲秋节,预祝大家节日快乐,阖家幸福安康!"

马腾的讲话陡然刹车,令驾驶员们出乎意料。

"看吧,到底是老总有水平,没正面去批评一个人。"

"那当然,马总的话分量挺重的,虽然没点名批评,可仔细一想,谁也都在内,有水平!"

散会时,驾驶员们都在纷纷议论着。

第二十七章　陌生女月夜获救
　　　　　仲秋节分送温暖

秋阳如虎。湛蓝的天空上悬挂着炙热的火球，干旱了许久的大地上，作物、植物都耷拉着脑袋。小城西郊的马路旁，一辆公交车缓缓地停靠在一片树荫下，车内传出《儒山公交文化之窗节目》。几乎同时，哑女阿秀骑着电动车驮着一位老阿姨急速驶来。

驾驶员胡海川走下车："妈，阿秀，我说不用送饭，到底还是送来啦！"

海川娘打开饭盒，里边是两道炒菜和油饼。"海川，今儿是仲秋节，说什么也不能让你再吃方便面，怎么也得吃上热菜热饭！"

阿秀揭开保温瓶，里边传出绿茶那淡淡的清香，又拿来月饼，打着手势：这是我特意为你准备的。

胡海川谢过母亲和阿秀，仓促地狼吞虎咽。中午停休时间只有半个小时！

正当三人团圆之际，马腾开车赶来。马腾下乡联系业务，返回时恰巧遇到，便凑了过来。

"大姨，阿秀，你们都这么支持工作，真是让人感动！"见此情景，马腾着实激动了一番。

胡海川腮帮子鼓鼓的，说："马总，一起吃点吧，今儿过节，不能回家吃饭，这不，给送饭来了。往常，我都不让送饭，车上有方便面，泡上一碗就能解决问题，中午时间短，回家来不及。"

闻听胡海川那兴致勃勃的陈述，马腾心中一阵酸楚，奔波在城乡公交线上的驾驶员们，早晨六点上班，直到晚上六点半下班，每天工作十二个小时，连打盹的时间都没有，几乎常年中午都吃不到热饭，只以方便面充饥。更有些驾驶员为了节省往返车耗，由公司安排住在村镇，虽然弹丸之大的县级小城，他们却难以与家人相聚。他们任劳任怨，默默奉献着，而作为公司的领导们对他们又关心了多少？一种愧疚感油然而生。

"大姨，阿秀，小胡是个很优秀的驾驶员！"此时，马腾只能表扬一番。

海川娘说："他俩结识的时间也不短了，年前，我打算给他俩把婚事办了，也对得起他过世的爹！"

"对，阿秀是个好姑娘，到时候我一定参加婚礼！"马腾惺惺地离开了。

下午刚上班，马腾便让杨光通知，召开经理办公会。

"这些年来，在咱这个班子的领导下，公司的发展实现了一个又一个新的突破，在业务实力、队伍建设和各项管理上都实现了上档升级。但是，咱们在职工的关照上还有些欠缺，特别是对驾驶员这支特殊的队伍关照不够。"

在马腾的倡导下，集体作出四项决定：第一，解决驾驶员的中午就餐问题。与市政府在久久发的便民大厅联系，凡是有条件的驾驶员，中午到便民大厅食堂就餐，公司给予每天五元补贴。第二，建立短信平台，由办公室负责管理，每逢节日和恶劣天气，向全体驾驶员发送短信祝福及温馨提示，以示关怀。第三，今天晚上，班子成员每人带领一个慰问小组，分头去往十六处夜宿村镇的驾驶员住宿点，进行节日慰问，并形成制度，在每年的端午节、仲秋节和元旦都要走下去，送去公司的温暖。第四，适当增加职工福利。对今后职工子女考大学者，公司给予一定的奖励。

明月东升，马腾带领夏云菲、林慧燕去往盘石镇，这个小组要连续看望两个住宿点。

车辆刚出西郊，马腾的电话响了。每到节日晚上，马腾总是将公司的客服电话并到自己的手机上，亲自受理一些特殊情况。马腾接到电话，里边传来一个女孩近似求救的声音："喂，公交公司吗？我是外翻学院的大一新生，来自淄博，趁着过节到市里观光，没想到这里没有夜间公交车，路程远，我又不敢打车，领导，帮帮我吧，我真不知道该怎样好。"

外翻学院距市区四十多华里，在这样的夜晚，一个外地的女孩确实难办，打车又有很大风险。马腾心中犯难：此种情况本不属于公交公司的职责范围。但是，面对女孩的处境，假如是自己的女儿或者亲人，应当怎么办？马腾犹豫片刻，说："姑娘，请放心，任何人在我们儒山都不会无路可走。请问，你现在在哪个位置？"

"领导，我在东方大厦站亭。"姑娘声音中带有绝处逢生的喜悦。

"好，你在那里别动，五分钟内我派车送你！"

这个晚上，公司里除了值班外，人员几乎全都安排下乡，男人只剩下微机员尹小寒。马腾转念一想，若是只安排尹小寒接送，恐怕引起姑娘的怀疑，最好再安排一名女工陪同，于是，又想到了客服的徐丹。

尹小寒正在家里与父母一起共进晚餐，刚刚端起了酒杯就接到了命令，急忙放下酒杯，说家人："你们先吃吧，我去趟银滩，一会儿就回来！"

尹小寒驾驶着私车接了徐丹，两人一起赶到东方大厦站亭，前后不到五分钟。

姑娘喜出望外。

"小妹，这是姐姐的一份心意！"上车后，徐丹递过一盒月饼。闻听是外地妹子，还是学子，徐丹深有异地思乡之感，特意从家中带来节日礼物。

"大哥，大姐，我真的好感动呦，没想到你们公交公司这么用心！"姑娘紧紧拥抱着徐丹。

盘石镇的黄泥沟村南端，有一排平房，那是上世纪七十年代的学校。学校撤销后，房子一直闲着。尽东边的三间房子里灯火通明，好是热闹，这便是盘石线路驾驶员的聚居点，里边住着六名驾驶员。

屋里，六条汉子都光着脊背，有的在烹炸煎炒，有的在吹着口琴，有的在高声吼唱，这些有家不能归的汉子们正准备庆贺团圆节。

"哎，好像是马总的车来啦！"吕明德跑回屋来，叫喊着。

"做梦去吧，八月十五，谁还不在家里团圆？"一群赤条条的脊背涌出屋外。此时，马腾的车已经驶到门前。

"真的是马总！"汉子们急忙回屋穿上背心。

"不用换了，都是自家人。今儿是仲秋节，大伙都撇家舍业地待在这里，我来和大家一起团圆！"马腾与驾驶员们一一握手。夏云菲和林慧燕将带来的月饼分给大家。

简易的饭桌上已经摆了三盘菜。盆子里，一条淡水鱼被剥了麟，正准备下锅。马腾洗了手，便要做鱼。汉子们受宠若惊，都阻拦着："马总，这可使不得！"

马腾说："怎么，不相信我的手艺？我可是一级厨师呀！"

马腾的厨艺的确不凡，糖醋鲤鱼香甜带脆！

饭菜齐了，马腾倡导说："今儿是传统的仲秋节，就破个例，每人一瓶啤酒，不准多喝！"

一箱啤酒被揭开，在桌子上排着整齐的队伍。马腾将车钥匙交给林慧燕，瞬即给各位斟满酒，端杯敬道："大家为了工作需要，为了全市老百姓的出行需要，牺牲着与家人团聚的机会，借此，我代表公交公司敬大家一杯！"

众人共饮。马腾再斟一杯，敬道："公交公司是一个大家庭，每人都是这个家庭的主人，咱们的利益与公司的发展密切相关。诚望大家从大局利益出发，把好手中的方向盘，把咱们的'服务'产品做细、做精，创出响当当的品牌来！"

举杯痛饮！

"马总，我们共同敬您一杯吧！"汉子们请求。马腾拿过杯来："好吧，总量控制！"

人们都各自斟满，一起端起杯来。吕明德说："马总，昨天开……开得那个会真……真好,回来后,俺……俺都好生议论,跟人家广……广林相比,俺还差……差一大截。马总,你放……放心,俺以后就是当……当不了高人,起码也要当……当个智人!"

"对,当智人,争高人!"汉子们雄心勃勃。

马腾离开黄泥沟时,已是晚上九点,他们又驱车来到古山镇鹰石口村。鹰石口村地处古山镇北端,为公交始发站,这个住宿点里只有张子谦一人。马腾三人赶到时,张子谦正在吃晚饭。

"老张,你怎么才吃饭?"马总问。张子谦说:"哦,收班后,我都是趁着天还没黑,早些检修,打扫卫生,免得第二天起大早。"

饭桌上,一碟咸菜,一碗大碗面,旁边放着一个月饼。

"老张,今儿过节,你就吃这饭?"看着桌上那简单得不能再简单了的晚餐,马腾鼻子酸楚。张子谦却笑了:"马总,饭不在糙好,只要对口味就行,吞到肚子里后都就一个样了!"张子谦窘迫地看着饭桌上那简单的饭菜,说:"真是不好意思,你们还没吃吧?要不我再做点?"

马腾说:"俺三都吃过了。趁着过节,都分头下来看望一下。"

张子谦嘴里噙着一些面条,霎时塑在那里,"马总,今天过节,俺这些人是没办法,您不在家里过节,却专程跑下来……"张子谦话语哽咽,目眶里涌出晶莹。

马腾将带来的月饼亲自送给张子谦:"老张,辛苦啦,为了公司的节俭,让你受委屈了!这是公司的一点心意,请收下。"

张子谦双手接过,声音颤抖起来:"马总……谢谢领导关怀……马总,有你这样的好领导,俺再苦再累心里也愿意……"

张子谦话未说完,手机响了,里边传来妻子张丽娜的声音:

"张子谦，你好忙呀？过节都不回家，在乡下不会有小妞陪着吧？"

妻子的调侃，令张子谦尴尬。张子谦看着马腾，回道："你说对了，我这有两位美女，还有一个帅哥！"

马腾接过电话："喂，张姐，过节好！好长时间没见了，非常感谢你对老张工作上的支持！"

张丽娜犹豫了片刻，说："是……是马总吧？你怎么会在那儿？"

张子谦接过电话："今儿过节，马总带人过来慰问，你能来不？若是不能来的话我就挂了！"

自从那次收车到张子谦家里做工作之后，马腾没再见到张丽娜。不过，对于张丽娜处事果断的性格，马腾还是比较钦佩。

"你家属现在干什么？"马腾问。张子谦说："自从交了车以后，没个正经活儿，帮人家销售安利。嗨，整天瞎捣鼓！"

有手机提示音。张子谦打开一看，是一条短信：

中天皓月明世界，遍地笙歌庆团圆。在此时此刻，也许你正在与家人团圆，也许你还在乡下的岗位上。无论你身在何处，请腾出点滴时间接受公交公司迟来的祝福：节日快乐，阖家幸福，梦想成真，好事连连！

张子谦看着马腾："马总，这……是咱公司的短信！"

马腾笑说："咱公司经济上没多少能力，就说句暖心的话吧！"

第二十八章　强军训练提技能
　　　　　　模拟实战惊魂魄

　　傍晚下班时，孙虎来到公司办公室，得意洋洋地冲着徐丹傻笑："丹丹，今晚有时间吗？"

　　徐丹白了一眼，从抽屉里拿出一封信摔在桌子上："孙虎，你这是闹儿戏吧？想蒙谁？"

　　下午，点钞室送来一封感谢信。信件是在钱箱里发现的，总共半页纸，上面写道：

　　尊敬的公交公司领导：

　　我经常乘坐贵公司的309路公交车，司机师傅孙虎态度和蔼，服务周到，让人感觉很舒适。希望领导给予表扬。

　　　　　　　　　　　　　　　　　　　　　　　　银滩乘客

　　孙虎颇有震惊："呦，还有表扬我的？"

　　徐丹皮笑肉不笑："孙虎，表扬信、感谢信我这里有一批，可从没见到这样的表扬信。你想，若是你，这封信你会怎样写？一无事实二无落款，你想糊弄谁？"顺将信件撕碎，狠狠地扔进纸篓里。

杨光在一旁窃笑，说孙虎："虎，徐丹是专门负责受理乘客信息的，以后咱弄点真的！"

孙虎满脸窘迫。徐丹说："孙虎，你若是再这样，我一辈子都不会理你的！"说毕，转身出去了。

办公电话响了。杨光接过电话后，匆忙地来到经理室："马总，局里通知，说冯局长一会儿来公司召开紧急会议，内容不详，要求组织中层以上干部参加。"

"那就赶快通知，按要求组织。"马腾吩咐。

公司中层以上干部刚刚在小会议室坐下，市局冯局长便陪同分管交通的副市长薛文广及市局两名副局长和运管处主任匆匆赶来。

杨光与徐丹正准备泡茶，冯局长摆手："不用了，赶快开会！"

冯局长传达了省政府的一份紧急通报。昨日，山东的一个地级市发生了一场公交车爆炸事故，导致一死九伤。省政府高度重视，召开专题安全生产工作会议，省长严肃强调：各地要将会议精神迅速传达到基层，认真开展自查，强化防范措施，杜绝类似事故的发生。

薛文广正襟危坐，表情肃严："同志们，省政府的紧急通报，敲响了我们的警钟。市政府在第一时间内召开会议，要求交通局抓好落实。安全无小事，安全责任重于泰山。上述事故虽然发生在别的地区，但是，在我们自身也还存在着许多安全隐患，必须引起我们的高度重视。在这里，我只强调两点：第一点，要提高认识。从上述的这起事故中可以发现，固然有人为纵火的原因，但是车内如果没有可燃物，就不可能导致如此惨重的损失。第二点，要立即开展自查,采取得力措施,消除各种隐患,确保乘客安全。具体事宜,由冯局长部署。"

冯局长部署了五个重点:第一,车厢保安问题。省政府要求,县市级公交车每车都要配备专职安保员。按照这个要求,公交公司需要新增人员二百六十多人,这是一个庞大的支出,这一点,我们目前无力做到。但是,我们可以设流动安保员,戴红袖标,在各公交站亭维持秩序,进行上车前的安检。同时,发动职工组成志愿者,不定期地跟车安保,使恐怖分子难以把握规律。第二,强化宣传。利用公交车的电子屏幕进行长期宣传,倡导乘客增强安全防范意识,主动配合乘车安检。第三,在车前设"党员座",发动党员义务协助安保。第四,疏通逃生通道。配齐安全锤、灭火器等设施,确保应急需要。第五,对驾驶员进行特技培训,配备反恐器材。

领导们传达、部署之后,与会人员展开讨论。马腾率先发言:"省政府通报的事故触目惊心,令人发指。但是,冷静思考,在我们的自身也还存在许多极不安全的因素,需要引起高度重视。在自查自纠的方向上,我想谈四点看法。第一,在车载监控的功能上,需要增加后台储存,与移动公司联系,实行后台自动存储,方便调查取证,七天更新一次。第二,在无法增加安保员的情况下,与巡警大队联系,由他们无规律地随时上车进行安全检查,震慑恐怖分子。第三,实行车载安全设施例检制度。对车上的安全锤、灭火器、防火链等至少保持季度检查,使之保持完好状态。第四,驾驶员的特技培训。目前,咱们的公交车上,只有驾驶员一人,既是驾驶员,又是服务员,还要兼做安保员,可谓一人多岗。在这种情况下,驾驶员必须具有多种特殊技能,除了驾车和服务之外,还需具备反恐、消防以及紧急救护等特殊本领，否则，无法实现周到服务。因此，我们计划从本月开始，着手对驾驶员进行多功能的普及培训，已与市交警队、消防队、红十字会、巡警大队等部门取得联系，争取他们的大力支持。与此同时，还要与各出学校联系，组织校车紧急疏散演练，让学生和跟车老师熟练掌握应急方法，熟悉逃生通道，确保学生们的乘车安全。"

听着马腾的发言，薛文广不住地点头。"马经理的思路很实际，也很周到。公交公司是市政府实施'百姓出行'这一安民工程的主力军，艰巨的重任就靠你们来完成。市政府相信你们一定能胜任这项工作，把'为民线'刷得更亮！"

分管市长表扬属下，实际上也是在变相地表扬主管局，冯局长颇感得意。"好，今天的会议就到这里。公交公司要抓紧行动，把各项措施及早落实到位。局安全科抓紧把情况整理一下，今晚上报市委市政府！"

领导们撤走后，马腾将各副经理留下，召开安全专题会。

"刚才的会议，大家都全程参与，我不想重复。我只强调一点：会议确定的几个重点要迅速落实。涉及到外部联系由我负责，涉及到内部安排，按照职能分工，各自抓紧行动。安全科和三个管理科要将所有驾驶员排出秩序表，原则每四十人一组，利用十个晚上完成安全知识讲座、反恐技能、急救技能和消防知识的初级培训，以后，每季度都要进行一轮这四个方面的演练，务必保持驾驶员这支队伍的素质过硬！"

智慧者的大脑往往都善于预感。就马腾而言，在会议上提出的四个安全防范重点,是他思谋已久的策略,而恰恰在省政府的通报这个节点上予以公开了。

公交公司的强军训练全面开始。从事公交车、校车的驾驶员共有四百四十多人,除了分两轮进行交通安全知识讲座之外,划为十一个组进行技能培训,每晚分设三个场地,分别进行不同项目的教练,整个队伍培训如火如荼,紧锣密鼓。

巡警大队训练场上空,高悬着明亮的射灯。灯光下,每十人一组围成"口"字形,这些寻常只会驾车的汉子们手持橡皮棍立正站立着,俨然新入伍的战士。

巡警大队的教官站在中间,手持橡皮棍训道:"反恐,是一个正义的行为,我们的技击对象就是恐怖组织,这是正义与邪恶的较量!首先,我们在性质上占了优势,只要坚定信心,就已经取胜了一半!"教官挥起橡皮棍,带起"呼呼"的声响:"但是,反恐还需要具备一定的能力和技巧。"教官勾起了雄健的胳膊,大臂处隆起壮实的肌肉,"能力,需要我们日常的刻苦训练,需要积蓄必备的力气,"教官复挥舞橡皮棍,劈、扫、击、勾、勒,各种技法浑然一体,显得十分娴熟,"这就是我们需要掌握的技法,是将我们的能力与器械配合使用的一种技巧。同志们,大家要记住,我们是正义的化身,是人民的卫士,只要我们掌握了技法,就能无往而不胜!"

在教官的示范下,这些汉子们一招一式地学练起来,"哼哈"的叫喊声划破夜空。

公司旁边的停车场上灯火辉煌。北部,整齐地停放着六十多辆公交车,南边腾出好大的一块空地。空地上,一字排开站立着四十名公交驾驶员,每人手中都操持着一只灭火器。武警消防队教官在训话:"同志们,火灾,是常见的安全事故,尤其在公交车上,一旦失火,将会造成巨大伤害,我们不能掉以轻心,更需要掌握灭火技术。通常的灭火方法有水、沙灭火,但是电起火千万不能用水浇灭。在我们的公交车上,不可能常备水和沙,只能使用灭火器灭火。下面由我传授灭火器的使用知识!"

掌声四起。

教官继续讲道:"灭火器的种类很多,按其移动方式可分为手提式和推车式;按驱动灭火剂的动力来源可分为储气瓶式、储压式、化学反应式;按所充装的灭火剂则又可分为泡沫、干粉、卤代烷、二氧化碳、酸碱、清水等……"

听着教官那极其专业的讲解,驾驶员队伍中一片茫然,窃窃私议。

"教官,我们使用的是哪一种?"胡海川问。教官说:"现在大家手中的和公交车上准备的,都是手提式干粉灭火器!"

"教官,那就直接讲解这种灭火器吧!"

"好,那我就解释一下干粉灭火器的使用方法!"教官拿起灭火器,一边演示,一边解说:"灭火时,携带灭火器快速奔赴火场,在距燃烧处五米左右,放下灭火器,选择在上风方向喷射。操作时,应一手紧握喷枪,另一手提起储气瓶上的开启提环。先将开启把上的保险销拔下,然后握住喷射软管前端喷嘴根部,另一手将开启压把压下,打开灭火器进行喷射灭火。干粉灭火器扑救可燃、易燃液体火灾时,应对准火焰根部扫射。如被扑救的液体火灾呈流淌燃烧时,对准火焰根部由近而远、并左右扫射,直至把火焰全部扑灭。"

地面上，一只巨型的铁盆里骤然起火，火势迅速蔓延，腾着火舌。教官操起灭火器麻利地喷射，眨眼间，熊熊大火即被窒息。

继而，火势再起，教官命令："从排头开始，每人演练一遍！"

吕明德是第三个上场。此时，老天刮起了西北风。面对火焰，吕明德操起灭火器就近在南边扫射。教官喝道："不要命啦？选择上风头扫射！"

吕明德几个颠步，跳到西北方向，稍事扫射，火焰即刻泯灭。

铁盆里的火焰腾起，覆灭，再腾起，再覆灭。

四十人的团队轮试一遍，教官说："下边我给大家讲一下灭火器的保存要求。公交车的灭火器应放置在驾驶座后边，方便我们随时取用。灭火器要保持干燥通风，防止受潮和日晒。灭火器的各连接部件不得松动，喷嘴塞盖不能脱落。我们必须经常对灭火器的完好状况进行检查，就像每天进行车检一样。如果使用一次，过后必须进行再充装，保持状态完好！大家记住了没有？"

"记住了，谢谢教官！"狮子般的吼叫。

公司的五楼多功能厅里却显得比较文雅。会场内的桌子全部靠边垛起，唯有中间有两张桌子。红十字会的专家与助手站在中间，四十名驾驶员和公司的员工们围拢在周边，认真地听讲。

"急救的应用范围较广，在家庭，在公共场所都用得上，特别是在公交车上，乘客中老年群体较多，经常会遇到突发情况，如果我们不懂得急救常识，往往会给治疗造成阻碍。"专家吩咐助手搬来模拟人，将其平躺在桌子上。"急救知识范围很广泛，今天重点给大家讲解公交车上的急救常识。在民间，对休克的应急方法多是掐人中，这是接通任督二脉的通用方式。但是，这种方法只限于轻度病症，而严重者，必须进行人工呼吸。人工呼吸，医学上称其为'心肺复苏，'"专家指着模拟人，"需要在胸外按压，按压的力度大家一会可以试一试，按压的频率应为每分钟一百次，但这个频率为单纯只进行胸外按压时的按压频率。在实际实施时，胸外按压应与口对口的人工呼吸结合进行，大体上每按压三十次，对口呼吸两次，直至患者接上呼吸为止。"

专家对着模拟人演示一番，之后，让每位驾驶员和员工都前来实际操作，直到找到感觉，记住要领。

"嘀，经常听人说'人工呼吸'，原来是这样！"驾驶员张子谦试过之后，感叹着。

"张哥，这个模拟人要是个女的就好了。"驾驶员孙虎逗着。张子谦眼睛一瞪："怎么，想媳妇来啦？"

公交公司的强军训练一直持续了两周，每天晚上都轮流进行，全体驾驶员虽然体力上有些疲惫，但全新的知识吸引着他们的极大兴趣，个个都神气十足。

校车演练在十六处服务学校同时进行，由公交公司、教育局、消防队及服务学校四家单位联合组织。

下午四点半，是各学校中小学生陆续放学的高峰期。西苑中学校园门前，停放着二十五辆整齐划一的校车，大大小小的孩子们在跟车老师的指挥下，麻利而有序地登上校车，规范地打上保险带。两个跟车老师一前一后地监护着孩子们。

突然，车队前边乌烟骤起，刹那间，火势汹汹，眼见就要蔓延到校车，车上的孩子们惊恐地抓住把手尖叫起来！

哨子吹响。各车的驾驶员迅速打开车门和后盖，后边的老师自后门跳下车，拉开车后的梯子，前边的老师命令道："同学们不要慌，车上有前后两个通道，前半部分的同学从前门撤离，后半部分同学自后门逃生！"

不到半分钟时间，各车上的孩子们紧张而有序地撤到校园内，排起整齐的队伍。

就在孩子们撤离的同时，驾驶员们操起灭火器扫向火焰，熊熊大火霎时熄灭。

在首轮技能培训结业的晚上，按照马腾的要求，公司里的全体管理人员全部到场。由于人员多，五百多名职工聚集在公司的大院里，排起整齐的方阵。

马腾与各位教官站在方阵前边的石阶上，算是临时的主席台。

马腾高声讲道："同志们，近半个月来，按照上级指示，结合公司的管理需要，我们集中时间进行了岗位技能强军训练，大家都很投入地参加，可谓收获颇丰。尤其是各位教官、专家，牺牲了个人的休息时间，为我们精心地授课，为我们的公交事业奉献着自己的精湛技能。借此机会，让我们以热烈的掌声，向各位教官和专家表示衷心的感谢！"

掌声惊动着周边的宿鸟。

教官和专家圆满地完成了首届使命，他们在持续不断的掌声中各自离去。

马腾回到石阶上，继续讲着："同志们，军人擦枪，农民磨镰，为的是提高效能。我们作为专业的服务队伍，也必须常规化地苦练本领，提升我们的服务能力和质量。我们的首届技能培训仅仅是苦练本领的序幕，今后要长期坚持下去，不仅驾驶员队伍要苦练，连同公司的管理人员也要苦练，要把岗位练兵作为内功训练的重点持续抓下去……"

正当马腾讲得兴奋之时，手机响了，里边传来值班员尹小寒急促的声音："马总，不好了，久久发场站报告，那里发生不明原因的火灾！"

马腾的手机处于免提状态，方阵中足以听得清楚，人们立时慌乱起来。马腾眉头紧锁，抬高了声音："同志们，有紧急情况，久久发场站有火灾险情，那里有八十多辆公交车，还有废旧轮胎露天仓库，情况十分危险，必须迅速解除！"马腾钦点："杜金山！"

"到！"杜金山箭步跨出。马腾厉声喝道："作为分管安全的副经理，疏于管理，有无法推卸的责任！命令你立即启动应急预案，所有人员、物资必须在八分钟内运达，把损失降到最低！"

"是！"杜金山站到石阶上，威严地喊道："所有人听我命令！"继而点到："杨光！"

杨光麻利地出列："到！"

"迅速组织人员装运灭火沙，八分钟赶到久久发现场！"

"是！"杨光点了八人和两辆车，跑步离去。

"许万山、韩晓伟！"

"到！"许万山和韩晓伟出列。

"马上组织西车场的六十名驾驶员，各自带上车载灭火器，安排四辆公交车前来待命！"

"是！"许万山、韩晓伟撤走了方阵一角，跑步而去。

"万洁！"

"到!"万浩出列。

"组织十名员工,准备对受伤人员进行急救!"

"是!"万浩在公司员工中挑选着。

"全体人员听好,一会车辆过来,全部上车救灾!"杜金山桑子有些嘶哑。

约八分钟时间,杨光跑步过来:"报告,灭火沙装车完毕!"

几乎同时,四辆公交车疾速驶来,车门打开。

正当众人准备上车之际,马腾登上石阶,严厉的声音变得和蔼:"请大家安静一下,不要惊慌,这就是今晚的安全预警演练!"

职工们恍然大悟!许多人顿时瘫痪在地。

"马总,你……"杜金山已发不出声来,提了下裤子,将腰带紧了几扣。

这个实战性演练,马腾暗自策划了多日。对于今晚的行动,之前谁都不曾知晓,唯有马腾与尹小寒知道。

"同志们,我们之前的培训、演练,都是在有准备的前提下进行的,所有的应对措施,都是提前预设的。但是,在实际工作中,各类不安全因素随时都有可能发生。在这些不安全因素中,又存在着不可预料的情况,我们必须提前做好应对准备。火灾是无情的,也是不容拖延的险情,一旦发生火灾,不能单纯依靠消防队,我们自己必须具备自行解决的能力。在刚才的实战演练中,工作部署还算周密,沙子、灭火器、急救队伍、车辆等,基本能够应对救灾需要。但是,大家的应战速度还不够迅速,光准备时间就用了八分钟,还要赶往目的地,按照这个速度,十分钟都难以进入救灾状态。这一点,我们今后还要继续训练。好吧,大家都还饿着肚子,赶快回家吃饭吧!"

第二十九章　解析投诉查隐患
　　　　　对症施药治顽疾

　　市医院的站亭前站了十几人，人们都携带着大小的行李张望着。一辆323路公交车驶来，车厢喇叭播放着：

　　尊敬的乘客，请自觉文明乘车，不要将易损、易爆、易燃物品及宠物带进车厢，请自觉排队乘车，礼让老年人、残疾人和孕期妇女，遵守公共秩序，谢谢您的配合！

　　尽管喇叭里播讲着，乘客们依然争先恐后地涌向车门。杨光与万静身着黄色上衣，头戴标有"青年志愿者"的小红帽走向前来，一边指挥一边呼喊着："大家不要拥挤，车上有的是座位，请自觉排队！"

　　乘客们排起了长队。杨光与万静打量着每位乘客的包裹，她们无权开包检查，只能靠目测查找隐患。一位半百之龄的汉子手提着一只白色塑料桶，里边晃动着黄色的液体。

　　"大叔，你这桶里装的是什么？"杨光笑问。

　　"哦，是花生油！"汉子后边的女子抢着回答。听口音，这女子不是本地人。女子带着三件大包裹，两手提着，肩上背着，一副盛气凌人的样子。

"大叔，你这里边是花生油吗？花生油不会这么稀！"杨光仔细打量着那只塑料桶。

女子不耐烦地说："你这人也真是的，花生油就是花生油，这还有假吗？"

杨光目光盯着那个汉子："大叔，请你打开桶，我要检查。"

汉子转身看着后边的女子。女子挤过身来，挡住汉子，凶巴巴地对着杨光叫喊："怎么，想搜身，你有这个权利吗？"

正吵闹时，一位巡警过来，问："怎么回事？"

杨光示意那只塑料桶。警察未语，直接打开桶盖，一股浓浓的汽油味道立马传了出来。

"汽油，绝对不能带上车，这是规定！"巡警板起面孔。那汉子耷拉着脑袋，身后的女子却仰起脖子辩解道："汽油怎么啦？国家哪条法律有这规定？你以为你是警察，就可以信口开河？告诉你，我是北京人，京城大律师，这人是我爸，他不懂，可我懂！"说那汉子："爸，拿着桶，赶快上车，看他们能怎样！"

乘客们都围聚过来。警察夺过塑料桶，似笑非笑地说："这位大姐，请你自重。以后不要在广众场所说你是北京人，更不要暴露你的身份。这桶汽油你若是不自行处理的话，我立即没收，想带上车，没门！"

乘客们喝着彩：

"对，坚决不能让他带上车！"

"就是啦，要保证这一车人的安全！"

"北京人怎的啦？还律师，扫大街的也不是这素质！"

……

在众人的共同谴责下,女子掏出了电话:"喂,三舅,赶快到医院站亭来,他们不让带汽油上车!"

时过三日,市政府民情网上接到投诉,北京一女士反映:
11月3日,本人在市医院站点上车,乘坐323路公交车去往古山老家,途中,驾驶员服务态度极端恶劣,还漫骂乘客,有损儒山形象。

对于这份网络投诉,市政府高度重视,市长亲自批示,要求交通局抓紧核实,借此开展教育,对驾驶员进行处理。三日内,将整改情况报市政府。

投诉批示传到交通局,引起冯局长的关注,也作了批示,要求公交公司细查严处,借此开展整顿,两日内将整改情况上报市局。

面对市政府和市局的批示,马腾不敢怠慢,立即召开经理办公会,责成助理夏云菲调取当日的监控录像。

小会议室里的大屏上,显示着这样的全程录像:

北京女子与其父亲一起上车后,女子隐蔽地向投币箱里塞了两元钱。驾驶员吕明德提示说:小妹妹,你的钱交得不够,光两个人就得七块,还有你那些行李,至少占用两个人的位置,总共交十块吧!女子泼骂道:你们儒山是哪个政府领导的?这样欺负老百姓?说着,领着父亲往后边走。吕明德扭头说:你这人怎么这么不讲理?还差八块钱,赶快交来,我要开车啦!许是车辆待得时间太长,吕明德驾车起步。一路上,那位女子谩骂不停,车上的乘客都拿眼白着女子。吕明德说:小妹妹,你消停一会好不好?女子竟然站了起来,骂道:特别是你们公交公司,一个好东西都没有!到了古山镇时,女子说驾驶员:我的行李太多了,我家就住在北大街,你若是帮我把行李送过去,车费我就给你。吕明德说:对不起,我这是公交车，不能偏离线路跑车，车上还有这么多人！女子始终未补交票款，拿起包裹与她父亲一起下车，甩过一句：知道姑奶奶是谁吗？我是北京人，京城大律师！你等着，我会砸了你的饭碗！见那女子走开，车上人都纷纷谴责着。吕明德摇开车窗，狠狠地说：京城律师？简直是个强盗！说着，吕明德当着乘客们的面，从衣兜里掏出八元钱，塞进票箱。

看完录像后，经理们气得咬牙切齿。

"马总，这女子我认得！"杨光讲起了三天前在市医院站点发生的那一幕。

许万山气得发抖，说："马总，这是典型的恶人先告状！我早就说了，投诉不都代表着正义，有许多投诉都有类似情况。遭到投诉的驾驶员不一定都有过错，没遭投诉的驾驶员反而有工作不负责任的嫌疑！"

一向少言寡语的韩晓伟心情沉重，建议说："马总，就这件事，咱的驾驶员无过错。我建议，把这个全程录像上交给市政府，让市长裁决！"

"对，让市长裁决！"其他与会人员也都跟了起来。

面对义愤填膺的班子成员们，马腾实难拿捏。"小夏，有没有从未遭投诉的驾驶员？"

夏云菲说："有，大约有五六十人。"

马腾吩咐："你调取其中一人的一趟行车记录，马上去办！"

夏云菲出去后，马腾喘了口粗气，说："从刚才的那段录像中，我也按捺不住气愤。但是，咱是专业的服务队伍，应当懂得如何去化解矛盾，不能火上加油。譬如在监票环节，那个女子采取隐蔽式的交款，这说明，此人有着习惯性的逃票经验，她交了多少谁还看到？这就是她的狡猾之处。在这种情况下，吕明德应当回放一下监控录像，让她心服口服，正常情况下，这女子不会再闹下去。如果她继续闹腾，就将录像播放，让车上的乘客都能看到，众人自有公论。第二点，不管这个女子是否是北京人，或者是京城律师，在他下车之后，可以采取不理睬的方法，而吕明德却回敬了一句，这可能是引发'恶人先告状'的真正动机。既然咱引起了投诉，政府和市局领导都作了批示，咱必须要有个交代，不能拿一段录像去交差，那是不负责任的态度。我的意见是，借此机会，归纳一下近期所有投诉，对全体驾驶员进行一次'提升素质，增强艺术，更新理念'的教育讨论活动，多从自身找原因，树立一个理念：凡是遭到投诉，必定有我们自身的不足。关于老吕，由分管经理进行个别谈话，既要肯定成绩，譬如，自己替那女子垫付差款，同时也要找出不足。总体看，老吕这人进步很大。找他谈话，要讲究艺术，不能挫伤他的积极性。杨光负责将整改情况和录像带一并上报市局。"

夏云菲回来了，将U盘插入电脑。大屏上显示出这样的画面：

年轻的驾驶员周晓天驾驶208路车行驶至邮政站点，上车乘客十二人，有八人打卡，另四人中有二人投币，二人只在票相处晃动了一下，与周晓天打着招呼坐到后边。未投币的这二人虽然动作隐蔽，而在驾驶员位应当看得清楚。车辆行驶到市南站，有三人下车，却上来八人。这八人中有五人刷卡，另两人与一位年轻女子是一起的。只见这女子笑向周晓天招呼：周哥，辛苦啦，这是我爸妈，去我大舅家。这三人带了几个大型包裹，根本没有投币之意，直接坐了下来。车辆继续行驶。坐于驾驶位后边的一位老汉，与周晓天搭腔：师傅，开车多长时间啦？周晓天说：不到两年。老汉问：一月能挣多少？周晓天回答：挣钱不多，倒还可以，现在俺是挣月工资，不管有客没客都是一个样，我们只管开车。到了益天小区，那姑娘三人下了车，招呼道：周哥，谢谢你，下次再见！"

看完录像，经理们谁都没了表情。马腾自语道："原来还有这样的驾驶员。这不仅仅是不负责任的问题，更涉及到假公济私！"遂问万浩："能查到这辆车的单车收入情况吗？"

"能！每辆车都有单独的收入和消耗台账。"万浩转身出去，一会儿抱来几本台账，打开翻着。"在市区至银滩的线路上，周晓天的车每月收入最少，低于平均收入的百分之二十。"

"这样的情况有多少？"马腾复问。万浩说："每条线路上都有，约占五分之一。"

马腾沉下脸来。自从实行公车公营以来，驾驶员实行工资制，在对驾驶员的教育培训上，只注重了安全和服务，而忽略了对企业效益观念的培养，空车运行、跑冒滴漏现象越来越严重，这本身就是决策者和管理者的严重失职。这些问题，在公交车上反映突出。校车，虽然有固定的客源和固定的收入，但在消耗上仍有好多文章可做。细化管理，是当务之急！

"政策，是一种软武器，它可以改变一个群体的行为。实行公车公营以后，对驾驶员执行工资制，这使得一些人误认为是回到了当年的大锅饭状态，所以助长了人浮于事、碌碌无为的不良风气。要改变这种局面，首先必须改变咱们的政策。"马腾说杨光与万浩："驾驶员的工资制度必须改革，办公室和财务科要迅速拿出方案。基本思路是：以驾驶员现有工资水平为基数，将收入和消耗两个增减系数计入，构成效益工资，每月一考核，次月兑现。"

对于马腾的思路，各副经理都表示赞同。

"可否将其他因素一并加入？譬如拾金不昧、见义勇为等。"杨光建议。马腾说:"这些不确定的因素不能纳入工资范畴。可以设立单项奖励和单项处罚,按季度兑现。临近年底了,今年咱要认真筹划年度总结大会,搞好各层面的评选,大张旗鼓地进行表彰,弘扬正气,树立新风。"

"马总,还有一个问题,"杨光说:"在这之前,都是针对驾驶员队伍采取的一系列措施,而对公司管理人员的监管力度相对不足。"

这是一个触动高层管理群体的敏感问题,众人将奇异的目光聚向了杨光。马腾扫视着大家的表情,试图等待着大家的说法,却谁也没有发表意见,场面沉寂了下来。

"杨光,你点到了问题的实质,"马腾说:"在工厂里,都把生产机器的机器称作'生产母机'。对'生产母机'的要求很严格,如果母机自身不合格,又怎能生产出合格的产品来?先前我也曾说过,一把尺子,如果其本身长了或者短了,就无法去衡量其它的东西。打铁先得自身硬,尤其是咱们在座的各位,都是管理人员的管理者,更需要加强自身建设。前段时间,咱们制定了一系列规章制度,这是整个公交系统的行为规范。针对管理层面,我谈两个意见。其一,落实岗位责任。将整个公司的职责和年度工作目标分别落实到每个副经理,再按照分工,逐层落实到各科室和个人,实行定岗、定责、定工作目标、定考核办法的'四定'责任制,从明天开始,大家都要着手考虑,拿出初步方案,一周内,提交办公会讨论,年前完成方案,新年度进入实施。其二,运作全系统的岗位大练兵活动。在公司层面,可以组织点钞比赛、电脑文字录入比赛等,在各车队,开展增收节支大赛。在修理厂,组织维修技术大比武,等等,形成比学赶帮超的新氛围!各分管经理抓紧运作,近几天就要拉开技术大比武的序幕!"

第三十章　滥竽充数时日尽
　　　　　技术比武见状元

　　校车管理科里，四个人都趴在电脑前，各自在埋头忙碌着。敲打键盘的声音，不亚于向簸箕里倾倒豆子。按照经理办公会的部署，一周内要完成岗位"四定"方案，而一百四十多辆校车的所有管理职能都落在这个科，并且还要负责公交车和校车的保险事宜。科里只有四人，每人都要身兼数职。作为分管经理的胡新成必须拿出主导意见。

　　"你们仨的岗位考核弄得怎样了？"胡新成未抬头，像是对着键盘说话。

　　女工小徐说："胡经理，对俺这些的考核还是你定为好，让俺自己定不严肃吧？"

　　胡新成依旧在敲打着键盘："怎么，给你们民主的权利还不会用？都把自己的分工、职能详细列出来，逐条确定工作标准，再从公司的角度，拿出具体的考核扣分标准，就像你在考别人。"

　　"嗨，木匠做枷、伽木匠！不过，自己给自己定任务、定目标、定考核倒也可以，就是考核的尺度不好把握。"一直埋头不语的小陈嘟囔着。胡新成抬起头来，笑道："不习惯吧？这是给你们权利，是民主。至于扣分的尺度，不是还要集中吗？"转而说："小张，那批校车到了年审期，赶快汇总情况，报上去！"

小张还在敲打着键盘，说："胡经理，这几天就要参加打字比赛了，就我这功底差距太大啦，我不想给咱科里丢人。"

胡新成停下手来，"打字比赛，是为了提高工作的技能，都是以促进工作为目的，咱不能耽搁了工作，可以结合工作去练习。"

小张也停下手来，拿着一本台账出去了。

交通指挥中心的大厅里聚着好多人。东墙的大屏上显示着红色字幕"儒山公交电脑文字录入技能比赛"。

尹小寒将八台电脑调整成统一格式，进入应赛状态。电脑桌上，各自摆放着序桌牌，从一号至八号。六位副经理聚在一起，调对着手机上的时间，胸前带着"评委"的蓝色牌子。

杨光招呼道："各位选手，请过来抽签，确定次序和桌号！"

十二位选手纷纷前来抽签，签子上写有序号和桌号。

杨光命令道："个人拿好自己的签子，一至八号选手进入赛场，其他选手到候考室待命！"

前八位选手各自坐于电脑前，评委们开始发放试卷。

这份试卷，前边是参赛的基本要求，后边是一段文字。选手们仔细地阅读着卷子。

"各位选手，各位评委，比赛现在开始！"杨光发出命令。一时间，大厅内犹如大棚遭遇了冰雹。

全部比赛结束后，杨光现场公布了比赛结果，林慧燕独占鳌头,以七分零十秒时间、准确率百分之九十九的成绩荣获第一名,选手们都兴高采烈地为她祝贺着。

打字比赛刚刚结束,评委们原班人马迅速撤到点钞室。

点钞室里,女工们都在跃跃欲试。墙壁上悬挂着横幅"儒山公交首届点钞技术大比武"。

本次技术比武,分为专业组和后勤组两个小组分别进行比赛。点钞室的全体职工按照日常分工参加专业组比赛,后勤组由公司的女工自愿报名参赛。比赛项目有两项,理钞和点钞,均使用一元面值,时间五分钟,比赛数量和准确率。

随着杨光"开始"的命令,选手们迅即进入操作。赛场内静得出奇,唯有"刷刷"的声响。

"时间到!"杨光喊停,赛手们个个额头都沁着汗珠。评委们现场汇总比赛结果。数字显示,所有赛手点钞、理钞准确率均达百分之百,唯有数量的差别。

杨光宣布:"经过激烈的比赛,专业组张伟伟以票款四捆零三十张、准确率百分之百的成绩,获得理钞第一名;专业组田思思以六百二十二张、准确率百分之百的成绩,获点钞第一名!"

室内响起掌声。一位女工说张伟伟:"张姐,你好能啊,平时不起眼儿,比起赛来倒是麻利!"

张伟伟擦着汗,拿眼瞪着:"怎么,还不服?不服咱俩再试一遍!若是平时总像这个样子,那我还不得累死?"

杨光喊道:"谁要是不服,今后有的是机会,下次见分晓!下面进行业余组比赛,请公司的赛手做好准备!"

上午,汽修厂的专业技能大比武活动开始。参加本次比赛的选手共七人,比武项目共有两个:车辆四轮保养比武赛手四人,电路故障排除赛手三人。

"首先进行车辆四轮保养比赛,请各赛手进入比赛场地!"杨光发出命令。

四位赛手各自站到一辆待检的车辆旁。

"好,比赛开始!"

随着杨光的号令,四名选手动作迅速,操作娴熟,取下车轮胎后仔细完成了轮胎气压检查、轴承损伤检查、刹车片磨损状态检查和刹车蹄铁轴锈蚀程度检查,同时对查出的缺漏予以修补,每个环节都校验无漏。经过紧张的赛程后,评委们汇总了赛况。杨光宣布:"第一轮车辆四轮保养比赛,于江同志用时五分三十秒,获得本项比赛第一名!"

于江,是韩晓伟当年从私家汽修厂里挖来的人才。韩晓伟紧紧抱住于江,鼓励说:"小家伙,有魄力,继续努力!"

四辆接受保养的车辆驶出车间,紧接着三辆公交车又驶入检修位。

杨光发令:"现在开始进行第二轮比赛:电路故障排除。请各赛手入位,各评委做好准备!"

三位赛手各自站到一辆车前,身后跟着一位评委。

"比赛开始!"

随着杨光的口令,三辆还在怠速状态的公交车陡然熄火。

这是一项难度较大的比赛。车辆突然熄火,潜在的原因有很多,如何在最短的时间内查出原因,排除故障,不仅要有娴熟的技术,还要有丰富的经验,一旦判断失误,将会延长比赛的时间。三名选手都凭着自己的判断开始寻找切入点。老修理工段美杰上车后，第一时间打开保险总盒，用试灯测试启动保险，发现启动保险正常。紧接着又检查启动继电器，结果启动继电器也完好，初步排除了启动控制线路的故障可能，随后又测试启动输出电路，发现断路，即判断为启动输出线路至启动机部分断路。段美杰在判断与维修的过程中几乎没走弯路，以八分钟的时间完成了整个故障排除，获得本组比赛的第一名。

经理办公会。杨光汇报了电脑和点钞技术大比武情况。马腾说："开展技术大比武是一项很好的活动。咱公司里年轻人多，有活力。过去在农村的生产队里，休息的时候，年轻人都喜欢展示自己，掰手腕、拔掌，能形成一股向上的氛围。在比武中，不怕不服劲儿，这样能促成竞争意识，今后要继续坚持下去。大家都要广开思路，拓宽比武的渠道，在范围、规模、项目及方式上不断变换形式，让职工们有新鲜感。好，今天咱重点讨论一下岗位考核细则。"

杨光将一些厚厚的本子发给大家，解释道："这是各科室自定的考核细则，我又理顺了一遍，全部装订起来了。"

马腾翻看着，眼花缭乱。"这样吧，既然都整成初稿，大家都带回去慢慢看，各自提出修改意见。要注意两点：第一，公司整体的职能不能漏掉；第二，扣分标准、份量要尽量统一。三天之内，都将修改意见报给杨光，办公室负责整体的修改。成稿后，返回职工队伍中进行讨论。"

副经理们刚刚离开，徐丹敲门进来，手里拿着一张《儒山市报》递给马腾："马总，你看，这上边又有咱的稿件！"

"登篇稿子有什么？"马腾不以为然。徐丹翻开第二版，一个通讯题材的标题引起了马腾的关注——《公交线上份外事》。

这是一篇综合报道，文中有三个分标题，记述着公交公司发生的几件趣事。马腾仔细看过，说徐丹："小徐，你的普通话讲得很好，你把这篇稿子熟悉几遍，到时候在会上播讲。"

徐丹善于演讲，这是个展示自我的大好机会，爽快答应："行，马总，没问题！"转身欲走。马腾说："你把夏云菲叫来！"

夏云菲敲门进来，马腾将那张报纸推过去："小夏，你看看这篇报道，很有特点。自从召开驾驶员经验交流会以后，这支服务队伍转变很大。仲秋节过后，锦旗、表扬信纷至沓来。这种迹象表明，在驾驶员队伍里已经形成了相互竞争的氛围。驾驶员们的这种竞争向上的风气应当向公司管理层渗透。"

夏云菲粗略地浏览一遍，说："是的，这些事迹确实不在公交服务的职责范围，很感人，大多数驾驶员都进入了真诚服务的状态。"

马腾踱着步，吩咐说："小夏，你把这几码事的监控录像调出来，下周一在公司职工晨会上播放，一边播放实况，一边由徐丹解说，让公司的全体管理人员受受教育。"

"需要整理吗？"夏云菲问。马腾说："不用整理，把报道的内容反映出来就行了，原汁原味。"

"行，我马上去办！"夏云菲刚到门口，马腾补充道："告诉徐丹，那第一个小题目的内容就不用讲了，其它的都要做好准备。"

第一个小标题是"仲秋节晚夜的特惠'的士'"，说的是仲秋节晚上马腾为外翻学院的那个女孩急中送救的事迹。夏云菲说："马总，这个题目很有特性，这不仅仅是反映你个人的事，也反映了咱公司的服务理念。"

马腾沉思片刻，说："也好，不过要从公司的整体去解说，不要提及我的名字。"

第三十一章　晨会唱响主旋律
　　　　　典型激励大后防

　　腊月的早晨,太阳迟迟不愿离开温暖的地平线。时至七点半,才见晨曦东升。而公司的五楼多功能厅里,六十多名员工已排坐成方阵,马腾与副经理们坐在主席台上。

　　经理助理夏云菲走上主席台,站在左侧,主持道:"尊敬的各位领导,亲爱的工友们,大家早上好!今天是儒山公交公司第三十七期员工晨会,请全体起立,共唱儒山公交之歌!"

　　台上台下都肃穆站立,大屏幕徐徐落下,随着音乐前奏,大屏上跳出醒目的标题——和谐的旋律。

　　　　暮送晚霞,朝迎日出
　　　　我们每天奔波同一段路
　　　　迎来送往,忙忙碌碌
　　　　我们每天都有新的幸福
　　　　以人为本,热情服务

车厢之内洋溢欢声笑语
无私奉献,春风化雨
心系百姓我们不言辛苦
无私奉献,春风化雨
心系百姓我们不言辛苦
乘客的需要就是我们的任务
百姓的赞扬就是我们的荣誉
我们用文明擦亮城市的窗口
我们用真情谱写时代的旋律

无论风雨,无论寒暑
甜美的微笑让春天永驻
扶老携幼,热忱帮助
我们始终保持和悦态度
学习创新,永不满足
团结开拓挖潜天天进步
遇到困难,从不上交
苦练内功我们把缺点克服
遇到困难,从不上交
苦练内功我们把缺点克服
乘客的平安就是我们的心愿
百姓的期盼就是我们的祝福
我们用真诚描绘流动的风景
我们用爱心唱响和谐的旋律

乘客的平安就是我们的心愿

百姓的期盼就是我们的祝福

我们用真诚描绘流动的风景

我们用爱心唱响和谐的旋律

……

一曲大合唱，使会场内充满了勃勃生机。

"请坐下！"夏云菲主持道："今天的晨会，请大家共同收看来自市报的报道，讲的是公交线上的几件特殊事迹，请大家注意收看！"

大屏幕上显示主题：公交线上分外事

徐丹播讲：

在国家提出"公交优先发展"的号召下，儒山率先实行了"城乡公交一体化"改革，实现了公车公营，名列山东省四个示范县之一。实行新的体制后，公交公司自我加压，不断深化管理，干群们把满腔热忱都撒向为民线上。

大屏幕上显示第一个分标题：仲秋节晚夜的特惠"的士"

继而，是徐丹的播讲与屏幕显示画面：

仲秋节的晚上，时至深夜，大街上已罕见行人。东方大厦前面的马路上，一个小女孩在独自徘徊，惶恐不安……

职工们都在聚精会神地观看，万静悄问旁边的林慧燕："这不就是八月十五那天晚上你跟随马总下乡经历的那件事吗？"

林慧燕未转头，嘴里悄说："嗯，是的。"

万静说："后来传了好几个版本。"

林慧燕拐了一下："你注意看，这个才是正版的。"

公交公司在本职之外救人所急的义举，深深打动着外翻学院的师生们。几天后，一封热情洋溢的感谢信便投向时任市长薛文广手中。

屏幕上显示第二个分标题：没有警灯的救护车

公交车本来是运载乘客的工具，而自从公车公营后，公交车勇救危急病人的事迹屡屡发生，被百姓称为"没有警灯的救护车"。

10月19日下午5时许，轿顶山村的中年男子赵成刚手捧锦旗来到市公交公司，专程答谢公交司机丛海涛。

两天前的下午，赵成刚的母亲自轿顶山乘坐359路公交车去往县城。老人上车不久，突然感到腹部阵痛，像是内急，曾两次要求司机停车小解，丛海涛耐心地满足了老人的要求。当行至车道西时，老人腹痛加剧，实在支撑不住了。看着病危的老人，丛师傅首先想到的是向120求救，可是人命关天，时间来不及了！丛师傅征得车上乘客同意后，发挥他那老驾驶员的娴熟技能，加快油门，疾速赶往市区。未曾想，途中两次遇到红灯，且时间都很长。丛师傅见过往车辆不多，打开"双闪灯"，瞅准时机闯过红灯，直接把老人送到市医院。经检查，老人患肾结石，并伴发肠穿孔。由于抢救及时，老人脱险了。

晚上下班后，丛海涛还特意去医院看望这位无亲无故的老人。医生不解地问："你为了抢救别人，竟然两次闯红灯，你知道这是要扣分罚款吗？"

丛海涛笑说："我是老开车的，这个规矩还是懂的。当时，我也是迫不得已。在抢救人命和扣分罚款之间，我只能顾及人命，以后也会这样。"

无独有偶。10月25日清早，时年57岁的李先生在市人民医院站点乘坐111路公交车返回盘石镇崔家沟老家。车辆行驶途中,李先生忽然感觉全身乏力,浑身冒汗,根据以往经验,李先生觉得自己可能是低血糖的症状。三四年前,李先生就被查出糖尿病,低血糖现象时有发生。李先生吃下随身带的糖果,但身体并没有明显的好转,他暗自艰难地支撑着。

当车辆行驶到盘石镇大桥附近时,李先生感觉自己的双腿已不听使唤,全身发麻,一种不祥之兆袭扰着他。"师傅,我上来低血糖了,实在撑不住了,能不能行行好,赶紧送我到医院?"

驾驶员孙虎听到求救,心里出现过短暂矛盾:按线路规定,这班车不经过盘石镇医院。看到李先生蜡黄的面庞和煞白的嘴唇,孙虎起身与其他乘客商量后,果断地改道行驶,加速赶往盘石医院。

李先生被送到医院时,虽然大脑还算清醒,但是整个身体都不受支配了。医生说,只要再晚来一分钟,病人恐怕就很难挽救了。

张一弓悄说杜金山:"这一边是做好事救人,一边是违规闯红灯,这事将来怎么处理?"

杜金山说:"我也不知道。不过还是先救人要紧,起码我这样认为。"

屏幕上显示第三个分标题:"公交"牌消防队

11月2日下午3点许,362路公交车驾驶员高曙光将车停靠在古山镇西井口村终点站,在整理着车厢内卫生。突然,传来喊叫声:"不好了,果袋厂起火了!"

古山镇,是儒山市的主要苹果生产基地,果农使用的苹果套袋主要源自西井口的果袋厂。这个季节,苹果刚刚出园,果袋厂正在生产储备来年的果袋,仓库里装满了成品果袋、纸箱和生产原料。孰料,仓库墙上的电表箱起火了,火花四溅、浓烟弥漫,散发着刺鼻的塑料烧焦的味道。

这是极其危险的一幕。一旦引发火灾，这条街道的变压器也将随之爆炸，不仅厂子受损惨重，还将殃及周边的居民！

高曙光扔下手中的笤帚，抄起车上备用的中型灭火器，火速冲进果袋厂。

高曙光跑到仓库前，见几个工人都端了盆水跑来，急忙喊到："你们都疯了，电起火不能用水泼！"。此时，老板娘也叫喊着跑过来，拿一根一米多长的木棍，想去拍打。高曙光喝道："都别动手，我来吧！"他迅速地摇晃着瓶体，除掉铅封，拔掉保险销，左手握着喷管，右手用力按下压把，朝着火点喷射。只一会儿，刚刚燃起的大火被扑灭了，一场难以估量的劫难被遏制了。

高曙光是临时调换的替班司机，西井口村的村民都不曾认识。看着这素不相识的救命恩人，老板娘拿出一沓钱，表示感谢，被高曙光婉言拒绝。村民让恩人留下姓名，高曙光风趣地说："不用记名，我是'公交'牌消防队的！"

……

播放完毕，马腾走上主席台，心情显得很沉重。"刚才的录像和实际报道大家都看过了，不知道大家对这几件事情怎样评价？我想谈谈我个人的看法。在我们的规章制度里面，把遵守交通法规作为驾驶员的基本要求，把按线路、站点行车作为一项硬性规定。但是，在特殊的情况下，应当分清轻重缓急。譬如，驾驶员丛海涛，在面临着救人生命与违章这对矛盾时，他果断地选择了救人，这反映了一个人的品质。丛海涛视乘客如亲人，不仅冒着扣分罚款的风险去救人，而且在下班以后，又去看望素不相识的乘客，试想，这种品质有多少人能够具备？这不是在作秀，而是一种真情实感，是对'服务百姓'涵义的真切理解!"

会场内响起了激烈的掌声。马腾继续讲道:"驾驶员孙虎,在遇到乘客病危的时候,先征求车上乘客的意见,果断地改变路线,为乘客争取了'提前一分钟'的抢救时间,保住了一条人命!同志们,'为民'不紧紧是一句口号,而是要转化为行动。如果说丛海涛和孙虎的事迹是因为发生在公交车上,那么驾驶员高曙光勇扑烈火的事迹又当如何解释?本来高曙光正在停车休息,果袋厂起火与公交车毫不相干,可高曙光硬是在发现火情时挺身而出,他为的是什么?这就是实实在在的'为民'!虽然我不提倡大家去违规,但是,在'为民服务'这个节点上,大家都可以灵活处理,看我们的'违规'到底值与不值。只要我们力所能及的,'为民'不能分为'分内'与'分外'!"

又是一阵强烈的掌声!

马腾有些激动:"我提议,就上述事迹,可以在公司层面开展一次大讨论,大家要仔细查一下,我们作为管理人员,自身的观念与素质是否已经滞后于驾驶员?今后应当怎样做?对于上述的丛海涛、孙虎、高曙光等获得锦旗表扬的同志,公司将在年终给予精神鼓励和物质奖励!"

公司晨会刚刚结束,徐丹兴致勃勃地回到办公室。尽管此前她与孙虎有过戏言,但对于老同学孙虎的变化还是感到一种难以言表的喜悦。徐丹不由自主地操起了电话:"喂,孙虎,祝贺你!什么?晚上?行,那今晚我请你吧,东城烧烤!"

杜金山、许万山与驾驶员丛海涛一起来到交警大队交通违章处理中心,欲协商闯红灯的违章处理事宜。柜台内的年轻女警点开电脑，调出了连续违章记录，板着面孔问："有驾驶证和行驶证吗？"

丛海涛拿出了两个证件。女警厉声训道："公交车闯红灯这还是第一次遇到。看你这人也不像是愣头愣脑的人，喝酒了吧？"

杜金山与许万山刚欲辩解，女警扔过白白的眼神："对不起，罚款四百元，扣十二分，驾驶证作废，重新参加学习！"瞬即在电脑里打出违章处理单，独将行驶证递过来。

"同志，他这情况很特殊，是为了救人……"杜金山还在辩解，女警冷冷地说："我不管什么原因，你这不是救护车，救什么人？还连续两次闯红灯！"

"同志，事情要区分对待嘛！"许万山拿出录像U盘。女警白了一眼："同志，不要心存侥幸，处理违章天经地义，想区分对待找我们头儿去！"说向后边："下一个！"

杜金山三人吃了闭门羹，还被扣了驾驶证。"走，找他们大队长去！"许万山抽身先自出去。

交警大队的姜队长与许万山有过旧交，一副慈眉善目的样子，热情接待着三位。

"姜队，俺这次违章实在是迫不得已，都是为了救人。"许万山拿出录像U盘："不信，你看看录像，这是现场情况！"

姜队长没接U盘，歉意地说："许经理，这事我早就知道了，市报上有过报道。不过，情是情，法是法，这是两码事。你这是公交车而不是救护车，真是对不起了。"

杜金山转身出去了。杜金山发现事情难度很大，便打电话请示马腾。马腾说："你仨先在那等会儿。"

不一会儿，姜队长的手机响了，是新上任的公安局副局长安民打来的，指示免于处罚。

"安局，这事若是免于处罚，审批手续很麻烦，史无前例呀！"姜队长提示。安民说："局长那里都答应放行，还有什么麻烦？人家公交公司都能为了救人而不惜违章，咱们公安怎就不能为救人开放绿灯？你只管把录像资料收下，其余的我来办理，出了问题我负责！"

姜队长递来笑容："两位经理，你们的舍己救人的精神可敬可佩！这样吧，把这个U盘留下来，免于处罚。"遂拿起电话："喂，把刚才扣留丛海涛的驾驶证送过来，马上！"

第三十二章　电子眼洞察秋毫
　　　　　　　贤内助构筑防卫

　　杨光抱着一摞子资料来到经理室,兴冲冲地报着喜讯:"马总,咱申报的省级文明单位批下来了,这是目前咱取得的最高荣誉!"遂将一支钛金匾额拿过来,双手擎起来展示一番,又拿来一份文件,"这是省文明办的表彰决定,市文明办给复印了一份。"

　　作为一个县级企业,获得省级文明单位当是无上荣耀。马腾拿过文件翻看着,欣然说:"你看,咱全地区新增文明单位只有两个,凤毛麟角,这份荣誉来之不易呀!"

　　杨光又拿来一份表:"局里政工科来电话,说是市委领导推荐给你的名额,要求今下午下班前上报。"

　　马腾一看,是省"富民兴鲁"劳动奖章推荐表。马腾明白,这份荣誉,相当于省级劳模,一旦获得,有着优厚的待遇。"小杨,你问一下,今年有没有集体荣誉?这个奖章虽然档次很高,但那是个人荣誉。公交公司的发展,是全体职工的共同成果,不能突显我个人。"

杨光掏出手机拨打着:"喂,孙科,马总问有没有集体荣誉,要是有的话,把他的个人荣誉替换一下!"

对方语气很坚定:"这个名额,咱地区总共才两个,市总工会费好大劲儿才争取到的,市里戴帽给的,没有调整的余地!"

马腾叹息着,摆摆手。

杨光又拿出一本资料,是监控室的监控记录。杨光翻开记录簿,指着其中的一页:"马总,你看这个。"

马腾凝神一看,上边有这样的记述:

12月16日上午9:36,308路车驾驶员周晓天驾车行驶到张家夼路段时,为躲避前方对行车辆,公交车右打方向过度,右侧车轮陷进路沟,车上乘客一片慌乱惊喊,多亏路沟较浅,未造成事故。经查,周晓天在驾车中连连打哈欠,有夜间休息不足之嫌,建议进一步查明原因,杜绝后患。

马腾那兴奋的表情阴郁了下来,问:"类似的情况多不多?"

杨光又翻开几页:"这里也有。"

马腾叹息道:"看来对驾驶员的业余生活也应该监控一下。没有充足的休息,就必然存在着安全风险。"马腾捏着眉头,闭目凝思着,说:"这样吧,临近新年了,咱利用新年之际召开一次驾驶员家属座谈会。咱的驾驶员长年累月忙于岗位,家属们的后方支援功不可没,组织她们座谈一下,通报情况,征询意见,建立隐形后防长城。"

组织家属座谈会,此前杨光与马腾曾经沟通过,当是一项良策。只是驾驶员队伍庞大,有四百多人,五楼的多功能厅里也只能容纳二百余人,如何组织?"马总,咱分期组织还是选派代表?"

马腾说:"考虑会议室的容量,还是选派代表吧,通知各车队组织家属代表参加会议,总人数控制在八十人左右。以后在每年的三八节、母亲节期间再轮流召开。"

召开家属座谈会,在公司是一个新事物。面对众多的驾驶员群体,各个车队无法指定,只好让驾驶员发动家属自愿报名参加。

车队的通知下发后,引起了驾驶员队伍的极大不安。这些年来,驾驶员们的业余生活各不相同,小聚喝酒、打牌或其它,都引起了家属的极力反对,一旦让这些内当家的聚到一起,相互交流,后果自会很惨。而令驾驶员们更加担忧的是会暴露出自己的收入情况,因为多数驾驶员每月的工资都未全额上交,私房钱将会露陷,因而,驾驶员们谁都没有报名的,却以家属没时间为由,拒绝报名。

作为车队的队长们心知肚明,没办法,只好指名点将地下达死命令,费尽周折才凑足了八十人。

元旦前夕,公交公司的五楼多功能厅里好不热闹,寻常的会议桌被排成"回"字形,周边坐满了人。主席台的大屏上滚动播放着标语:"儒山公交元旦驾驶员家属座谈会""驾驶员家属辛苦啦""心连心,手拉手,共铸公交安全后防长城""有了您的奉献才有公司的辉煌"等等。

会议桌上,摆放着糖块、瓜子和茶水,家属们都拘谨地坐着,相互之间多是陌生的面孔。六个副经理都在忙于服务,分糖块,续茶,场面虽嘈杂却又有些冷淡。

马腾开场:"尊敬的各位家属,大家好!真诚地感谢各位能抽出宝贵的时间来参加公司的会议。今天在座的,都是公交公司的贤内助,用老百姓的话讲,都是'妯娌'。但是,这么多年来,妯娌们却互不认识,甚至在大街上相遇却不相识,这是公司的错!今天把大家召集到一起,目的就是为了让妯娌们相互熟识,互通信息,更好地做好公交服务的后防保障。下面请各位自我介绍一下!"

家属们左顾右盼,却谁都不想开头。马腾指向右手边的张丽娜:"那就从张姐开始吧!"

张丽娜微微欠身,说:"各位领导,各位姐妹,我叫张丽娜,俺那口子叫张子谦,早些年我俩承包公交车,我当老板,他管开车。后来,把车交了,他到公交开车,我就闲了下来。不过,我也不少挣钱,帮人销了一阵子安利,现在又主销韩国玉石床,那家伙,保健作用特强,不管你有多少病,只要长期睡在上边,保管你一躺就好……"

张丽娜还在滔滔不绝,这显然是在进行传销宣传,人们都愣眼看着。马腾无奈地打断她的发言,婉转地说:"张姐的思维相当灵活,不过,涉足这种前沿领域需要谨慎。好吧,往下继续,咱们人多,都简单介绍!"

后边人的介绍都很简单,只报姓名和男人的名字,有的甚至连男人的名字也给省略了。

杨光拿来一些资料,逐人发放着,这是编印的《致广大驾驶员家属的一封信》。马腾说:"这封信,既是感谢信,又是慰问信,大家可以带回去慢慢看。所以,感谢的话我就不多讲了,只想讲两点,第一点:公司的辉煌离不开全体职工的共同努力,家属们的协力配合是我们成功的重要基础。"马腾侧重讲述了公司的发展变化,从集约化改革到成为全省的样板单位;从办公条件的改善到单位的文化建设;从教育培训到人性化管理,博得了阵阵掌声。

"第二点:保障驾驶员的身心健康,必须建立一道坚固的后防长城。我想提议,作为驾驶员家属必须强化三个意识:首先,大家要有'珍惜'意识。在我们这个小县城,公交驾驶员的待遇与其它行业相比较还是有优势的,既相对稳定,又有工资保障,并且各种保险都能按时上缴。正因为这个原因,公交驾驶员这个岗位的竞争力也很大。因此,我们既然已经端起了这个饭碗,就应当去珍惜。各位家属都要经常吹吹耳边风,譬如:在安全方面,每天早饭后多多嘱咐;在服务方面,有了时间就一起探讨说话的艺术,尤其在监督票款和车内服务时,怎样说话更妥切。这样,不仅能增进夫妻感情,更有利于岗位工作,减少事故和投诉的概率,从而,增加家庭收入。其次,大家要有'关爱'意识。驾驶员,是一个特殊岗位,在岗位工作之余,需要休息好,也不能让他心事重重。我这里说的'关爱',是恳请大家多多关注丈夫的业余活动,譬如:晚间娱乐,不能让他过度熬夜,保持足够的休息;控制情绪,不要让他有太多的担忧,保持饱满的精神和稳定的情绪。第三,大家要有'预防'意识。当你发现丈夫有不良情绪时,要理智地劝说、化解。如果遇到不可化解的情绪,最好及早与管理员联系,也可以直接和我联系,由公司出面做工作,必要时,可以安排暂离岗位,防患于未然……希望大家充分发挥对驾驶员的后台操控作用,齐心协力地把公交服务工作做得更好,让政府放心,让百姓满意,让企业兴旺,让职工受益!"

掌声复起。

马腾谦道:"刚才,是我个人的一言堂,下面,大家可以就自己的想法谈谈意见!"

张丽娜挺直了身板:"马总,我想了解一个问题:公交公司的驾驶员每月到底能挣多少工资?"

这是一个很滑稽的问题,夫妻多年,竟然不知道工资多少?"因线路不同,工资稍有差别,一般都在三千至三千五左右。"马腾说。

大家的表情中显然带着吃惊!"咱发工资有没有工资单?"张丽娜复问。马腾悄悄与杨光耳语。

杨光出去了,片刻回来了,手里拿着一张仅有一指宽的"工资条"举向大家:"就是这个,每月都有!"

张丽娜夺过工资条,仔细看着,上边列有好多项目,前边有三处"小计",最后才是"合计"。"呦,我可从来都没看到过这个'合计'!"

工资条在家属们手中传递着,看过之后,个个的表情均显怪异,却都闭口不言。

杨光又拿来资料,分发着。马腾说:"由于大家的时间都很宝贵,不想过多地占用。这份是公司的《调查问卷》,主要分两大块:一块是对公司的管理建议,另一块是你的男人在业余时间内的行为表现。请大家带回去,仔细填写,再反馈给公司。谢谢大家!"

人们相继离去,张丽娜悄悄对马腾说:"马总,我找你有事。"

马腾回到办公室,张丽娜坐在沙发上。"马总,张子谦这人你得好生教育一下,太不像话啦!"

"怎么了?"马腾问。张丽娜一番哭诉。

张丽娜之所以要查看张子谦的工资情况,是因为她对张子谦的工资产生怀疑。张子谦每月领回工资后,将工资条的后半部分剪掉,只留下最前边的"小计",数额上只有两千元左右。即使这两千元,也还要留下一小部分,说是买烟和住乡下买饭菜之用。

张丽娜对张子谦的不满，不仅仅是上述原因，更在于张子谦的不自重。自从上交了公交车后，张子谦一直未摆脱孟三和刘瑛的摆布，除了住乡下的时间外，晚上经常与那些不三不四的人鬼混，酒后再去唱歌、做足疗、做按摩。为此，夫妻俩没少吵过。"马总，最不像话的是，有一次，他竟然嫖娼嫖到了他的外甥女那里了……"张丽娜双手捂着脸，抽泣着。

　　马腾心中一怔：这个故事早为广传，成为人们茶前饭余的黄段子。但是，鉴于张子谦的为人，马腾对此事又有疑虑，于是劝道："张姐，你不要激动，凭直觉，老张这人不会做出这种事来。"

　　家属们的《调查问卷》有了回音，发放了八十份，收回七十五份，家属们对自己的丈夫满意率很低，多数都直言不讳地指出丈夫如何如何地不务正业。杨光经过整理，归纳了五大类，其中晚上经常结帮喝酒的有二十五人，嗜好玩牌的有三十人，参与传销引起家庭不和的有三十五人，晚上十点以前进入休息的只有二十人，参与各种教派的二十八人。其中，有的驾驶员一人占据多项。在建议栏里意见比较一致的是：请求公司多组织一些晚间活动，以公司的统一活动来抑制丈夫的不良行为。

　　看着杨光的汇总，马腾又皱起了眉头：这些乱事该如何处理？

第三十三章　信教徒临终忏悔
　　　　　　"负心夫"吐露心迹

　　马腾正在办公室里苦思良策,作家蒋枫敲门进来。

　　"蒋主任,你总是在我最苦恼的时候而出现!"马腾忙着泡茶。

　　蒋枫又带来一面锦旗,是替他舅舅送来的,紫绒旗上写着"倾心为民"四个大字,落款是"沈阳部队李建军"。

　　李建军?沈阳部队?马腾问:"你舅舅是不是嘴巴上长着红痣的老军人?"

　　"喔?你怎么知道,你见过他?"蒋枫惊问。马腾说:"几年前我见过他。"马腾讲起了当年跟车捉贼的那一幕。

　　"真是无巧不成书,正是他,现在是个将军。"蒋枫掏出一封信:"这是我舅舅写的,你看看吧!"

　　马腾展开信纸,内中写道:

　　　　尊敬的儒山市公交公司领导:
　　　　　　我是沈阳部队的一名军人,历次回家的出行,我总是乘坐公交车，因而，对儒山的公交车有着特殊的感情。记得初次乘坐公交车时，那辆车根本不按照规定路线行驶，一会儿进村捎件东西，一会儿又到哪个村买土豆，车上的乘客稍提意见，驾驶员和乘务员就会呵斥：不愿坐就滚下去，谁还请你来的？由于那时的公交车少，乘客敢怒不敢言。几年前，我在公交车上发现一个壮汉在欺负一个小姑娘，当时我还挺身主持正义，后来才发现，那是公交公司在组织抓获车上的小偷，愧疚感一直缠绕我好久。去年，我再次乘坐公交车，见车也新了，里边也洁净了，尽管驾驶员的普通话讲的不是太好，却也态度和蔼，让人心里舒坦多了。最近，我又乘坐义乌至归仁的311路公交车，让我特别感动。年轻司机孙师傅在向公司打电话，说是有一个钱包落在车上，里边有两千多元现金，还有身份证，失主是南黄镇弯头村的，请求顺路归还失主。得到答复后，孙师傅驾车前行，走到大孤山站点时，上来一位年纪大的妇女，这人记忆不太好，一件事问了几遍，孙师傅都耐心地回答，百问不烦。当车辆走到小孤山村时，站点没人，车辆刚刚前行不远，见有一个老汉跑步过来，孙师傅急忙靠边停车。老汉上车后，经询问是去徐家镇的，孙师傅说：对不起大爷，我这车是去南黄镇的，不经过徐家镇，你先下车，等五分钟就有去徐家的车。到了南黄的湾头站时，孙师傅打电话给湾头村的书记，委托书记将那个钱包转递给失主。后来，经询问得知，这位年轻的司机叫孙虎。

　　目睹着儒山公交的变化，令儒山游子感到骄傲。孙师傅的这种爱岗敬业、真诚服务的精神，代表着儒山公交的整体风貌，代表着家乡人的博大胸怀，预示着我的家乡会越来越好。

借此向儒山公交战线上的领导及员工致敬!

沈阳部队　李建军

马腾一口气读完,感叹道:"难得老军人的一片热情,现在这种怀有正义感的人不多,人心浮躁,唯利是图,好多人根本没有自己的信仰和追求。"马腾将杨光汇总的家属问卷递过,"蒋主任,不怕你笑话,这正是让我头痛的一团乱麻!"

蒋枫翻动着那些问卷,冷笑道:"贫穷不可怕,可怕的是没有信仰。人,若是没了信仰,就如同船只没了航标。这些年,西方的那些心存不轨的家伙乘虚而入,各种教派都流入中国,他们打着信仰的旗号,愚弄我们的国民,致使好多人整天念经诵法,无所事事,不思进取,成了善恶不分的东郭先生和任人宰割的小绵羊。而国外的一些不法势力将经济魔爪伸向中国,传销的陷阱防不胜防,许多退休的老年人省吃俭用半辈子攒下的钱全被骗走。这是一个严酷的社会现实,非一人、一地所能改变。"

马腾盯着蒋枫:"蒋主任,你是个有学识的人,依你看,我目前的状况应当怎么办?"

蒋枫大口喝着茶,说:"十年育树,百年育人,况且要改造一支队伍,谈何容易!不过,万事总有良策,就你这现状,可以区分情况进行个别谈话和面上制约。驾驶员家属们的提议很有道理,若是公司能把职工的业余生活统一起来,人心就会凝聚,各种不良欲望就得不到机会。当人的观念、意识还达不到自觉的程度时,只能用强制手段来约束他们。在毛泽东时代,为什么农村每天晚上要将农民聚到一起?难道仅仅是为了记工分、安排活计?错矣!中心目的是为了约束人们的行为,借机进行教育!"

蒋枫侃侃而谈，这些观点的流利道出，像是在腹中酝酿已久。在蒋枫的观点引导下，马腾顿生了一些想法，说："蒋主任，以后组织活动，还得求你多多指教！"

"指教谈不上，扮演诸葛亮的角色倒也可以！"蒋枫起身道别。

马腾直将蒋枫送到楼下院子里，目送着。

回到办公室后，马腾将房门关闭，独自沉思着。目前的职工队伍中，参与传销的群体不为少数，严重地侵蚀着队伍的机体，而各种黄赌毒又在引诱着意志薄弱者，这些不良的社会恶习无时不在干扰着公交驾驶员们的身心健康。郁闷之际，作家蒋枫的良策又萦绕在马腾的脑海。马腾操起电话，直接找到了驾驶员张子谦。

不一会儿，张子谦敲门进来。张子谦恰巧今日休班，接到电话后便火速赶来。

"老张，近来怎样？"马腾从抽屉里拿出一包烟，递丢过去。张子谦说："马总，我的烟戒了。"

"真的戒了？戒了多长时间？"

"一年多了。"张子谦拿暖瓶给马腾杯子倒水，自己也倒了一杯。

"老张，听传说，你的家庭关系处理得不是太好，有这事吗？"马腾投石问路。张子谦本能地一惊："马总你听谁说的？"

"别管谁说的，有没有这事？我还听说你每月只向家里交两千多块钱，还要留下买烟钱。既然你戒烟了，怎会有烟钱？"

马腾单刀直入，张子谦不得不吐露真相。

从张子谦到公司开车以后，妻子张丽娜便开始不务正业，被人拉进传销的队伍。传销，必须先投入资金，然后才有资格拉下线。张丽娜传销安利时，自己注入资金五万多，后来将自家的亲戚拉进六个人，虽然自己的本钱挣回来了，但六个亲戚都落入陷阱，闹得亲戚之间不上门。后来，张丽娜又参与民间资本运作，这种传销更毒，一次就投入资金四十多万元，掏空了家中的所有积蓄，结果拉不到下线，传销的头目孟三卷钱逃跑了，张丽娜赔了个精光。吃了大亏的张丽娜并未从中吸取教训，却又投身到所谓的韩国玉石床的行列。

张子谦的家境并不宽裕，母亲身患多病，常年吃药治疗，父亲年迈，家里没钱治病，只能依靠儿子张子谦接济。张丽娜对张子谦的孝心极力反对，因为张子谦还有一姐一妹，而张子谦对父母的贡献最大，这使得张丽娜心里很不平衡。为了处理好孝敬父母与家庭的关系，张子谦暗自把烟戒掉，却不让妻子知道，省下来的钱留给母亲买药。见妻子无休止地痴迷传销，张子谦劝阻不住，只好谎称公司调整考核办法，驾驶员的工资降下来了，每月留下一点积蓄，不然的话，会全让妻子给败置了。

"马总，家家都有难念的经。我就知道，一旦让家属和单位见面，这事准会露馅。"

张子谦的一面之词与张丽娜的状告截然相反。但据马腾判断，张子谦所言基本属真。想不到，这个在岗位上满腔热忱的张子谦还承受着生活中如此的压力！

"老张，还有一件事我听到一些风传，说你前段时间酒后失行，我倒怀疑这事的真伪。"

张子谦脸上浮出窘相，"马总，真是什么事都瞒不住你！"

那是几个月以前的事。刘瑛酿成车祸被刑拘，释放后的一天晚上，周铁头打电话，说晚上一起吃个小饭。到了饭店以后，张子谦发现有刘瑛和黄龙彪的一拨小弟兄在场，心里虽然不快，却也不好意思走开，便憋着冤屈吃喝起来。饭后，刘瑛提议去做足疗，大家都一起来到一家足疗馆。足疗与按摩向来都是一条龙，几个人都分开走进几个按摩间。张子谦进了按摩间，屋里灯光昏暗。小姐让他把衣服脱了吧，做全身按摩。做全身按摩张子谦还是头一回。张子谦羞涩地脱着外衣，随口问：全身按摩多少钱？小姐说：你就不用开钱了。张子谦还在寻思，小姐打开大灯，张子谦惊奇地发现，这小姐竟然是自己的亲外甥女！

"马总，这事说起来丢人。我虽然没做什么，但是越传越离谱，后来都传说是在我干完那事以后才发现了外甥女。"张子谦显然有些愤怒："这事，肯定是刘瑛一伙传出来的，这些家伙，存心不良！"

马腾"嗤嗤"地笑着，转而板起了面孔。"老张，你在公交公司里已经有了知名度，光锦旗就得了两面，应当注意自己的形象，包括在工作岗位、家庭和业余生活，都已经不是以前的你了。今天咱是谈心，也想借机了解一些情况。我给你提三点要求。一个是要处理好家庭与尽孝的关系。在家庭里，男人是树，女人是藤，只有藤缠树，没有树缠藤。因此，家庭关系处理不好，主要原因在男人。在外边叱咤风云的男人不一定都是能人，真正的能人，还要把握好家庭的'定海针'，先稳定小家，再稳定大家，这一点，需要艺术。另一个是要理清社交的边界。社交是不可或缺的生活圈子，单看你交往的是谁。古人有'物以类聚，人以群分'的总结，要看一个人，先看他的社交圈子。'近朱者赤近墨者黑'，也是这个道理，环境改造人。试想，黄龙彪手下的和刘瑛等都是什么人？与这样的人在一起吃喝玩乐，别人会怎样看待你？再一个是你要为我负责。你进公交时，我替你说了不少好话，我也对你抱有很大希望。以后在工作上和生活上都要多留心，发现有对公司不利的言行，及时转告我。这三条能做到吗?"

张子谦"腾"地站起身来:"马总请放心,我张子谦不会让你失望的!"

第三十四章　兴趣小组壮士气
　　　　　　恶意投诉现原形

　　公司五楼多功能厅东侧有三间屋子，经过装修，改造成职工游艺室和图书阅览室，这是经理办公会研究的新决策之一。按照家属们提出的"增加业余活动"的要求，公司领导班子商定，成立兴趣小组，由职工自愿报名，凡达到五人以上的小组予以保留。经过发动，全系统有四百九十人报名参加兴趣小组活动，成立了书法、写作、文艺、摄影和太极拳五个兴趣小组。

　　图书室占用一间屋子，西边是满满的书架，采取公司购书、职工捐书、社会赞助的方式，收集各类书籍两千余册，书架上满满当当的，唯有"本土作家专柜"还空着。室内的中间位置摆放着阅览桌，桌子南端放有《阅览、借书规定》，东墙粘贴着红色雅克力大字"读书改变人生，学习提升品位"。林慧燕与夏云菲在整理着图书。

　　游艺室占用两间屋子，中间摆放着乒乓球案子，四周放置小型的健身器材，北边的墙面上展现着社会的赞誉，将收到的锦旗缩成喷绘，并简介着锦旗的来历。西墙上，挂满公司获得的荣誉。东墙上端贴有红色雅克力大字"运动唱响生命之歌，文明点燃心灵之窗"。杨光与赵嫒嫒在整理着室内卫生。

太阳靠向西山，早收班的驾驶员和公司职工百余人拥上五楼。杨光高声说："请大家不要急，从今天开始，咱的图书室和游艺室正式启用，每天下午下班前半个小时开放，至晚上七点半结束。大家要遵守管理规定，自觉爱护设施！"杨光看了下表，已近六点，说大家："今天的活动时间到六点半，晚上七点半都到多功能厅开会！"

晚饭后，公司的多功能厅里灯光通明，人声鼎沸，二百余职工坐满会场，主席台的大屏上打出字幕"儒山公交职工读书活动启动仪式"。

伴随着经久不断的掌声，马腾陪同着特邀嘉宾进入会场。嘉宾中，有市总工会、文化局、交通局的领导及十名作家，主席台上显得拥挤。

"尊敬的各位领导、各位来宾，亲爱的各位同事，大家晚上好！"夏云菲在主持着议程。

本次启动仪式有七项议程：第一项，全体起立，播放国歌和公交之歌；第二项，由本市的十名作家向公司捐赠自己的作品，这些作品，各自用红色包带捆扎着，五至十几本不等，共捐赠一百一十余册；第三项，由马腾介绍儒山公交公司发展的现状；第四项，由各位作家解说自己的读书与写书的经历与感受；第五项，由市总工会、文化局、交通局的领导讲话；第六项，由公交公司的职工代表徐丹做表态发言；最后，马腾陪同特邀嘉宾参观公司的文化建设。

"冯局长,想不到在你的属下竟然窝藏着这样一个光源之地,你看这文化氛围,独具特色,你再看这支队伍,训练有素,整个会议期间,都始终保持一个坐姿,这哪是企业职工?简直就像是一支军队!可以肯定地说,这是全市企业中文化建设和文化管理的典范!真是'山不高有仙,水不深藏龙'呀!"回到小会议室,工会诸主席有感而发。

冯局长趣道:"诸主席,现在中央提倡走群众路线,有时间最好下来走一走,面上闪光的不一定是金子,真正的金子往往埋在你的脚下。老马打造这支团队,也是费尽周折了!"

马腾接过话来:"领导过奖了。服务团队就应该是这个样子,目前这个状态只是发展中的一个阶段,今后发展的路程还很远。在这个发展的过程中,我的自身能力远远不够,但是,我可以'借水行舟,借风扬场',这些成果的取得,大作家蒋枫老师功不可没。"

蒋枫按捺不住了,说:"沧海巨涛,须得滴水拥凑;崇山高俊,离不开粒土之劳。在公交公司的宏图上,我只是尽滴水与粒土之功,而真正起作用的是上级的领导和公交团队的凝聚。"

随着全员读书活动的启动,各个兴趣小组活动也陆续启动。

月夜,公司的大院里布着一支方队,八十多名职工在学练陈式太极拳,市武术协会无偿支援两名教练。

"双手侧平举,拉开距离!"教练训道:"陈式太极拳,是一个综合性拳法,既有强身健体之功,又有技击格斗之能。对公交驾驶员来说,是反恐防暴、平和心态的首选功法,一朝学会,终身受益!好,大家随我口令开始习练:起势——捧捋——金刚捣碓……"

首场教了五式,职工们按照口令反复练着。吕明德悄说张子谦:"咳,这马总也……也不知是怎么想的,咱开了一天……车,晚上还得学太……太极,这不是关着门弄要饭的——专门折腾穷……穷人吗?"

张子谦凑道:"老吕,馋酒了是不?我跟你说,就这两个教练,跟他们学太极,至少你也得交学费两千块。马总请人来,让你免费学,这是什么?是一种福利,珍惜吧!"

月夜,公司大院南侧的篮球场上,年轻的驾驶员在疯狂地打着篮球,他们全然忘却了一天驾车的疲劳,生龙活虎一般。

月夜,公司的游艺室里,摄影家协会讲解着摄影艺术;小会议室里,市书法家协会在教给十几人学习书法;公司的多功能厅里,六十人组成的合唱团,在文化馆老师的指导下,排练大合唱《儒山公交之歌》,整齐的动作,激昂的歌声在悄然改变着职工们的心智。

杨光兴冲冲地来到经理室,递过一张《山东工人报》,"马总,你看,咱上省报了!"

马腾接过一看,二版的整版登载着长篇通讯《打造关节》,副题是:儒山市公交公司练内功提素质活动纪实。

"哦,这事我知道。"这篇报道是作家蒋枫撰稿,市总工会推荐,发稿之前,曾征得同意。

杨光又拿来一本杂志,是省里的报告文学集。杨光打开第一篇,醒目的标题赫然入目:骏马,劲驰在公交线上——记儒山公交公司经理马腾。作者署名"伯乐"。

伯乐？伯乐是谁？马腾在脑海中搜寻着。杨光看出马腾的心思，说："这个伯乐，好像是蒋枫老师的笔名。"

"哦，想起来了，"马腾收起了这本杂志，调转话题："小杨，这些日子，是不是咱组织的活动太频繁了？"

平心而论，这些日子杨光几乎没有休息日，每天晚上还要组织公司的各种活动，虽然职工们兴致很高，但对组织者来说，过于疲倦。"从整体上看，活动的安排比较适宜，只是俺这些副经理们不得清闲。不过，为了公司的整体利益，累点也没啥。"

马腾明白杨光的弦外之音，说："组织活动，必须贴紧工作需要，抓住职工们的兴趣点来设计，并长期坚持下去。目前，各兴趣小组的活动是刚刚启动，往后，都要让他们自己推选组长，由小组长来组织，不能专门依赖你们这些副经理来组织。谁的家里都会有事，比如你，连谈恋爱的时间都让单位给占用了，这是我的失职。要不，早该喝上你的喜酒了！"

马腾旁敲侧击，杨光面色微红。"马总，没那么严重。"

"不是这个原因，那你是觉得人家石明不如意？"

杨光摇头，"现在的状况，结婚倒也无所谓，可是我手头上有那么多工作没做完，哪有时间结婚？"

马腾抿笑着："小杨，你若是等到有时间，就是猴年马月也不行。这样吧，下个月给你半个月时间。"

杨光吃惊地看着马腾："马总，不用那么急吧？"

经理办公会上，马腾传达着市政府的两项指示：一项是取消公交车上的车体广告，保持车体容貌，要求每路车一个颜色，整齐划一。

闻听要取消公交广告,主管广告的副经理张一弓感到吃惊:"马总,目前咱公司的经济状况很紧张,广告收入是一项不小的收入,要是取消了,损失多大?"

马腾说:"咱市申报了'五城联创'计划,将文明城市、卫生城市、食品安全城市、健康城市、智慧城市一起创建。公交车上的广告,将直接影响到城市的容貌,咱必须抛开小团体利益,顾全大局,这是政治需要。"

"那现有的广告怎么办?"张一弓复问。马腾说:"手头上已经签订合同的广告业务继续做,不再承接新业务。一年后,所有公交车的外体都要彻底清理干净。"

马腾又传达第二项指示:为了规范车辆管理,国家推行车辆"黄标"管理。儒山市今年黄标车指标六千辆。考虑推行的难度,市政府决定,先在国有企业中试行。公交公司现有的车辆符合黄标年限的有八十四辆,政府决定直接更换成电车,一步到位。

"更换电车,是将来的一个大趋势,包括公交车和校车。所以,从现在开始,咱开始规划建设充电桩,确保运行车辆的充电需求。按照这个思路,将广告科撤销,张一弓负责充电桩的规划和建设,其他人员疏散到各科室。"

许万山打趣道:"行啊老张,这下子是背心改乳罩了,虽然是平调,可位置很重要!"

张一弓拿眼瞪着许万山。马腾微笑着,主持道:"好吧,都各自说说分管的工作情况。"

各副经理都简略地汇报着分管工作的进展情况。

杨光最后汇报,提出了一个疑难问题:三天前,接到市交通局转来的三份"民生诉求",都是发往市民情网的,由市长批转过来。

奇怪的是，这三份诉求投诉的竟是同一个驾驶员——胡海川，说是胡海川如何地态度恶劣、谩骂乘客。根据诉求反映的时间和车次，夏云菲组织考核小组调看监控录像，驾车人都不是胡海川，车上的情况也不属实，所诉内容纯属虚构。夏云菲根据诉求留下的电话号码联系投诉人，三个号码都是空号，无法联系。

对于胡海川的为人处世，从职工到领导众口皆碑，为何遭到集中的网络诽谤？

"马总，对于这种网络攻击，应当向市公安部门反映，进行查处。"不善言说的韩晓伟发泄着。

"这里边，肯定有阴谋！"许万山也打着帮锤。

胡海川这几天为什么不在岗？这三人为何要诽谤胡海川？马腾只是在心中疑问着，嘴里却说："如今的网络随意性很大，咱有则改之无则加勉，任他们说去吧。小夏负责将真实情况整理出来，向上汇报。但是，在驾驶员例会上，还是要经常敲打一下。"

经理会刚刚结束，胡海川带着阿秀进来，一幅新郎新娘打扮。"马总，这是我俩的喜饼！"

"喵，结婚怎不打招呼？我好去凑个热闹！"马腾起身接过喜饼。

人逢喜事总会把喜悦写在脸上。胡海川脸上寻常的麻子，此时被革履的西装熨平了许多，而本来就月色花容的阿秀，此时显得分外娇艳。"马总，我俩是旅行结婚，请了五天假，去了趟北京，回来后，只把自家亲戚凑了两桌，谁都没请。"

马腾掏出六百元钱塞给阿秀。阿秀摆手推辞着，马腾说胡海川："拿着吧，这是我来任职公司里娶的第一房媳妇！"

夜晚，太极拳组又在学练，正值中场休息，马腾来到训练场地。

张子谦见马腾过来，抽身凑了过去，透露了一个重要信息：民情网上投诉胡海川的三份诉求，都是鹰头小子刘瑛所为。刘瑛在收车环节吃了大亏，始终对公交公司耿耿于怀，虽然因酿造车祸被刑拘，但他贼心不死。刘瑛在他的朋友圈里扬言：谁网上投诉公交公司，他赏给一百元。刘瑛诬告胡海川有多重原因，其一，胡海川当初给刘瑛当雇工，而后投靠了公交公司，有背叛之意；其二，借投诉胡海川之机，在社会上给公交公司造成极坏的影响；其三，胡海川的对象阿秀，是当年刘瑛追逐的对象，而阿秀始终不理睬，让刘瑛大为恼火。

"老张，你是怎么知道的？"马腾问。张子谦说："有些社会关系不能说断就断，但是我心中有数。"

"这个刘瑛还搞工程车队？"

"不。自从他那靠山调离儒山，交警查车很紧，刘瑛受不了频繁的超载罚款，车队也解散了，现在他开着小面包车跑黑出租。"

张子谦提供的信息令马腾感到惊讶。"老张，谢谢你！"马腾在心中骂着：这个刘瑛，不见棺材不落泪！

马腾走向教练，笑问："老师，你看这些人还带架？"

教练说："没事，有些悟性很高，有的学动作慢些。不要紧，只要他们想学，迟早都能学会，只有愚笨的师傅，没有愚笨的徒弟！"

教练随口一言，引起了马腾的深思：一介武夫竟然会有这般理念！按照这个理念，也可以置换出另一个理念，那便是：只有无能的领导，没有无能的职工！

第三十五章　劳役人复得启用
　　　　　试法者作茧自缚

　　清晨，马腾惯例地来到母爱公园。晨练中，安民也凑了过来。
　　"老安，调到市局该轻松些了吧？"
　　"咳，公安哪有轻松的时候？原先是钓鱼的，现在又换成了拉网的，你说哪个轻快？"
　　安民与马腾又在对练八卦掌，两人走着螳螂步。安民问："老马，你那里有没有临时性的工作？就是非正式人员？"
　　马腾皱着眉头："怎么，有亲戚找活干？"
　　安民说："不是亲戚。这人你熟悉，是刑满释放的'刁一勺'。"
　　"'刁一勺'？"马腾机警起来："老安，你不会是在开玩笑吧？这'刁一勺'打了几年劳役还有功了，还想找个国有企业？"
　　其实，安民之所以选择在晨练时提出这个问题，是因为这是非正式办公场所，因而不属于官方的要求。"刁一勺"在出狱时，提出的唯一要求就是能够跟随老学友马腾混日子，不管工资给多少。

"刁一勺"的这个要求,令公安局的领导们感到为难,思来想去,还是让安民私下跟马腾商量一下。"老马","刁一勺"经过这次改造,完全变了个人,干个苦力活应当没问题。既然他这么崇拜你,你肯定能驾驭他,拯救一个人比管好一辆车更有价值。"

对于安民,马腾心中一直很敬佩,每次有了困难,安民总是有求必应,况且安置"刁一勺"还带有官方意思,马腾不好推脱。"我那里用不着苦力活儿,倒是义乌场站需要个看场子的,现在有一人,需要两人倒班。这差事不累,主要是安全巡逻和打扫场内卫生,属于临时工性质。"

"这就行,岗位稳定,也方便对他进行继续监管。"

"刁一勺"的确变了,没了往昔的那股霸道的神气,说话都谨小慎微。"刁一勺"进马腾的办公室时,连续轻叩三下,进门便鞠躬施礼:"马总好!"

马腾说:"老刁,咱俩是老学友,别一口一个'马总',听起来别扭。"

"刁一勺"倒是认真起来:"学友归学友,现在是上下级关系,你是领导,我是下属,这规矩不能乱。"

马腾向"刁一勺"解释了场站管理的职能后,让安全科派员领送到义乌场站。

义乌场站已具规模,高大威武的门楼之上镶嵌着六个金色大字"义乌公交场站"。宽阔的场内有两个公交车集中停放区,足以容纳百辆。北侧建有一排板房,分设为候车厅、公交卡销售中心和办公室,室内设施一应俱全。唯有南边还在继续着尾工。

紧挨着北大门西侧,有三间屋子,那便是保安室。

"刁一勺"拿着扫帚从保安室出来,在打扫着本不杂乱的场地,这几乎成了他的一个习惯。"刁一勺"正扫着门口,刘瑛开着小面包车进来,车上拉着一位老年妇女。

"呦,老二来啦!""刁一勺"打着招呼。刘瑛探出头来:"我老姑要回家,送来坐公交。"

刘瑛见"刁一勺"在打扫卫生,讥讽道:"刁老大,你这是洲际导弹打麻雀——大材小用呀!"

"刁一勺"白了一眼,没予理睬,继续扫着场地。刘瑛不舍气,粘在"刁一勺"身边,嘴角吹出一句:"这世道,落毛的凤凰不如鸡,虎落平原受犬欺!刁老大,你也太没骨气啦,就进去一回咋就变成了狗熊啦?"

"刁一勺"起初还以为刘瑛是在开玩笑,可后来越听越不是滋味,手中扫帚在发抖,低声吼了一句:"鹰头,你有完没完?"那神态,暗藏着当年老板对手下伙计的锋芒。刘瑛继续挑衅着:"老刁,称你'老板',那是抬举你,你现在已经不是老板了,就是一只落水狗!"

"刁一勺"鼻孔子煽动几下,转身拿着扫帚离去。

"我要上厕所!"老女人呼叫着,看那神态,有些老年痴呆。

刘瑛问"刁一勺":"哎,老狗,厕所在哪?我老姑要撒尿!"

面对刘瑛那玩世不恭的挑衅,"刁一勺"怒火中烧,但他还是强忍着,嘴巴努了一下,指向西南角。

刘瑛搀扶着老女人走向西南。此时的女厕正在改造,不能使用,而男厕暂未封闭。老女人等不及,竟然尿湿了裤子,羞涩地蹲在地上嚎哭。看着老姑那窘相,刘瑛气不打一处来,火冒三丈地冲向"刁一勺",抓住衣领质问:"你这个丧家犬,明明知道女厕所不能用还不告诉我,安的什么心?"

在当年"刁一勺"经营饭店时,刘瑛不过是饭店里的一个杂工,虽然给封了个"老二",但刘瑛见了"刁一勺"毕恭毕敬。而如今,这个小杂工竟然蹬鼻子上脸!"刁一勺"仍然强忍着,低声说:"鹰头,请你自重,当初我对你不薄,不要给脸不要脸!"

刘瑛见"刁一勺"始终不还手,抓住衣领猛地推搡了一把。"刁一勺"忍无可忍,反手拧住刘瑛的手,腕力一反,刘瑛迅即跪倒在地。"刁一勺"松开手,返回保卫室。刘瑛叫喊着:"老狗,你等着,我会砸了你的饭碗!"

几天后,杨光拿着一份诉求来到经理室。这份诉求来自市民情网,据称:投诉人刘桂花,现年七十三岁,自称到义乌场站坐车,因厕所关闭憋尿时间太长,导致小便失禁。当时找到公交公司的安保人员说理,没想到这保安员态度恶劣,还动手打人,致使投诉人受到伤害,至今住院治疗,要求处罚保安人员,并赔偿经济损失五千元。

市政府接到网络投诉后,高度重视,这起投诉,是自公车公营以来性质最恶劣的一起投诉,市长特别批示:务必细查、严整,确保市民权益。交通局冯局长也附有批示:请公交公司严查,处理肇事人,借机整顿行风,并将情况上报。

"没查一查这保安的是谁?"马腾问。杨光说:"就是刚来的那个老刁。"

"这个'刁一勺',到底还是闹出乱子了!"马腾有些后悔,说杨光:"你让夏云菲调取义乌的监控录像,拿过来,咱一起看!"

不一会儿,杨光与夏云菲一起过来。看过录像后,三人都傻了眼,原来如此!

"马总,这段时间,通过网络投诉的,多数是些这种情况,恶人先告状者居多,对这些诬告性质的投诉,需要向市里有关部门建议查处,维护咱们的声誉。"夏云菲吊起了大嗓门,态度很不冷静。

看着录像,马腾又想起了张子谦的密告,想起了那个刁蛮的北京女人的网络投诉,心绪顿时乱了起来。但是,静心再想,在每起投诉中,都有职工自身的一些、哪怕是一点点的缺失,这是个久治不愈的顽疾。"投诉,是每个人的权利,咱不能干涉。通过每起投诉,咱都要从中找出自身的不足,这是咱需要做的工作。小夏,你负责跟老刁谈话,必须以诚恳的态度从中找出自身的不足,作为公司的安保人员,不能混同于社会上的小混混!小杨,你跟诉求人联系一下,明天上午咱仨一起去医院看望诉求人,带上一千块钱。"

"人家不是要求赔偿五千吗?"杨光问。马腾说:"一千足够,不能他说几斛是几斛!"

第二天早晨上班后,马腾与杨光、"刁一勺"来到市医院。马腾首先来到医护室,查问病情。医生说:"那个老人没事,小便失禁那是几年前的老病,经过检查,没有受伤的痕迹。家属要求住院,还要求给病情写得重一些。我们这是正规医院,不能作假。"

马腾等来到病房门前,听到病房里一些人都在说笑,赞美着刘瑛的伟大。

马腾推门进去,房间里有好多人。刘瑛迎了过来,嬉笑道:"马总,这事怎么惊动了您老人家?"

马腾说:"刘老板,真是对不住你,由于我们的责任,给你造成不好的影响，我仨是来给你道歉的。"

马腾看向"刁一勺"。"刁一勺"满脸委屈，说："刘瑛，对不起，千错万错都是我的错，给你赔不是！"

刘瑛得意洋洋："刁老板，算你识时务！"

马腾将一千元钱递给刘瑛："这是公司的一点赔偿，请笑纳！"

刘瑛接过钱，数着，眉头一皱："不是说好了五千块吗？"

马腾说："病案我都查过了，怎么，一千不够？"

刘瑛满脸堆笑："也行，看在马总的面子上，一千就一千吧，往后多行个方便也就有了。"

马腾带着录像U盘找到安民。安民自从调入局里任职，马腾这是首次来访。马腾将近期发生的带有诬告性质的网络诉求向安民倾诉，拿出U盘，在电脑上播放着。而安民却很淡然，说："老马，这样的事情多着呐，像这种情况还构不成诬告，你就先忍着吧。"

"难道像刘瑛这样的人就放任不管？"

安民淡然一笑："不是不管，是不到时候。手术治疗白内障你知道吧？发病初期手术很难，等它发展到一定程度了才能一刀切除！"

两人正说着，马腾的手机响了，副经理韩晓伟报称：胡海川驾车在行驶途中，被刘瑛等强行拦下，前挡风玻璃被砸毁，胡海川受伤，当事人均被警方带走。

"赶快安排替班车，不能耽搁乘客"马腾命令着。韩晓伟说："替班车已去，我正赶往派出所！"

"带没带监控录像？"

"带了！"

"好吧,我也去!"马腾说与安民:"看吧,这刘瑛又闹腾起来了!"

安民冷笑:"看来这'白内障'已经到了手术期了!"

胜利街派出所里人来人往,接待大厅的排椅上坐满了人。刘瑛、滕黑子双手抱着头面壁蹲在地上,被几名警察看管着。韩晓伟与几个警员在电脑上查看监控录像,桌上放着一根橡皮棍和一把匕首。女警员见马腾进来,招呼道:"马总,你来了,过来一起看看!"

电脑的屏幕上显示着事发的经过——

胡海川驾车靠近广电大厦站亭时,十几名乘客都排着队准备上车。这时,一辆小面包车飞速驶来,一个急刹车挡在公交车的前边,刘瑛从面包车前头的车窗探出头来,喊道:"哎,去银滩的都上车,我这车费便宜!"

胡海川在后边按喇叭,示意刘瑛躲开,而刘瑛还在继续煽动着。一边是破旧不堪的小面包车,一边是高大宽敞的公交车,乘客们都登上了公交车。

"谁还稀罕你那破车!"一名女乘客从公交车的车窗探出脑袋,讥讽着。刘瑛把车停在那里未动,回骂:"小婊子,小心我撕了你的嘴!"

胡海川鸣笛警示无效,便后退一段距离,绕过面包车向前行驶。约离开站亭一公里时,正处于市郊人烟稀少地带,刘瑛的小面包车疾速追来,在左前方逼迫公交车向右边停靠。胡海川又鸣笛警示,而面包车却步步逼近。此时滕黑子也驾驶着小面包车赶来,两车强将公交车逼停路边。刘瑛拿出匕首,朝向胡海川的车门乱刨,叫喊着:"胡广林,你把那个娘们给我交出来!"

胡海川见刘瑛手持匕首强行拦车,预感到事态的严重性,说车上的乘客:"大家都别动,保护好那个妹子,我不会让他们得逞!"说着,便抄起橡皮棍走下车来,顺手关上车门。此时,滕黑子也跳下车来,与刘瑛一起围攻胡海川。刘瑛想趁机上车,怎奈胡海川堵在车门前挥起橡皮棍左右击打。刘瑛恼羞成怒,喊道:"胡广林,你他妈的还护着那娘们,养小的了不是?好,那就别怪二爷我不客气了!"说着,挥动匕首刺向胡海川。

三人搏斗之际,公交车上下来两条汉子,劝道:"哎,这是公交车,你们要是这样闹腾,这一车乘客怎么办?"

刘瑛拿匕首对着这两人,吼道:"你若是识相就别管闲事,想找死就一起上!"

那两条汉子缩回了车上。一会儿,警车呼啸而来。

"马总,这是一起典型的恐怖事件。"女警愤恨地说。马腾悄说:"这几年,公交驾驶员经常无辜遭殴,他们用自己的生命保护着乘客们的安全。"遂问韩晓伟:"胡海川怎样?"

"小胡右臂被匕首刺伤,正在医院治疗。"

胡海川躺在病床上打着点滴,右臂扎着绷带,脸上有多出划伤。经检查,左肋骨及腿部均有创伤。新娘子阿秀蹲在床头,拿梳子给郎君梳理着头发。

马腾与杨光带着鲜花和礼品进来,阿秀瞪着葵花般的大眼,双手比划着:好危险呀,要是匕首没扎偏,就刺进心脏了!

胡海川急忙起身:"马总,苍蝇蹬了一脚,不碍事!"

马腾让胡海川躺下,强笑道:"小胡,你是咱公交系统的骄傲,为了乘客的安全挺身而出。刘瑛和滕黑子已被刑拘，法律会制裁他们的。"

胡海川还是没躺下，说："马总，在我刚到公司时，我的想法就是找一个稳定的工作，挣钱养家。可进来以后才知道，开公交车不是一个简单的差事，需要学好多知识，做一个合格的驾驶员很难。上次出车祸以后，那么多人都来看我，我就在想，如果一个人只为自己活着，一旦有一天撒手西去，生命就会从此结束。而若是为别人活着，就是死了，也会有好多人惦记着咱，那也等同于自己继续活着。尽管驾驶员这份差事很平常，在别人的眼里不过就是个开车的，但是一样地能为社会、为他人创造财富，这种财富，就是平安和快乐。马总，我真的喜欢这个职业，工资的多少已经不是太重要了，关键是我能从中看到自己的价值。"

胡海川的一席言谈，让马腾感到震撼与宽慰，公交驾驶员这支队伍，正在悄然地茁壮成长。马腾未语，用手帕擦着眼睛。

阿秀突然抖着身子，双手捂着嘴，那架势像是在呕吐。马腾疑惑地看着。胡海川咧嘴笑着："别管她，她，有了。"

马腾顿时来了精神："小胡，祝贺你！这一年，你虽然经历过坎坷，却是'五谷丰登'，名、利、婚姻、家庭多喜临门。这几天，咱公司将要召开总结表彰大会，到时候又是你出彩的时候了！"

第三十六章　总结会展露辉煌
　　　　　　当家人哭诉衷肠

公司五楼多功能厅里面貌一新，南北两面墙壁上整齐地挂着六十八面锦旗，在灯光下闪闪发光。会场内坐着二百多人，公司全体员工和各车队的驾驶员代表及部分驾驶员家属济济一堂。方阵的前六排为受奖区，胡海川、孙虎、张子谦等百名受奖人员胸戴大红花，神采奕奕地正襟危坐。主席台上，大屏幕显示着"儒山公交2015总结表彰大会"的主题。台上，副市长薛文广、交通局冯局长及公司的全体领导班子依次就坐。

杨光宣布年度总结表彰大会开始！全体起立，奏国歌。

场内"唰"地一声，占满半个空间，国歌响起。

"同唱儒山公交之歌！"随着杨光的口令，嘹亮的歌声震撼着旷阔的四壁：

暮送晚霞，朝迎日出

我们每天奔波同一段路……

"进行大会第一项：请副经理张一弓宣读《儒山公交2015年度

表彰决定》!"

在激烈的掌声中,张一弓宣读着表彰决定。荣获年度优秀车队两个,共有成员21人;公司先进工作者14人;全公司道德标兵4个;优秀驾驶员40人,继续保持优秀驾驶员称号24人;节能标兵16人;优秀维修工2人。

"进行大会第二项:请各位领导为受奖的单位和个人颁奖!"

音乐启奏,掌声复起,受奖人员纷纷登台,一个个平时疲于奔波的男男女女,此时精神抖擞,在主席台上留下光辉的一瞬!

驾驶员家属的群体中出现暂短的不安,有人神采奕奕,有人垂头窥视。

"看,你这男人,多威风?"

"哦,其实都差不多。听说你那口子就差一丁点就够优秀了,不要紧,再加把劲儿!"

杨光宣布:"下面请市政府薛市长讲话!"

"尊敬的公交战线上的全体职工们,坐在今天的主席台上,我作为分管交通的副市长,感到特别地荣耀。值得骄傲的是,在我的分管之下,诞生了公交公司这样的现代化企业!"薛文广起身,深深地鞠了一躬,他忆起两年前为第一班公车举行剪彩的情景,那时的企业像一个刚刚诞生的孩子,弱不禁风,在企业管理和精神风貌等方面还处于初始状态。经过短短两年的奋力打磨,企业的规模发展、队伍的教育塑造、线路的设计开发、市民的满意程度等方面,都上升到全省县级领先水平,成为政府放心、市民满意的诚信单位,成为全省的四个样板单位之一。这个成绩的取得靠的是什么?那就是精神!正因为我们有了一个坚强有力的领导班子,有一支肯于奉献的职工队伍,我们的工作才突飞猛进、日新月异!

市长寥寥数语，给予公交以充分肯定，职工们群情激昂。

冯局长也起身鞠躬："同志们，朋友们，借今天这个机会，我想跟大家说几句心里话。我到交通局任职也有些年头了，亲眼目睹了公交公司的成长与发展。当年，公司在旧址办公，那是怎样一种局面？每年收取的有限的管理费，还满足不了职工的工资需求！直到前年年底，一场公交改革打破了十几年的僵局，公交真正成为人民的公交！仅仅将车辆由私车改为公车，那不是改革的真正目的，把公交团队打造成倾心为民的专业化服务团队，这才是改革的真谛！"

冯局长的讲话独辟蹊径，掌声迭起。冯局长继续讲道："以上评出的一百多名先模人物，是这支队伍的典型代表，他们获得政治荣誉和物质奖励当之无愧！众人的力量只能推动大船向前行进，而这条船驶向何方，还得靠舵手。在这里，我代表主管局，把一个珍藏心中的一个无形的证书奖给公交线上的领头雁——以马腾为首的公交领导班子！"

马腾起身，表情沉重地说："同志们，在今天这个会议上，我想重点说明两个问题。第一，如何看待我们的荣誉；第二，如何面对我们的未来。以上评出的百名先进模范，构成我们的主旋律。刚才，薛市长代表市委、市政府对公司的整体工作给予充分肯定，冯局长又代表上级局给公司的领导班子颁发了口头荣誉证书。这些荣誉虽然来之不易，但那只能代表过去，是对我们已经取得的成绩的一个肯定。但是，我们的布局还不尽合理，需要继续调整，尤其在服务方面，驾驶员素质不高与市民对公交的期望值过高的矛盾十分突出。公交公司是什么？打个比方说，就是我们胳膊上的那个'肘'，是一个关节，也是一个纽带，一头承接着政府的重托，一头凝结着市民的需求，这个关节若是不坚固、不灵活，就会影响政府与市民的联系。从这个意义上讲,打造一个坚固、灵活的关节,是我们今后工作的重点。借着今天这个平台,我想代表公交职工向政府和主管局领导表个态:无论这副担子有多重,我们都会勇敢地挑起来,挺直腰杆走下去。同时,对公交的全体同仁提出一个要求:无论遇到怎样的困难,都不要忘记自己是公交团队链条中重要的一节,我能,敢拼才能赢!"马腾抖拳如风,将坚实的右手手臂勾了起来。

二百多职工"唰"地站起来,勾起手臂,齐声高喊:"我能,敢拼才能赢!"

大屏幕上闪现出醒目的标题:我们走在大路上。

随着激昂的前奏,职工们铿锵有力地合唱:

　　我们走在大路上
　　意气风发斗志昂扬
　　毛主席领导革命队伍
　　披荆斩棘奔向前方
　　……

会议结束后,薛市长与冯局长一起来到马腾的办公室。

"马经理,可以看出,你在公交这支团队中很有凝聚力,一呼百应。"薛文广余兴未尽。冯局长接过话来:"老马这人善于拓荒,是我交通系统出了名的'拓荒马'!"

马腾忙着沏茶,苦笑道:"领导过奖啦,平心而论,谁都不愿意收拾残局,我这是迫于无奈呀!"马腾道出苦衷。就公交公司这支团队,基本都是原班人马,管理人员中最高学历是大专,且无几人,而驾驶员队伍中高中算是高学历,初中文化成为主体。面对这样的文化结构，要实现现代化管理谈何容易？因此，必须凭借社会的力量来进行教育、培训，提升管理。

"就目前状况，还有哪些问题需要政府协调解决？"薛文广端杯喝茶。马腾说："市长，问题倒是有，还不少，但是我不想'孩哭抱给娘'，能自己解决的就尽量靠自身来消化。"

冯局长打着帮锤："市长，老马这人就是这样，善于把苦水咽在肚子里，好多困难他连我都不肯告诉。"

薛文广盯着马腾："马经理，公交是政府的企业，有什么困难尽可提出来，有政府作靠山你还有什么担忧？"

马腾皱起眉头："市长，我可不是向你诉苦！"马腾透露了三大困难：

一个是资金困难。由于实行低票价和老年人、残疾人的免费政策，现象上看公交的承运量有所增加，而实际的收入一直没有增长，市区内频繁乘车者，大多是免费群体，甚至有些老年人抱着孙子乘坐公交在市区游玩。这种低收入，仅仅能维持日常的职工工资和燃修费用，而新更换的几批公交车，由于财政资金紧张，只能支付部分资金，缺口部分全部由公司贷款解决。目前，贷款资金已达三千多万元，每月需要支付银行的利息亦非小数，公司积重难返。

另一个是运营秩序。目前的公交客源不容乐观。为了便民，所有村庄必须通车，而有些山村的村民很少出行，公交车空驶现象严重，徒增成本。随着社会的发展，私家车以每年六千辆的速度激增，相应地减少了公交客源。由于监管不力，一些黑出租愈加猖獗，竟然公开到公交站亭抢挣客源，严重地干扰着营运秩序。

再一个是市民对公交的个性化要求欲望愈加膨胀。从近来的市民诉求中可以发现，不切实际的要求居多，譬如前几天就接到诉求,一个家住市区而在盘石镇上班者,因为他长期上夜班,并且只有他一人,却要求公司为他单独增设夜班车;还有一位退休老人,说他住在加油站旁边的小区,乘坐公交车需要西行二百米,自己行动不便,要求在加油站增设站点;更有甚者,一个自称是"北京人"的妇女,将自己的钱包掉在公交车上。驾驶员发现后,将钱包上交公司。客服部根据包里的证件查到失主,直接联系。谁想到,这个失主到公司领回失物,不仅不道谢,还要求公司派车把她送回四十多里的银滩,并向公司索要她半天的误工费。对这些网络诉求,市政府皆有批示,要求公交公司细查严处。

马腾一股脑儿地道出了憋了许久的苦衷。

薛文广说:"有困难是正常的,有了困难积极去克服,企业才能发展,这是一个通常的规律。任何一项发展,都不会一帆风顺。今晚我来的主要目的,不只是参加一个总结会,更重要的就是了解企业困难。对于这些问题,我会带回去提交政府研究。资金问题那是一个硬伤,政府也感到头痛。关于运营秩序,政府正在责成有关部门出台规定,也包括不能带宠物狗进公共场所。对于民情网上的诉求,政府全都批转下去,只是在处理上领导们心中有数。总的有一条:公交既要方便市民出行,又要兼顾节俭,给市民提供的'出行方便'是共性的,而不是个性的,这个尺度需要企业来把握。"薛文广起身,握着马腾的手:"马经理,谢谢你的倾诉,看来这群众路线还必须得走!"

看着走廊那些醒目的文化理念,薛文广说:"公交公司是一块被深埋在大山底层的金子,我敢断言:用不了多日,这块金子就该崭露头角了!"

冯局长急接话来:"多谢市长鼓励,我们期待着!"

第三十七章　观摩组确立样板
　　　　参观团偶遇宝典

　　薛文广的预言不无道理。刚过二月二，公交公司便接到通知：后天上午九点，省总工会的领导来公司视察，重点查看安全生产"查保促"活动的开展情况，市政府特别强调，要认真对待。

　　对于省总工会的视察马腾心里明白，这是确定全省样板单位的前期行动，能够列入候选的范围已是十分荣幸，马虎不得。

　　马腾吩咐杨光："马上组织各副经理分工协作，把日常的簿册资料装订起来，按照咱安全生产管理流程制作一批刊板，以图片展示为主，到时候放在大院里，由杜金山、夏云菲组织检查小组对安全生产的各个环节仔细检查，查漏补缺。"

　　"需不需要给你准备个汇报材料？"杨光问。马腾说："不用了，省里领导下来，时间不会太长，到时候我随机汇报吧。"

　　杨光又拿过另一个通知：滨州、德州两个地区组成观摩团来公司参观学习"城乡公交一体化"改革经验，时间也是后天上午，局领导要求认真准备。

马腾眉头凝起了疙瘩:"这么巧,都在后天?"马腾捏着额头:"不过,这两拨人在时间上能错开,滨州、德州路途遥远,一般会在傍晌。小杨,你给写个解说词,把咱的'一体化'改造的大体过程和做法简单说明一下,让徐丹解说,准备背式麦克。"

"还需要准备其它的?"杨光问。马腾说:"不用了,不管谁来观摩,咱都要保持原汁原味。好吧,这几天又得忙乱一阵子,赶快准备去吧!"

杨光收起电话记录,却迟迟没有走开之意。良久,从公文夹的底下拿出一份请柬,怯怯地说:"马总,这是小石他爸让我转交你的。"

马腾眼睛一亮:"什么'他爸'?就是你公爹!我终于盼到了它!定在什么时候?"

杨光红着脸颊:"五一节。"

"正好是'五·一'吗?这日子很少使用。不过,这样也好,订酒店好订一些!"马腾将请柬收了起来。杨光说:"他家找人看了日子,原定五月八号。我考虑咱公司的工作忙,没时间,所以就改了日子。"

马腾笑着:"小杨,看你这副经理当得,谈恋爱没时间,连结婚也没时间。你这是大龄青年,婚假应该是十七天,我给你两周可以吧?"

杨光板起脸来:"马总,不用那么多,给五天时间足够了。"

杨光显得很羞涩,怯怯地说:"还有一事,小石他爸说,到时候,请你当证婚人,你看……"

"哦,这没问题!"

杨光与林慧燕在设计着刊板，一直到晚上十点才完成了初稿。

"小林，你把清样打出来，我去弄点吃的，咱俩还没吃晚饭呐！"

杨光买回一些本地特有的炸甩和烤肉、鱼片之类，两人狼吞虎咽起来。

杨光一边吃着，一边审查着清样，总共八块刊板，主线突出，风格各异，赞道："小林，真是大手笔，美观、大器，表现手法显著。从你来公司以后，没少跟我加夜班，真是辛苦你啦！"

林慧燕拿支肉串递给杨光："杨经理，还说我呢，连你这个准新娘子再住几天就要结婚啦，不也照样在这加班加点？"

杨光拿笔修改着个别文字，说："这几处再修改一下，重新打清样，你争取早点休息，我送给马总审查一下，明早就投入制作，否则来不及。"

省总工会副主席一行五人在市委书记等领导的陪同下，来到公交公司。这次视察，全省总共有十八个观摩点，每个地区一个。

大院里，领导们在围观着刊板，马腾简略地汇报着"查保促"的一些做法，不到五分钟时间，又进入办公大楼。

看着大楼各层的文化理念，省里的领导们不住地点头称赞。

领导们观看了交通指挥中心、多功能厅、游艺室和图书室，最后来到小会议室。

小会议室的长条桌上摆满了资料，共有六十几本。这些资料按照统一的格式装订，内容包罗万象，阵容愈显壮观。随行的专家拿起一本资料仔细地翻看，与副主席耳语："主席，你看这资料，很明显是日常的积累，没有突击整理的痕迹，每本都这么厚实，这是走过的单位中少有的典型。"

一切看过之后,副主席当场赞美道:"安全,是企业管理的重中之重,'查保促'是保障安全的重要措施。儒山公交运用文化管理,在制度、机制、教育、落实等方面保持处处到位,实属罕见,尽管不能说是'模式',却也称得起'儒山公交现象',值得全省学习!"

省总工会的视察,前后仅有半个小时。领导们刚刚离开,杨光便组织人员布设场地,迎接两个地区观摩团的到来。

两辆大型客车驶入大院,大客上下来五十余人。马腾带领公司班子成员迎了过去。"热诚欢迎各位同仁莅临指导!"马腾与带队的领导们一一握手。

大楼门前的LED屏幕上,滚动播放着欢迎标语。徐丹带着背式麦克站在大门口左侧,向客人讲解。

"尊敬的各位领导,大家上午好!很高兴能为大家讲解,希望你们喜欢。我们现在的办公大楼,是三年前迁入办公的,全部大楼分为五层,其中:一到三层,为公交公司办公场所,四楼为客运公司办公场地,五楼是公交公司的职工之家和会议培训基地。从迁入新址办公以后,公交公司着力打造'人文公交'和'品牌公交',以文化管理为切入点,提升队伍素质,深化各项管理,努力建设'让政府放心、让百姓满意'的公交团队⋯⋯"

在徐丹的讲解引导下,观摩团从一楼一直观摩到五楼,对儒山公交的整体文化建设有了大概的了解,一时间摄像机、照相机镁光闪烁,人们恨不得将整个大楼都装进机内。

听完徐丹的解说,观摩团来到多功能厅。会议室里的桌子摆成

"回"字形，人们依序而坐。

"马总，你这里的文化管理让人耳目一新，可以想象，如果没有这种文化的渗透，这个企业不会如此地快速腾飞崛起！"观摩团的团长有感而发。

马腾淡然说："文化是企业的灵魂，是企业的真正主宰。儒山的城乡公交一体化改造起步较早，但是在运作管理上还存在许多不足，与兄弟县市相比尚有一定差距。我这里有一个专题片，反映了改革的基本过程，请各位同仁多提宝贵意见！"

厅内窗帘自动关闭。主席台上的大屏幕徐徐落下，随着星空中地球的旋转，猛然跳出五个大字——刷亮公交线！

画外音：位于胶东半岛东部、黄海北岸，有一座突兀海面、高耸挺拔的石峰——大儒山，儒山市由此得名……

这部片子，从儒山的交通起源切入，分四个篇章，讲述了儒山公交的发展历程。

屏幕上闪现"第一篇：拓路"。

画外音：公元1996年1月，儒山市客运出租公司应运而生，采取了"统一布线、个人包挂"的经营方式。1999年1月，儒山市城市公交有限公司从客运出租公司中脱胎而出，成为独立法人。时有职工110人，却只有30部个体挂靠车投入营运，公司单纯依靠收取管理费过日子，明显入不敷出，账面赤字百多万元，仅职工的保险就欠缴70多万元！失去信心的公司员工们，早将企业的规章碾得粉碎，更谈不上"管理"。新任班子面对严酷的现实，施出三招拯救企业……

"呦，这不跟咱现在的情况差不多吗？"观摩团中有人议论。团长急忙制止："别吵，看看人家儒山是怎样把这么个乱摊子打造成现代化企业的!"

大屏上显示"第二篇:变革"。

画外音:2012年5月,儒山市政府出台了"关于推进全市城乡一体化的实施意见",这是公交史上的重大改革。而改革的最大难点,就是对全市个体挂靠小客的统一收购,变革路上,荆棘丛生、险阻重重。

面对市委市政府的重托,面对全市五十多万民众的期盼,公交公司别无选择,迎难而上,梳理出"两步走"的工作思路……

"大家注意看,这是'一体化'改革的关键点,都要全部记下来!"团长命令道。

场内极其平静,居然没有一丝杂音。人们有的在专心录像,多数人都在拿笔记录着,唯恐漏掉一个字。

大屏上又推出分题"第三篇:创新"。

画外音:"一体化"改革的前期工作结束后,儒山公交公司不等不靠,又提出了深化改革的三个重点:提升素质、优化服务、科学管理。他们甘愿做城乡公交改革的第一个趟路人……

"马总,我看得出,儒山公交若是没有像你这样的领头人,即使是把私车改成了公车,也无法实现今天这样的振兴。群雁腾飞头雁领,百舸争游舵手定!"团长悄悄与马腾感叹。马腾说:"咱都是同行,我没那么厉害,我靠的是集体的智慧!"

大屏上闪现"第四篇:崛起"。

画外音:以文化管理为先导,以亲情化管理为手段,以业务建设为途经,成为儒山公交崛起的三块基石。

……

长风破浪会有时,直挂云帆济沧海。儒山公交人在党和政府的指引下,乘势而上,锐意进取,探索出一条让政府放心、百姓满意的成功之路。自2014年以来,公司收到来自社会、乘客的表扬信件上百封,收到锦旗56面,公司先后获得了市地荣誉16项,并获省级文明单位、山东省"四个创建"先进单位、山东省优秀交通安全单位、山东省工人先锋号等省级荣誉8项。

面对诸多的荣誉和百姓的称赞,儒山公交人并未感到满足,而是把目光抬得更高、看得更远!

这部专题片只有十五分钟,却将人们的思绪带进跨越十几年的发展历程之中。随着大屏的回缩和窗帘的徐徐拉开,场内爆发出经久不息、震耳欲聋的掌声。人们交相感叹着,赞美着,似乎拱进了荒原里的一座宝库。

"同志们,今天的儒山之行,我们没白来!"团长站起身来,嗓音很是洪亮:"通过今天的所见、所闻,特别是这部专题片,浓缩着儒山公交锐意改革、砺志创新、持续发展的宝贵经验,可以说是公交行业的一部难得的宝典!同志们,公交改革,其根本意义不在于改革本身,而更在于实现改革之后,如何地实施政府的惠民工程。儒山公交的经验一再证明,只有充分认识了自己所处的地位,充分明确了自己所承担的职责,具备一颗全心全意为民负责的诚心,才能把公交事业做得更好!让我们再一次以热烈的掌声,对儒山公交的传经献宝表示诚挚的感谢!"

掌声复起。

马腾也站起身来:"各位同仁,听到团长的赞誉和大家激烈的掌声,我作为儒山公交人深感愧疚。我再次阐明,儒山公交的改革,只是先行了一步,没什么经验可谈。从公交服务的远景看,我们的改革才刚刚开始,今后的路还很长,可谓任重道远。好吧,有请各位同仁观看我们的场站建设!"

两辆新式电动公交车驶进大院,这是儒山公交最新更换而尚未启用的公交车。观摩团又是一惊:从燃油车到电车,之间有多大差距?

第三十八章　再挺进百尺竿头
　　　　　　夺锦旗勇履婚诺

　　经理办公会上，副经理们都神气十足。省总工会领导视察给予充分肯定，外地观摩团众口一词的赞美，在职工队伍中有如烈火添油，群情激昂，大家为自己是儒山公交人而感到自豪。

　　面对这种骄情，马腾则显得极其平静。在这近几年中，领导们的褒赞马腾已习以为常。"大家不要被赞誉冲昏头脑。应当看到，在咱们众多的光环背后，还潜藏着许许多多的阴影。正如毛主席所说：万里长征才迈开第一步。"

　　马腾对近期工作又提出了六个重点：第一，开展"两学一做"学习教育。这是中央提出的党员教育工作的重点。市委召开了专题动员会，要求在全体党员中开展"学党章党规、学系列讲话，做合格党员"的学习教育。办公室要根据市里的有关规定拿出方案，分步实施。第二，全面实施网格化管理。各科室、各部门都要将年度工作细化分解，细化到季度，落实到每周，包括责任人，以"网格"的形式绘制出来，借此启发职工们的自我管理意识。第三，开展"青年志愿者"服务行动。这项活动，不仅仅是为了配合我市的"五城联创"，更在于为民众出行创造安全舒适的环境，需要长久地坚持下去。第四，举行礼让斑马线启动仪式。现在市面上，多数机动车辆都不注重礼让斑马线，与行人抢道之事比比皆是，造成很大的交通安全隐患。公交，作为机动车的集中单位，理应带好这个头。此项活动近日举行。第五，设立"红十字会公交服务站"。已与市红十字会联系，每周六、周日安排三名工作人员到公交公司办公，为驾驶员进行体检。这既是给驾驶员们发放的一份福利，也是保障驾驶员身体健康的一项措施。第六，运筹编写儒山公交文化丛书。此项工作可以交由兴趣小组写作组去完成，力争六月底完成。

"这段时间正是春运的高峰期，运营的压力较大，咱们的管理工作必须跟上去，必要时，可以增发班车。"马腾看了下表，说："过了下班时间，今天就不用各自汇报了，都回去认真地想一想，如何把这六项重点工作落实到位！"

安全科里，赵媛媛趴在电脑上，将本科室的年度工作目标一一列出，按照时间顺序划为四大块，每项工作都有时间要求和责任人。一切都准备妥当，只是不知道该如何整理成"网格"。赵媛媛双手捧着脸蛋，扑闪着大眼凝视着。

"杜经理，这'网格'是怎样一种排列？那需要多大的纸张？"

网格化管理，是一种少见的直白式的描述方式，在公交公司是一个新生事物，谁心里都没底。杜金山端详一番，摇头说："我也不知道，可以向办公室求援。"

赵媛媛将林慧燕找来。林慧燕是搞设计出身，对这样的设计有着超人的悟性。"媛媛姐，网格化就像是一张大地图，不仅有各地的山川地貌，还包括更细致的各地介绍。这样吧，你把基础资料传给我，我帮你设计！"

经过林慧燕的巧妙构思，一幅带有艺术画卷性质的"网格化管理示意图"诞生了。林慧燕将设计成果打出彩样，送经理室审批。马腾看过，夸道："很好，富有创意，按照这个格式将各科室、各部门的内容套用过来，让广告公司喷绘，全部制成画框！"

孙虎驾车驶向市医院站点，前头上放着"义乌至磐石"的线路标志。过了红绿灯，见前边的斑马线上有一老一少在横穿马路，孙虎便停下车来。坐在驾驶位后边的女乘客问："师傅，还没到站点，怎就停车了？"

孙虎说："没看见斑马线上有行人？"

"有行人怎的啦？按一下喇叭让他们躲开不就得了？"乘客不解。孙虎笑了："礼让斑马线，是交通法规定的，咱得执行。"

乘客还是不理解，嚷着："从老辈就是行人让车，没听说还要车让行人！"

车内乘客都纷纷私下议论着。两个行人走过了路中，孙虎起步加油，说："大姨，谁都有步行的时候，若是轮给你过马路，你希不希望机动车给你让路？"

"噢，这倒是。"那位女乘客转头说后边："你看，人家这位小伙子多文明，多有涵养？保管能说个好媳妇！"

车辆在站亭停下，杨光等四名职工戴着标有"青年志愿者"的小红帽在维持秩序，孙虎热情地打着招呼。客人都上了车，从医院旁边的百姓药店里出来个小姑娘匆匆跑来，附于车窗问："叔叔，去不去北寨村？"

这个车次,孙虎是轮岗以后第一次驾驶。但是孙虎知道本班次通往盘石镇北寨村,答应说:"通过,上车吧!"

小姑娘上了车,投币后拘束地坐到后边。

过了盘石镇,自动报站系统播放着"下一站是北寨村,请需要下车的乘客做好准备。"

到了北寨村,车辆停下。小姑娘急急忙忙地跑下车去,喊着:"司机叔叔再见!"

孙虎的车每天往返四个来回。下午第二班车,孙虎又行驶到盘石镇北寨村站点。乘客都上了车,孙虎刚启动,发现一个小姑娘蹲在站亭侧角抹泪。孙虎仔细一看,竟是上午在这下车的那个小姑娘!孙虎摇开车窗问:"哎,小妹妹,怎么还没回家?"

小姑娘抬起头来,哭喊着:"叔叔,这不是俺那个北寨村!"

孙虎甚感不解,继而问:"那你是哪个'北寨'?"

"俺是冯家北寨!"小姑娘跑到车前,哭喊着央求:"叔叔,你帮帮我吧,我回不了家了!"

孙虎打开车门:"那你上车吧!"

小姑娘上了车。孙虎一边开车一边在想,这班车不经过冯家镇,这位小姑娘咋办?孙虎与场站联系,回复是:去往冯家线路的最后一班车已过。这真是个难题!

走到车道时,孙虎发现前方路边停着一辆的士,司机在瓜棚里吃西瓜,急忙停下车来。说来也巧,这司机正是孙虎的老同学。孙虎掏出五十元钱,说:"老同学,帮忙把这个小妹妹送到冯家北寨。"

那司机问:"孙虎,开公交车还要打的?是亲戚吧?"

孙虎说明了缘由。

"孙虎，原来是在学雷锋呀，那好，我也学一回雷锋，正好我要去冯家，顺路！"那司机递了块西瓜给孙虎，说小姑娘："你这姑娘真有福，摊上了这个好心人！"

孙虎还是强将那五十元钱塞给了老同学。

公司的一楼东侧增设了一个房间，木门上标有"红十字会公交服务站"。

孙虎按照车队通知要求，早晨空腹来到服务站查体。参加查体的驾驶员共有三十人。孙虎最年轻，自觉地把前边位置让给老大哥们。直到上午九点，孙虎才通过了采血、测量血压等检查。检查完后，孙虎没有回家，却来到公司的二楼办公室。

适逢周日，办公室里只有徐丹在看守客服电话。

"你怎么来了，没上班？"徐丹问。孙虎说："今天休班，车队安排查体。这不，针眼还在！"孙虎撸出胳膊。

徐丹拿出一包钙奶饼干，打趣说："凑合着吃点吧，看把孩子饿得！"

孙虎拿起饼干故作斯文地吃着，说："丹丹，咱可是有言在先，五面锦旗，"说着伸出四个手指："已经有了四个啦。"

徐丹抿笑，鼓励道："继续努力，既定目标，少一个都不行！"

"徐丹，你这个指标也太高了，你说我光是在车上捡钱包就有十几次，可这些失主拿回了钱包都理直气壮的，有的连句感谢的话都没有，好像就该着归还他们。"

徐丹杏眼一瞪，反问："怎么，你认为捡了东西可以不还人家？孙虎，我看你这脑子还是有问题，别说在车上，就是在大街上捡了东西也要物归原主，这是做人的最起码的准则！"

徐丹有些生气了。孙虎见状，捏着一片饼干送到徐丹嘴边，嬉笑道："开句玩笑何必当真，我是那样的人吗？"

电话响了。徐丹推开孙虎递去的饼干，伸出一个指头，顾自接电话去。

有人敲门。孙虎拉开门，两个中年男女进来，一看便知是乡村的农民，男人还拐着一个篓子，盛着满满的鸡蛋。

"同志，这是公交公司吗？"妇女问。孙虎说："是的，大姨，请问你有什么事？"

男人说："俺是来感谢的！"

却原来，这两人是孙虎救助的那个女孩的父母。女孩年仅十二岁，她的爷爷常年卧床不起，父亲也身患多病，母亲既要伺候爷爷，又要照顾父亲。这爷儿俩常年吃药，就不得不算计着花钱。母亲常听村人说，市医院旁边的百姓药店药价便宜，于是，让女儿趁着星期天到市医院旁边的百姓药店拿药。女孩自小没出过远门，除了上学外从未离开过本镇。

"同志，要不是司机师傅出手相救，就俺那个闺女傻乎乎的，也许就走丢了，俺也找不到那个司机师傅，麻烦你把这些鸡蛋转给他，别嫌弃！"男人小心翼翼地将篓子放在沙发上。

徐丹接完电话后，给二人倒水，说："大叔，阿姨，不用这么客气，你知道那个司机是谁吗？"

女人说："听闺女说好像叫孙……孙什么来呐？"

男人接过话来："叫孙虎，跑盘石线的。"

徐丹吃惊地看着孙虎。孙虎示意徐丹稳住，说："大叔，阿姨，你攒这些鸡蛋也不容易，还是拿回去吧，见到这种情况我们公交司机都会这样做的。"

女人目眶湿润了，拿手擦着："同志，别嫌弃，不管怎么说，俺这大老远地把鸡蛋拿来，哪能不收下？"

徐丹看着孙虎，孙虎说："好吧阿姨，这鸡蛋我替你转给那个司机。"顺将篓子拿到徐丹的椅子旁边。

徐丹不解地看着孙虎。孙虎掏出二百元钱递给女人："阿姨，你也别嫌弃，这是我的一点心意！"

孙虎的举动令徐丹和那中年夫妻都感到吃惊。

"同志，这可使不得，天下哪有这个道理？"女人极力拒绝着。

徐丹也掏出了二百元钱，连同孙虎的钱一起递去："大叔，阿姨，拿着吧，就算是我俩借给你的，等小妹将来有了出息你再还给俺！"顺手掏出车钥匙，说孙虎："开我的车，把大叔阿姨送到站亭！"

"不用了，这外边就有站点！"这夫妻俩千谢万谢地出去了。

送走了那中年夫妻，徐丹回屋，坐在沙发上，说孙虎："你这个狡猾的家伙，竟然提前不露一丝声色。"

孙虎也坐向沙发，紧挨着徐丹，扮着鬼脸："这篓子鸡蛋不比一面锦旗差吧？"

徐丹点着头，"好样的，可以确定咱俩的关系了。"

孙虎凑了过去，试着说："看你那嘴巴，肯定味道很甜。"

徐丹斜过一眼："想得美！"将纤嫩的手伸了过去。

第三十九章　两学一做搞竞赛
　　　　　　浪子回头赞公交

　　杨光一副新娘子打扮，与徐丹一起提着礼兜挨个科室分着喜饼喜糖。

　　"呦，结婚才五天就急着上班了？"赵媛媛投来羡慕的眼神。杨光不再脸红了，趣说："其实结婚一天就可以了，这还五天！"

　　赵媛媛拆开礼包，掰开一个喜饼分着，瞟向徐丹："丹丹，不着急吗？"

　　徐丹斜目瞅着："着什么急？八字还没一撇呐！"

　　赵媛媛拿块糖果擎着，逗着徐丹："听说让孙虎给缠着了，你下达的五个指标人家都完成了，你还等什么？"

　　徐丹一把将糖果抢去，扔向赵媛媛："这个死媛媛，什么事都瞒不住你！"

　　杨光拿着文件夹和喜饼来到经理室，马腾看着杨光，笑说："小杨，这下子变得像个淑女了。这人呀，该结婚就得结婚！"

杨光确实变了，说话变得慢条斯理的，也很文静。"马总，交通局通知，下周检查党员的学习笔记，要求每人字数不得少于六万字。"

马腾拉开柜子，拿出自己的笔记本，说杨光："你看一下，我这些字数够不够？"

杨光打开一看，一百页的笔记本反正面都写满了，"哦，按照一页三百字计算，也有六万字，何况你这每页还不止三百字。马总，你都什么时候写的？"

"哦，学习和写笔记都得与工作结合起来，不能把党的工作与业务工作分开。我是一边学习，一边思考，另一边记录着自己的思路和感想。"

"交通局还有要求组织特色化的党员活动，今下午将活动项目书面上报。"

马腾拿着笔在纸上点着，说："马石山的纪念馆不是正式开馆了吗？咱可以组织党员前去参观，接受红色教育。另一个，可以在党员中开展'做十件好事'竞赛活动，看谁先做出十件好事来，个人要留好记录，八十四名党员累积起来就是八百多件好事，应该可观。"

杨光眼睛一亮，夸道："还是老总有思路。若是'做十件好事'竞赛活动让全体职工参与，那效果必定更好。"

"对，让全员参与，五百名职工，五千件好事！"马腾捏着额头："还有一项，就是利用'七·一'党的生日，举办一场庆祝活动，搞一个自娱自乐式的文艺晚会。"

"行，有这三项活动就足够的了！"杨光满意而去。

两辆大型客车满载着八十四名党员来到西北的马石山。正在休班的孙虎和另一名替班驾驶员负责驾车。

马石山群峰巍峨,奇石嶙峋,林木葱郁。位于山峰顶端的革命烈士纪念馆几经整修,如今已是一应俱全、规模宏大,成为全国的爱国主义教育重要基地之一。

党员们下车后,排起整齐的四列纵队,在工作人员的引导下有序地进入陈列厅。

陈列厅内,昏暗的灯光与解说员低沉的声音,将人们的思绪带进那腥风血雨的年代。1942年冬,日本侵略军对胶东抗日根据地进行"拉网合围"大扫荡,在这里制造了骇人听闻的马石山惨案。英勇的抗日军民同"扫荡"日军展开了殊死斗争。被围困在网内的少数八路军指战员,为了人民群众,舍生忘死,反复冲杀,掩护大批群众突出重围,自己却血洒马石山,谱写了一曲惊天地、泣鬼神的壮歌。一幅幅照片,一尊尊雕塑,一件件当年的证物,都记载着一段段不平凡的历史,使得职工们的心都变得极其悲怆。

出了陈列厅,八十四名党员聚集在陈列厅的西侧,排起整齐的方队,面对鲜红的党旗和数千名烈士的碑记,在杨光的领诵下,举起了右手:

我宣誓:我志愿加入中国共产党……

发自内心的铿锵之声,震撼着远山近岭。

杨光站在方队前边,高声讲道:"刚才,我们参观了革命烈士纪念馆,举行了'重温入党誓词'活动,大家都感悟很深。回去后,每人都要就今天的活动写一篇心得体会。另外,我们从今天开始,在全体职工中开展'做十件好事'竞赛活动,我们作为一名党员,必须走在职工的前头。回去后,竞赛活动方案将下发到各科室和各党小组。"

返回的路上,党员们都纷纷议论着:

"以前,光知道有个马石山,可从来没来过。"

"不是有马石山'十勇士',怎么成了'十八勇士'了?"

杨光说:"马石山十勇士是当时根据现场情况判断的。后来,经过民间调查,又发现了八个牺牲的战士。其实还有一些,他们为了掩护老百姓转移而脱去了军装,至今还在调查中。"

车辆沿着逶迤的山路缓慢下行。走到下马石村头时,见一个半百汉子横栏路上。在前边领航的孙虎刹下车来,探出头问:"喂,大叔,有事吗?"

汉子惊问:"这不是公交车吗?"

孙虎回道:"是公交车,不过我们是在执行活动任务,不是正常跑线。你有什么事?"

汉子说:"我儿媳妇临产,手扶车恐怕来不及,你能不能给送到市医院?我多给钱!"

孙虎回头看着旁边的马腾,马腾说:"这个村子离县城有百多里,拉着吧。"

孙虎问:"大叔,你家住哪?"

汉子双手作揖:"谢谢啦,不远,就在这前边!"

孙虎将车开到村头,靠边停下,下车与汉子一起跑去。

不一会,四五个人带着行李簇拥着一位孕妇过来。马腾说车上人:"咱都挤一下,给他们倒个位置。"

这一家人坐下后,那汉子拿出一沓钱送给孙虎,说:"师傅,这些钱够了吧?"

马腾在旁边看着,这些钱有十元的,五元的,还有一元的,总共一百元。"老哥,恭喜你喜添孙子。看在你未来的孙子面上,今儿就给你免费了!"

马腾的幽默,逗得一车人放声大笑。那个孕妇抿笑着对娘说:"妈,你看人家公交人都真会说话,心眼好,有水平,也很幽默,是个出息人的地方,等我这个宝贝长大后,一定让他去公交工作!"

"那好,欢迎我们最年轻的新成员!"马腾的幽默再次引起一阵欢笑。

孙虎理解老总的意图,回到市区后,直接将孕妇一家人送到市医院,然后返回公司。

众人都下了车,孙虎悄问徐丹:"丹丹,这次捎孕妇,算不算是我做了一件好事?"

徐丹说:"臭美,这次是马总的安排,还记不到你头上!虎,你这五面锦旗只能作为咱俩确定关系的条件,要想结婚,你还得申请入党!"

孙虎瞪大眼睛:"入党?那得有指标呀,你让我等到猴年马月?"

徐丹瞟了一眼:"不难为你,递交了申请就算!"

点钞室里,女工们一边点钞一边打着牙祭,人们都在议论着陈娟的"信教"。

"这教不能信,你看看身边的,有几人信教信好了的?"一个女工说。

"就是啦,信教就是在玩游戏。"张伟伟讲了一段笑话:一个教堂里常年住着两个修女、一个神父。这天，小修女神秘地告诉老修女，神父说在他两腿之间有一把神奇的钥匙，可以打开通往天堂的大门，问老修女要不要去拿这把钥匙。老修女说，别听他忽悠，当初，他告诉我那是一只可以去掉烦恼的号角，骗得我一直吹了二十年，现在怎么又变成了钥匙？

人们正轰笑着，田思思拿着文件进来，"都把手头的钱处理处理，咱马上开会！"

女工们麻利地将手中的钱币理顺好，静静地围坐在案板周围。田思思传达着公司最新印发的两个通知：一个是《关于开展"做十件好事"竞赛活动的通知》，要求全体职工积极参与。十件好事要围绕着"公交服务"和"为民"这两个方面，个人做好记录，各科室、车队每月汇总一次，公司要定期通报。对影响较大的好人好事要整理成简单材料，纳入公司网站。为此，要求所做的好事必须真实，发现作弊者，倒扣一件好事。

"十件好事？咱整天憋在这三间房里，到哪去做十件？还得是公交服务和为民方面的？田主任，你是不是搞错了？"一个女工瞪大眼睛。

田思思把文件递过去："这白纸黑字的，自己看吧！"

张伟伟在旁边瞅着，说："公交服务太专业了，可这'为民'范围可就大了，不行咱也报名，参加志愿者行动！"

第二个通知是《关于举办庆"七·一"文艺晚会活动的通知》。要求每个科室、车队至少自办节目一个，各兴趣小组也要出节目，三天内上报节目单。

"嘿，这可是大姑娘出嫁——头一回！从小俺就没上过舞台，老了还能出风头？"张伟伟闹着。田思思说："单是一个节目咱不愁，不行就整个'三句半'，让全公司的人都知道咱点钞工的辛苦！"

"行，思思，你负责编剧，反正是自娱自乐！"女工们乐了。

杨光抱着一摞子资料兴冲冲地来到经理室，向马腾报告着一个喜讯：市民情网上连续七人在表扬公交公司，言称公交公司管理规范、服务周到、驾驶员有为乘客献身精神等。

马腾感到意外，前段时间有网上攻击，转眼间又有网上赞扬，这忽冷忽热的，实在令人难以捉摸。"这是好事，他们有具体事迹和联系方式吗？"

"事迹不详细，不过联系方式倒是有。"杨光说："我逐人打了电话，你知道其中有谁？"

马腾静静地等候。杨光说："其中就有经常与咱作对的那个刘瑛！"

刘瑛？这是个玩世不恭的家伙，让他说句公道话，除非太阳从西边出来！"刘瑛他怎么说的？"马腾问。

"据刘瑛说，咱的驾驶员胡海川救了他一命。"

"哦，这其中必有蹊跷。"马腾操起手机，拨通了胡海川的电话。胡海川反映：一周前的晚上，胡海川驾车返回县城的途中，发现路旁的深沟里躺着一辆出租车。这辆事故车被路边的灌木遮挡着，若不仔细看还真得难以发现。胡海川急忙下车察看，发现车里有两个人，一动不动了。胡海川想拉开车门，可那车门已经扭曲了。胡海川只得将前边的挡风玻璃砸碎，把两人拖了出来，仔细辨认，这驾车人竟然是死对头刘瑛！面对此般情景，救还是不救？善良终于战胜了愤恨！胡海川想起了"心肺复苏"技法，采用胸部按压与人工呼吸手法，先将刘瑛抢救过来，紧接着又对那位乘客施救。死而复生的刘瑛见施救者是令他刻骨铭心的死对头胡海川时，早已窒息的良知被激活了，千谢万谢的。胡海川将刘瑛与那位乘客一同送往市医院。

"小胡，你做了一件大好事，不仅仅是救了两条人命，而且还拯救了一个人的灵魂！"马腾问："刘瑛还在医院吗？"

"对，还在住院，508骨科病房，差不多该出院了。"

马腾说杨光："刘瑛的闹剧也该收场了。你还有别的事？"

杨光拿过节目单汇总表。马腾看着，除了点钞室的"三句半"之外，基本都是小合唱和独唱。"这样不行，太单调了，虽然咱是自娱自乐，但也要搞出点花色，也好为以后的活动储备一些定型节目，必须认真策划。我建议，所有的独唱和小合唱一律取消，改成其它的，挖掘一下职工们创编节目的潜力！"

杨光感到为难，建议说："要不，小科室自愿组合，两个组成一个？"

"可以，"马腾说："但必须保证质量。"

杨光收起了"节目表"，又将三个厚厚的本子推了过来："马总，这是写作小组编写的《儒山公交文化丛书》，总共三本。"

"哦，这么快就编出来啦？"马腾拿过看着，"丛书"之一是《行为规范篇》，将公司所有的内部规章汇编成册；"丛书"之二是《文化管理篇》，将所有的文化理念及其诠释汇总成册；"丛书"之三是《为民业绩篇》，将公司获得的荣誉、锦旗以及媒体报道过的驾驶员事迹汇总成册。

"小杨，费工不轻呀！从文笔看，大家都进步很大，这说明兴趣小组的学习还很有成效。但是在风格上，尤其是封面要保持统一，让人一看便知是'系列丛书'。具体内容我就不看了，由你把关。"

马腾来到市医院。508病房里，刘瑛在玩着笔记本电脑，对面病友就是那个乘客。

"刘老板，好久不见啦！"马腾提着礼品进来。刘瑛见是马腾，"呼"地站起身来："马总，这怎能劳你大驾？"

刘瑛无辜殴打胡海川被刑拘，在高墙内禁闭了三个月。出来后，曾找过黄龙彪，想找点生意干着。未想到却遭黄龙彪羞辱，说他是一介莽夫，被臭骂了一顿。刘瑛无奈，只好从别人手里转租了一辆出租车，做起了正经的生意。但是，由于自身的形象不好，客源很少，时常夜不能寐。出事的那天，刘瑛拉着乘客在路上打瞌睡，不慎掉进深沟里。

"马总，这之前，我刘瑛是无恶不作，出事故也是老天报应。要不是遇到了胡广林，恐怕我早就去投胎了。"刘瑛满脸愧疚，信誓旦旦地说："马总，我确实佩服你们公交人，有素质，有涵养，有水平。我若是没有以前的劣迹，说什么也要跟你混！"

看着脱胎换骨的刘瑛，马腾心中好不兴奋。"刘老板，悬崖勒马当是好汉。民情网上的赞美是你的杰作吧？"

刘瑛说："对，以前是我雇人攻击你们，现在我又雇人给你们正名，将功补过嘛！"

马腾心中暗思：贼不打三年自招！遂说："你呀你刘老板，好生养病吧，有用我的时候跟我说一声！"

第四十章　庆"七·一"群情激荡
　　　　　　送礼包暗孕生机

　　晚饭后，公司大楼里灯火通明，各科室都在排练节目，场面一派热烈。
　　三楼的监控室里，安全科和设备科在合排一个节目——群口快板《我家安全》。休息时，杜金山问："十件好事都做了多少？"
　　尹小寒说："做一件好事真难。"尹小寒讲述着昨天晚上的趣事。
　　昨天晚上，尹小寒在公司排练完节目，回到小区时刚好十点。尹小寒居住的生活小区在西郊，那是新农村建设改造后农民置换的楼房。尹小寒骑车走到自家的住宅楼旁，见有一个老大爷推着自行车艰难地上台阶，车后的货架上绑着个大袋子。尹小寒急忙下车，帮助老大爷把自行车抬了上去，老大爷连声谢着。尹小寒说：大爷，我就住在这个楼上。尹小寒的本意是告诉这个老人，若是以后在公交网站上看到这个信息，不要矢口否认。那个老大爷嘴里谢着，跳上车急急离去。尹小寒本想在今天上班后将这件好事记录下来,谁知道,今天早晨,邻居嚷着,说在院子里圈养的三只鹅和两只大公鸡被人偷去了。邻居们都在吵闹着,尹小寒突然想起昨晚的那个赶车的老大爷,后货架上的那个大袋子里边好像有活物。

"你们说,这明明是在做好事,怎就变成了帮凶?"尹小寒刮着自己的鼻子,逗得众人大笑。

杜金山打趣道:"小寒,你这是典型的助纣为虐呀!好吧,时间不早了,咱接着排练!"

竹板声复响了起来。

杨光拿着一本资料来到经理室。"马总,局里政工科来电话,让你马上到局里开会。"

"什么内容?还需要准备什么吗?"马腾问。杨光说:"内容局里没说,也没有让准备什么。"

"哦,可能是又要布置新任务,行,我马上去!"

马腾夹着兜往外走,杨光就近来到政工室。

林慧燕正在忙碌地整理资料,桌子上乱糟糟的。杨光说:"小林,明天就是党的生日,你在大楼门口的电子屏上打几条标语,这里是局里传过来的标语口号,你挑几条。"杨光指着电脑桌面上的QQ:"这是这个月各科室上报的好人好事,你给整理一下,登在网站上。"

林慧燕会意地敲打着键盘,杨光说夏云菲:"老夏,找四五个人上五楼,布置今晚的节目会场。"

杨光、夏云菲等在多功能厅布设场地,马腾倒背着双手前去查看,表情有些低沉,吩咐说:"杨主任,夏助理,今晚在声势上要隆重些，虽然各单位的节目已经定型了，但咱在氛围上要气派些。我已经和局里的冯局长说好了，他亲自前来捧场！"说毕，顾自去了游艺室。

马腾走后，夏云菲悄悄对杨光说："马总今天的情绪不大对劲，这些年，从来没听他这样称呼咱俩，又是经理又是助理的。"

杨光点头："我也觉得不对劲儿。就按照老总的吩咐办吧！"

太阳刚刚落下西山，职工们都陆续来到公司。

监控室里，演员们都没回家，统一买了包子。杜金山看了表，催促说："好吧，快到集合时间啦，赶快吃个包子，上楼去！"

五楼的多功能厅里正放着轻音乐，大屏幕上突现着主题：儒山公交"庆七一·抓学做"文艺晚会。

舞台及场内上空飘着彩色气球，一簇一簇的，恰似婚庆的宴会厅。

职工们陆续入场，坐得满满当当的。少顷，马腾陪着交通局冯局长入场，坐于前排中间。

夏云菲与徐丹身着礼仪裙装登上舞台，操着流利的普通话开始主持：

尊敬的各位领导，亲爱的各位同事，大家晚上好！伴随着儒山的仁爱和华夏的梦想，伴随着社会的和谐和六月的祥云，我们迎来了中国共产党第九十五个生日……

随着两位主持人极有节律的朗诵，大屏上播放着一幅幅历史画面，将职工们的思绪带回那烽火岁月，时而掌声如雷，转而沉静若眠，极度的动与极度的静相互交替着。

夏云菲主持道："首先，请欣赏由英模团队组成的红歌联唱《没有共产党，就没有新中国》《咱们工人有力量》！"

干冰的烟雾笼罩着舞台。在热烈的掌声中，百名公交英模胸戴大红花走上舞台，将那硕大的舞台映得通红。

  没有共产党就没有新中国
  没有共产党就没有新中国
  共产党辛劳为民族
  共产党他一心救中国……

浑悍有力的歌喉，震撼着人们的心扉。

徐丹主持道："无论是在战争年代还是在和平建设时期，爱国、爱民永远是一面最鲜艳的旗帜，它是一个民族奋发图强、勇于探索的核心动力！作为儒山公交人，为民是一个不变的主题！下面请欣赏小品《没有警灯的救护车》，编剧：赵媛媛，演出：文艺兴趣小组！"

这个小品，反映的是公交驾驶员丛海涛勇救病危乘客的事迹，编剧人抓住乘客上车、途中感觉不适、途中求救、驾驶员两次闯红灯及丛海涛晚饭后看望素不相识的病人这几个节点，形象逼真，情节感人，引起场内的共鸣。

"哎，你可别说，这人真是三日不见刮目相看，你看人家赵媛媛，学写作才多长时间，就能编出这样好的剧本，神了！"

"别急，还有好的在后头呐！"

小品的演员谢幕，场内群情激昂，三个驾驶员将丛海涛抬了起来，喊着号子举向空中，推起了场内的波浪。

夏云菲主持道:"安全,是人类生存的前提。在战火纷飞的年代,先烈们用生命和鲜血保家卫国;在今天,人民的子弟兵用忠诚捍卫着祖国的疆土,而我们公交人用一片赤诚保护着乘客的安全!下面请欣赏群口快板《咱家最安全》!编剧:杜金山,演出单位:安全科与设备科联组。"

在掌声中,杜金山、赵媛媛、尹小寒三人登场。竹板响起:

打竹板把板子敲
我仨说说咱公交
公交家庭喜事多
前方后防皆英豪
……

"老马,这些节目都是你家职工自编的?"冯局长悄问马腾。马腾说:"自娱自乐呗,也没请外援。"

"这就挺好的啦,要是请人创编,不一定能这样接地气。"冯局长奚落道:"老马,还说你这没人才,专业的不过如此呗!"

马腾揭开一瓶矿泉水递过:"这儿没茶水,将就点。一会儿请你唱一曲怎么样?"

冯局长说:"就我这嗓门,还能登大雅之堂?不过,既然来了,我还是要上台亮个相。"

马腾摆手让夏云菲过来,耳语着。

舞台上的节目继续进行着,书法小组提供的现场书法节目《公交,我为你自豪》,以喜剧的方式,展现着职工们的书法艺术;点钞室提供的三句半《繁忙的享受》,将点钞女工的苦辣酸甜表现得淋漓尽致；第一车队提供的相声《我们都是公交人》，活灵活现地揭示着公交驾驶员与乘客之间的浓厚情结；总共十八个节目妙趣横生，将晚会的气氛推向高潮。

正当职工们的兴奋达到沸点时，夏云菲上场主持道："大海航行靠舵手，万物茁壮靠太阳，公交事业的发展，离不开市政府的领导，更离不开上级局的正确导航！让我们以热烈的掌声请出今晚的特邀嘉宾——市局的冯局长！"

富有节奏的掌声将冯局长送上舞台。

"尊敬的公交伙伴们，来到今晚的文艺会场，我的心情分外激动。在这个土生土长的公交大团队里，诞生了这样一批敢打能胜的骄子，不仅在公交服务上倾心付出，而且还多才多艺，自编、自导、自演出这么多的优秀节目。我不会唱歌，只能献给大家一个简单哑剧动作。"冯局长深深地鞠了一躬。

掌声再起。冯局长继续讲道："今天，是中国共产党成立的九十五个华诞，也是儒山公交公司成立二十周年庆典。这二十年来，儒山公交人风雨同舟，从无到有，从小到大，尤其是实行城乡公交一体化改革的三年来，公交人同心协力，开拓进取，把一个单纯依靠收取管理费过日子的'皮包公司'发展成为政府放心、百姓满意的现代化地方国有企业，三年三大步，一跃跨入全省县级同行的第一方阵！借助今晚热烈欢庆的场面，我给大家带来两个大礼包：一个是公交公司申报的省级文明创建示范岗已经批复命名，推荐马腾同志'全省优秀党务工作者'的殊荣也一并下发公布，近日，将由市里一并举行授牌仪式；另一个是，公交公司将增加新的民生业务，今后的担子更重、机遇更多、前途更加光明！"

场内掌声雷动，经久不息。马腾按耐不住心中的激动，疾步走上舞台,深深地向冯局长鞠了一躬,又转身朝台下鞠了一躬,端起了话筒:"感谢市局的支持、鼓励和培养,感谢全体公交人的精诚配合。儒山公交公司这辆时代快车,从转型到革新,从起步、加油到疾速前行,靠的是上级党委的正确指引,靠的是全体职工的合力驱动!过去的二十年,我们几经坎坷,同舟共济;未来的二十年,不管担子有多重、困难有多大,我们都将创新探索,不忘初心,继续前进,创建儒山品牌公交,向党和政府、向全市人民交出最满意的答卷!"

马腾与冯局长刚欲鞠躬,夏云菲走上台来,主持道:"尊敬的冯局长,敬爱的马经理,亲爱的全体职工,今天的主题节目演出完毕。下面请我们的领头人马经理和冯局长为大家献上一曲!"

这是一个临时的决定,马腾并不知道。马腾也不善歌喉,看着场内的掌声欢潮,来了个金蝉脱壳,建议道:"为了不辜负大家的期盼,我倡议:有请冯局长为我们今天的庆典活动题词,大家说好不好?"

"好!"场内又掀起新的浪潮。夏云菲、杨光搬来两张桌子,徐丹、尹小寒端上了文房四宝。冯局长擅长书法,他略一沉思,挥笔题道:

笑迎朝霞送夕阳
心田四时沐春光
车厢承载党嘱托
线路系结百姓望
风雨兼程二十载
一路浩歌情满腔

赢得儒山万民赞
　　公交线上谱新章

　　一幅未干的墨宝被展开，博得欢快的掌声。马腾本打算借此避身，怎奈，夏云菲又展开宣纸和笔墨，向场内鼓动着："冯局挥笔赞公交，是送给咱们的又一个大礼包。冯局长连送三个礼包，马总怎么办？"

　　"马总也必须来一个！"众口一词！

　　在大家恳求的掌声中，马腾不得已拿起笔来，在雪白的宣纸上，颤抖地写到：

　　公交服务与发展只有起点永无终点

后记1：

迟来的感谢信

姜增产

本部长篇小说的创作源自一个偶然的机会。

2014年春，一位朋友求援，要我代他写一封感谢信。这位朋友多年经商，其母亲乘坐公交车从农村老家赶往县城。到了儿子家后，老人才发现自己下车时，只顾拿着从自家地里采摘的一些蔬菜，却将不常携带的手包遗忘在公交车上。这只包里不仅有一千多元现金，还有身份证、银行卡，更为重要的是那部手机，里边存有亲戚朋友的联系方式，丢不起。情急之下，老人返回下车时的那个公交站亭，却无法辨认是哪一辆车。在老人的印象中，东西遗失在公交车上，十之八九难以找回，老人在自责中煎熬着。

第二天上午，我的这位朋友接到一个陌生电话，说是公交公司在核查公交车上的失物。这一讯息，使得朋友及其母亲喜出望外，母子俩欢快地前往公交公司认领了失物。原来，在老人下车后，驾驶员发现空位上的那只手包，便收藏了起来。当晚，驾驶员收班后，依规将手包上交公司。公交公司客服部经过检查，发现包内有手机和身份证，便从手机中调取"儿子"的号码联系查证。惊喜之余，老人拿出六百元钱试图答谢，却被客服人员婉言谢绝。我这朋友深受感动，便邀约我给修书一封。

感谢信，是对他人表达感激之情的一种文明、高雅的方式。但就此事而言，在我心中，应当以通讯的方式，利用媒体将公交公司的这种倾心为民的行为予以颂扬，借以弘扬社会正气，讴歌伟大的时代。于是，我便想起了多年很少联系的公交公司老总马江水。

我与马江水经理的相识是在2003年前后。那时，我在地税局负责文化建设，经常到海太广告公司制作看板。当时的海太广告公司里有好多设计人员，令我满意的是女孩小林。小林悟性很高，只要你说出自己的想法，她便能很快地勾画出一幅让人感到满意的画面。对于小林在设计上的才能及服务态度，欣赏者不仅仅是我一个人。每次去广告公司时，小林那里总是很忙，似乎要提前预约，或者排队等候。有一次，省局要来我局观摩，看板的制作时间较紧。我到广告公司时，马经理已坐在小林旁边，专心致志地在设计一幅广告。看到我那焦急的神情，马经理便主动地谦让，此事令我颇为感动。平心而论，在此之前，我对马经理的印象不是很深，刻画在印记中的只有那过胖的身材，一副金丝边眼镜里透出和蔼的神情，以及那有些幽默的语言。

文学创作也算是我的一个爱好。从2008年开始，我在工作之余，与妻子林桂兰联袂创作长篇小说，相继出版了《映山红》和《雪里红》《一品红》三部长篇小说。

在《一品红》出版以后，我正想偃旗息鼓。一个偶然的机会，我遇到多年未谋面的马经理。交谈中，马经理获悉了我的情况，商量说,公交公司有空闲的屋子,可以为你提供一个文学创作室。自此,公交公司便有了我的些许牵挂。

对于公交这个行业我稀少了解,平素也很少乘坐公交车。来到公交公司后获知,乳山公交正在进行着一场重大变革。党的"十八大"召开以后,中央提出"关注民生"的号召,交通部提出了"改善民生,公交先行"的策略。在这山雨欲来之时,山东省政府率先行动,开创了全国县级"城乡公交一体化"改革的试点工作,乳山为山东省四个试点县市之一。真可谓"踏破铁鞋无觅处,得来全不费工夫",全国性的试点乃作家们难以寻觅的节点了!

在这场改革之前,乳山的公交车分为城市公交和村镇公交两大阵营,由私人业主自主经营,分别挂靠在城市公交公司和客运公司旗下。公交车的私有化,严重阻碍着政府实施"交通民生"的步伐。城乡公交一体化改革,将城市公交和村镇公交统一划归公交公司管理,将所有的私家公交车收为公有,成为地方的国有企业。

公交改革的意义不在于变换一种管理形式,重在如何利用这种新的管理形式将政府和民众紧密地联结起来。对于这个解释,马江水经理曾有过形象的比喻,他说,如今的公交公司,对上,要承接市政府的重托,落实党和政府的惠民政策;对下,要满足百姓的出行需求,为市民提供文明、舒适、安全的出行环境,犹如人体手臂上的肘关节,既要坚固,又要保持柔软、灵活,是政府与百姓沟通的枢纽。如何打造这个刚柔并济的关节,是公交公司的长期课题。

我在公交公司创作期间,不时地与公司人员交谈。这是一支特殊团队,虽然职工们学历不高,也未受过特殊训练,但是他们无所畏惧。他们不善于词语修饰,每句话都是那么原汁原味;他们不善于掩饰感情,人与人之间都心照不宣;他们虽然有时也叫苦喊冤,而当接到任务时谁都不曾临阵脱逃,面对困难,无论男女都会挺身而上。特别是驾驶员队伍,看似粗犷的汉子们在服务上却是那么细心周到,发生在公交车上的拾金不昧、见义勇为等事迹屡见不鲜;锦旗、表扬信、感谢信接踵而来,成为本地各新闻媒体关注的重点。尤其是在管理上,他们自主探索,在不断地发现问题中研究对策,逐步形成了企业管理、企业文化和公交服务的模式化新经验,博得了各地同行的赞美。

十月怀胎,一朝分娩。直到今年五月中旬,久存于心底的那股创作冲动令我按捺不住,《关节》初稿便诞生了。在创作初期,一些文友闻听我要写公交行业,颇感惊讶,因为发生在公交车上的奇闻逸事大同小异,难以形成特色。错矣,人们熟知的事情反而不在作家笔下,我要反映的大多是鲜为人知的故事。

本部长篇小说,以乳山公交公司为原型,采纳了威海、烟台、青岛等公交公司的一些素材。作品中的故事和解决问题的方法,在许多同行中可以借鉴,即使是外行亦可受到启发。当初稿形成以后,我擅自将乳山公交公司经理马江水的名字签署在上。马经理看后,连连摇头,唯恐有"虚名"之嫌。我极力劝说着:"假如没有你的大胆探索,就不可能有这部作品的问世,你是在用实践创作,我只是将你的实践文字化,从这个意义上说,实践的创作比文字创作更为重要,况且,在素日的考察中,我俩一直都是默契地配合。"马经理有着扎实的文字功底。在以后的文稿修改中,马经理提出了不少的令我意想不到的好建议。马总这人,不仅是个称职的企业家,更是一个优秀的作家,只是无暇兼顾而已。

尽管作品已经面世,但仍感到内中不足。就公交行业而言,实际工作中值得讴歌的东西太多了,岂是一部文学作品所能盖全的!不得已只能这样草草收笔,以此代为曾经承诺过的那封感谢信,只是有点长,也有些迟来。谨此,向奉献在公交战线上的朋友们致敬!

2017年8月于乳山

后记2：

也谈《关节》创作

马江水

小时候，我就是个小说迷。那时候的小说不像现在这么多，偶尔从同学手中弄到一本小说，一两个晚上便看完了，心中思谋着，将来若是有了时间，自己也写点东西。但是，踏上工作岗位以后，现实不是想象的那样，尤其是担任了企业负责人以后，根本没时间去看小说，所有的精力几乎都投入到企业管理中去，更无从考虑写作了。本次姜增产老师邀请我一起创作长篇小说《关节》，实在是出我意料。

我与姜增产老师的相识相知，也是经历了一个漫长的过程。起初，我是被他那横溢的才华所吸引。那时候，地税局正在创建学习型组织，姜增产老师为这项工程的主负责人。围绕学习型组织，地税局先后编印了《乳山地税文化系列丛书》三本，每本的含金量都很高，被全国总工会誉为"乳山地税现象"，曾列为全国税务系统的学习典范，省内不少地区的机关团体都纷纷前来参观学习。在后来的频繁交往中,我渐渐发现,姜增产老师还蕴藏着更大的能量。他与妻子林桂兰老师合作的《映山红》《雪里红》《一品红》三部长篇小说,在当地引起轰动,被地方的人们称为"三红"。"三红"的每部作品中都合着特定的时代节拍,激浊扬清,弘扬正能量,可谓少见的佳作。

  当时光进入2013年时,我所在的公交公司开始步入一个凤凰涅槃的变革时期,在市政府坚强的信念下,乳山被纳入山东省城乡公交一体化改革的"试验田",我深感肩上责任的重大。在高强度的压力下,管理上的突破我未曾屈服,而最令我头痛的便是灵魂的东西——文字。说心里话,当初我提出为姜老师提供文学创作室一事,是包含着一点点私心,意在创作之余,他可以为我公司的文化建设出一些思路,互惠互利。为了队伍建设,这几年,我先后邀请了威海企业管理策划公司、乳山市委党校及乳山作家协会的专家多次来公司进行培训、讲座,借水行舟,队伍建设不断攀升。

  作家的洞察力和想象力非一般人所能比拟。自从姜老师安营公交公司以后,其文学作品佳作频出,仅2015年纪念抗战胜利七十周年时,就有三篇作品在山东省及威海市获奖。与此同时,姜老师对我们公交公司的支持也非常之大,尤其在公交文化、写作培训等方面,都付出了大量心血。可是,令我万没想到的是,姜老师在我这平凡之地,又发现了"新大陆",将公司里的那些平庸之事梳理成跌宕起伏的长篇小说!

  当《关节》第一稿清样打出来以后,姜老师谦恭地让我审稿,并提出让我俩共同署名,这令我受宠若惊,虽然自小就有

"当作家"的梦想,却被后来的岁月给逐渐磨灭了。既然是两人合作,我便从内部真实的一面去考虑故事的架构,从行业的特性去设计故事的细节,力求作品更加接地气。在初稿形成之后,我与姜老师协力运作了一次"长篇小说《关节》出版前研讨会",邀请本市作协和小说创作方面的专业人士以及参与"一体化"改造始终的交通方面的领导等,对作品进行指点,提出了许多宝贵意见,一并纳入修改。

《关节》的主线基于我公司的改革探索。诸如改革之前,如何与职工们闯过困境,改革之中收车环节如何做工作,实现"零上访",改革之后如何深化管理、实现企业的上档升级,等等。只是作品中的主人翁马腾不单是代表着我公司的领导形象,更是许多企业家的形象与智慧的缩影。一个企业的健康发展,离不开政府及主管局的领导与支持,离不开社会各方面的协同配合。在此,谨借方寸之地对多年来给予公交公司支持配合的社会各界表示衷心感谢!公交公司的发展只有起点,没有终点,新时代的改革与发展永远在路上!相信,公交公司的明天更美好,乳山的明天更美好!

2017 年 12 月于山东乳山

(作者为乳山市公交公司总经理)